कुसुम खेमानी
की
लोकप्रिय कहानियाँ

कुसुम खेमानी
की
लोकप्रिय कहानियाँ

कुसुम खेमानी

प्रभात
पेपरबैक्स
www.prabhatbooks.com

प्रकाशक

प्रभात पेपरबैक्स

4/19 आसफ अली रोड, नई दिल्ली-110002

फोन : 23289555 • 23289666 • 23289777 ❖ फैक्स : 23253233

इ-मेल : prabhatbooks@gmail.com ❖ वेब ठिकाना : www.prabhatbooks.com

संस्करण

प्रथम, 2017

मूल्य

एक सौ पचहत्तर रुपए

अ.मा.पु.स. 978-93-86300-43-0

मुद्रक

आर-टेक ऑफसेट प्रिंटर्स, दिल्ली

---★---

KUSUM KHEMANI KI LOKPRIYA KAHANIYAN

Published by **PRABHAT PAPERBACKS**
4/19 Asaf Ali Road, New Delhi-110002

ISBN 978-93-86300-43-0

₹175.00

अनुक्रम

1.	पुरुष-सती	7
2.	एक माँ धरती सी!···	16
3.	वे लड़कियाँ	23
4.	प्रेमवती पुरुष	31
5.	न्याय चक्र	41
6.	अनुगूँज जिंदगी की	53
7.	एक बंदा रश्क-ए-खुदा	64
8.	उड़ान पिंजरे के परिंदे की	74
9.	बंद पिंजरे खोलतीं रतन बाईसा	85
10.	रागातीत राग	99
11.	अँधेरे भेदती रजिया	105
12.	राज्यपाल ऐसा?	115
13.	लावण्यदेवी	120
14.	एक जर्रा आकाश छूता	149
15.	सच का आईना	161
16.	घोंघा प्रसाद	167

पुरुष-सती

सुबह की चाय खत्म करके, मैं अखबारों को उलट-पुलट ही रही थी कि गुस्से में भारी कदम धरती शिवा ने कमरे में घुसते हुए कहा, ''सुमन! सुना तूने ? बिशू अपनी बेटी जाह्नवी को लेकर गोवा जा रहा है; ताकि उसकी पत्नी अपने पुरुष-मित्र के साथ कहीं घुमक्कड़ी करने जा सके।''

''लगता है तेरा दिमाग खराब हो गया है, चूँकि तुझे लवलीन पसंद नहीं है इसीलिए तू दुनिया भर की ऊट-पटाँग बातें सोचती रहती है और सुन! बिशू चाहे जितना भला हो; है तो आखिर हाड़-मांस का पुतला ही! इसलिए बेफिक्र रह।''

मेरी बात को बीच में ही काटते हुए शिवा ने कहा, ''सुमन! यह सच है। जब उससे पूछा तो उसने कहा, ''कभी 'लवी' को भी तो मातृभार से मुक्ति मिलनी चाहिए। क्या लवी की अपनी कोई इच्छाएँ नहीं हो सकतीं ?'' और मेरे यह कहने पर कि 'तुम लोग तो काफी घूमते-फिरते रहते हो।' उसने मुझे ही दकियानूसी बताते हुए कहा, ''देखिए! शिवा दी! हर आदमी का अपना नजरिया है। आपने एक लकीर-बँधा जीवन जिया है और लवी को उन्मुक्त आकाश पसंद है; इसलिए एक पति होने के नाते मुझे उसे अधिकाधिक सुविधाएँ उपलब्ध करवानी ही चाहिए।'' और उसके आगे के वाक्य थे, ''याद है दीदी! शादी के कुछ दिनों बाद ही लवी मॉडलिंग और सिनेमा में काम करना चाहती थी। मैंने जब आपसे उसकी सिफारिश मृणाल सेन से करने को कहा, तो आपने मुझे डाँटा भी था। मैंने उस समय भी आपसे यही कहा था कि यह उसका जीवन है; मैं उसमें बाधक बनूँ; यह तो संभव ही नहीं है। दीदी! सच पूछें! तो मैं उसका ऋणी हूँ कि इतनी शौकीन होते हुए भी वह बच्चों को पाल रही है।''

शिवा ने आगे क्या कुछ कहा; पता नहीं! अपनी प्राणसखी की दी हुई सूचना ने मेरे सामने 'मल्टीप्लैक्स' में चलते 'लगातार सिनेमा' की ढेरों-ढेर रीलें खोल दी

थीं; जो हमारे बचपन, कैशौर्य, युवा और प्रौढ़ावस्था की दास्तान थीं।

''शिवा उवाच, हे भगवान्! हम ठहरे वैष्णव! जो भगवान् तक में छुआछूत बरतते हैं; 'एकनिष्ठ' होने का दम भरते हैं; दूसरे देवताओं का प्रसाद तक ग्रहण नहीं करते, पर मेरा भाई बिशू? वह तो पूरा मलेच्छ है। उसे न संस्कारों से कुछ लेना-देना है; न धर्म से और न ही मान-मर्यादा से। लगता है, वह किसी विचित्र ग्रह से आई हुई आत्मा है; जिसने भूल से मेरी माँ के गर्भ से जन्म ले लिया।''

धाराप्रवाह बड़बड़ करती हुई शिवशंकरी को बीच में ही रोककर मैं कह बैठी; ''पर शिवा, जितना मैंने तेरी माँ को जाना है; वे तो इन नियम-कानून और लंद-फंद से परे निर्मल-विमल जल से भरा हुआ 'प्यार का एक सागर' थीं। ऐसे में यदि बिशू भी उनसा ही 'एंलाइटेंड' या 'लिबरेटेड आत्मन्' पैदा हो गया; तो इसमें आश्चर्य की क्या बात है?''

खा जानेवाली आँखों से मुझे घूरते हुए शिवा ने कहा, ''ज्यादा हाँको मत। मुझे इन 'एंलाइटेंड आत्मन्'; 'लिबरेटेड सोल' आदि बड़े-बड़े ढपोरशंखी विशेषणों से चिढ़ है। आजकल किसी भी बेसिर पैर के काम को कोई अनोखा सा नाम देकर; स्वयं के 'ट्रेंड सैटर' होने का दावा करनेवाले तुम बुद्धिजीवियों सा ढोंगी और कोई हो ही नहीं सकता, जबकि हकीकत यह है कि तुम लोग जीवन की सच्चाइयों से दूर अपनी साहित्यिकता के कूप में मंडूक बने कूद-फाँद करते रहते हो। देख सुमन की बच्ची! अभी मेरा 'मूड' बहुत खराब है, इसलिए ज्यादा ज्ञान मत बघार; वरना मेरी खरी-खोटी सुनकर अपना मिजाज बिगाड़ती फिरेगी।'' कहती हुई शिवा झटके से उठी और अधूरी चाय प्याले में छोड़कर तेज कदमों से चल दी।

एक बार तो मन किया कि आगे बढ़कर उसे रोकूँ; पर शिवा का प्यार और शिवा का गुस्सा! दोनों ही 'अति' की सारी हदों को तोड़ते रहते हैं; इसलिए समय की नजाकत को समझकर मैं चुप रह गई, लेकिन मन ठहरा चंचल; यदि वह रोके रुकता; तो पूरे संसार का इतिहास ही कुछ और होता! ऊपर से शिवा तो बाल्यकाल से ही मेरी प्राणसखा और मेरे रोम-रोम की भागीदारिन थी। हमारे एक से बिंदास और खिलंदड़े स्वभाव के कारण हम दोनों के घरवालों ने हमें एक ही नाम से पुकारना शुरू कर दिया था; 'अरे ओ! 'जमोज' (बाँग्ला में अर्थ, 'जुड़वाँ') सुनो!' अर्थात् यदि हम दोनों में से एक वहाँ है; तो वह सुने और दोनों हैं; तो दोनों सुनें; पर संबोधन दोनों का एक ही 'जमोज'!

'जमोज' मैं और शिवा ही नहीं थे; हम लोगों का बहुत कुछ 'जमोज' था। आसपास सटे घर; दोनों घरों में ही चार-चार बच्चे और दो जोड़ा सुलझे हुए

माँ-बाप। आज मुड़कर देखती हूँ, तो अचरज से भर जाती हूँ कि उन छोटे घरों में कितना बड़ापन समाया हुआ था। भिन्न भाषा-भाषी; विभिन्न स्वभाव और विचारवाले लोग; एक छत के तले गंभीर विचार-विमर्श से लेकर 'हा हा-हू हू' तक करते रहते; जिसमें कभी-कभार विचारों की टकराहट भी होती, तो वह थोड़ी रूठ-मनौवल के बाद दूर हो जाती और फिर वहाँ वही छलछल, कलकल करता निर्मल आनंद बहने लगता।

जैसे मैं और शिवा हमउम्र और एकदम एक से थे; वैसा लड़कों में नहीं था। शिवा के छोटे भाई बिशू और मेरे बड़े भाई आनंद का स्वभाव काफी मिलता-जुलता था।

मेरे गोल्डमेडलिस्ट बड़े भाई आनंद अपने बसे-बसाए घर-संसार एवं संपदा को तिलांजलि देकर पत्नी का साथ देने के लिए वृंदावनवासी हो गए और एक संवेदनशील, रसपगा और भावुक मन लिये वे जीवनपर्यंत वहाँ के वातावरण से एकाकार होने का असफल प्रयास करते रहे।

और उनका जोड़ीदार 'बिशू'? उसमें आनंद भाई के संवेदनशील गुणों के साथ; एक और गुण भी था कि वह अपनी जिदों के कारण बार-बार मिट्टी में मिलता और पुनर्नवा सा फिर से पल्लवित-पुष्पित हो जाता। सीधी पटरी पर चलती गाड़ी उसे कभी रास नहीं आई। वह हमेशा 'आकाशी नागर-हिंडोले' पर 'रोलर कोस्टर' सा ऊपर-नीचे होता रहता। उसके लिए सायबेरिया में तापमान से ५२ डिग्री नीचे की बर्फ और सऊदी अरब की तपती रेत एक सी थी। वह अपना दुबला-पतला 'पावहाड़िया' शरीर लिये हर वक्त पूरी बत्तीसी दिखाता हुआ, हँसता रहता। उसके व्यक्तित्व में एक कशिश; एक प्यारापन और एक ऐसी रहस्यमयता थी कि हम ही नहीं; हमारे सारे मित्र तक उसे बेइंतिहा प्यार करते।

'बिशू' ने 18 वर्ष की उम्र से ही स्टोर्स सप्लाई का काम शुरू कर दिया था और 20 वर्ष की उम्र में वह किसी व्यवसायी के 'वेस्ट पेपर' विभाग का प्रमुख और बाद में भागीदार बन गया। महाशय; अभी साढ़े इक्कीस के हुए ही थे कि उन्हीं व्यवसायी की बड़ी बेटी के प्रेम-पाश में उलझ गए। लड़की उसके खुलेपन और प्रेमलहृदय पर मुग्ध थी और लड़का उसके अभिजात्यपूर्ण सलीके पर। कच्ची उम्र का तीव्र आकर्षण!···बाँध तोड़ रहा था; पर पैसेवाले पिता इसे बेटी का अनर्गल प्रलाप मानकर निश्चिंत बैठे थे।

एक दिन उनकी निश्चिंतता को भय में बदलती जब उनकी बेटी हवा हो गई; तो न तो उन्हें अपनी आँखों पर विश्वास हो रहा था; न ही कानों पर; पर कोर्ट

के उस फड़फड़ाते कागज के टुकड़े का वे क्या करते, जो उनकी बालिग बेटी के कानून-सम्मत विवाह की सनद था। जैसा कि आज तक होता आया है; उन्होंने उन लोगों को सादर वापस बुला लिया और पूरे मान-सम्मान से 'बिशू' को अपना जमाई घोषित कर दिया। बेटी को दहेज में एक फ्लैट देकर, उन्होंने परोक्ष में उसे अलग रहने का सुझाव भी दे दिया। अब तक 'बिशू' ने अपनी कमाई से एक बढ़िया गाड़ी भी खरीद ली थी।

नए फ्लैट में जाने के बाद 'बिशू' का हमारे घरों में आना-जाना बंद सा ही था कि एक दिन अचानक रात को शिवा की मित्र निशा ने उसे फोन करके अपने यहाँ बुलाया। उसके ड्राइंगरूम में 'बिशू' अपने और निशा के बच्चों के साथ बैठा हुआ टी.वी. देख रहा था और तरह-तरह की 'जोकरी' से सबको हँसा रहा था। वह पूरा कमरा ठहाकों और खिलखिलाहटों से गूँज रहा था। उसने सबके लिए ऑर्डर देकर 'पिज्जा' भी मँगवा रखा था। यह असमय पार्टी शिवा की समझ में नहीं आ रही थी कि निशा ने उसे भीतर के कमरे में जाने का इशारा किया। बाद में अंदर आकर निशा ने बताया कि बिशू के दोनों बच्चों को सीढ़ी पर बैठा देखकर वह उन्हें अंदर लिवा लाई थी और फिर 'बिशू' भी वहीं आ गया था। 'बिशू' ने इस घटना को 'नाकुछ' सा दरशाते हुए, पूरी शाम हँसते-खिलखिलाते हुए एकदम सहजता से बिता दी थी।

शिवा के यह पूछने पर कि क्या उसके फ्लैट की चाबी खो गई थी, जो बच्चे सीढ़ी पर बैठे थे? निशा ने सूचना दी, "आजकल अमृता के यहाँ 'बिशू' के एक घनाढ्य मित्र की 'आवा-जाही'; मर्यादा की सीमा को पार कर चुकी है," हालाँकि जब भी निशा ने इस बाबत 'बिशू' से कुछ कहना चाहा, तो उसने उसका मखौल-सा उड़ाते हुए कहा, "निशा जीजी! आप किस जमाने में जिंदा हैं, रामायण काल में, अरे जीजी! यदि मेरा अंतरंग मित्र मेरे यहाँ नहीं आएगा; तो कहाँ जाएगा? और यदि उसकी और अमृता की 'वेवलेंथ' मिलती है, तो यह तो उत्तम स्थिति है। आप ही बताइए इस दुनिया में कितनों को ऐसा मनचीता साझीदार मिल पाता है? जीजी! आप बेफिक्र रहिए, सब ठीक है।"

शिवा ने निशा को ये खबरें उसे न देने के लिए डाँट तो बताई, पर वह स्वयं भी हतप्रभ सी; सही-गलत का निर्णय करने में असमर्थ सी; एक ऐसे मोड़ पर खड़ी थी; जहाँ प्रश्न तो ढेरों थे; पर न तो किसी में उन्हें पूछने की हिम्मत थी और न ही किसी को, किसी से, कोई सार्थक जवाब मिलने की आशा थी।

नारी जाति के प्रति बिशू के मन में जो सच्ची श्रद्धा थी, वह मेरे लिए विरल

थी; इसलिए मैं उससे भक्ति की हद तक स्नेह करती थी। शिवा इसलिए भी इस घटना का साझा मुझसे नहीं कर पाई थी;···कि तभी! एक दिन खबर आई कि 'बिशू' की पत्नी ने कोर्ट से 'एक्स-पार्टे' तलाक लेकर 'बिशू' के उन्हीं स्वनामधन्य मित्र से विवाह कर लिया है और 'बिशू' पूर्णत: बेघर और बेकाम हो गया है।

''हम सब धक्क!···लेकिन उस पुनर्नवा 'बिशू' ने अपने चारों ओर बिखरे टुकड़ों को बटोरकर इस पूरी दुर्घटना को मिठास से स्वीकार कर लिया और अपनी एकमात्र संपत्ति; 'नई गाड़ी की चाबी' भी पत्नी की इच्छानुसार उस सर्वसंपन्ना को ही दे दी।

''खैर···''हे हरिश्चंद्र! हे दधीच! मरो तुम! अपनी इन बेवकूफियों के साथ! की मुद्रा में हम उसकी ओर से मुँह फेरकर खड़े हो गए।

पर वह ठहरा, 'बिशू'! 'बेमिसाल! अजेय'! उसने अनगिनत दिन और रातें साक्षात् गुडाकेश की तरह ही अहर्निश; अनेक समंदरों, देशों और पहाड़ों की खाक छानते हुए बिताई। उसने रूस, दुबई, सिंगापुर, अमेरिका, चीन आदि देशों में रहकर नए-नए व्यवसाय किए और फिर सबको चौंकाता हुआ वह पुन: प्रतिष्ठित हो गया; पैसे से; पत्नी से और बच्चों से।

उसकी सेक्रेटरी लवलीन उसका दु:ख बाँटती हुई; उसके 'पहले के बच्चों' पर प्रेम लुटाकर उसके हृदय में घर बनाती हुई; उसके मनोराज्य की साम्राज्ञी बन बैठी। सुचित्रा सेन सी सुंदर; पढ़ी-लिखी; मिष्टभाषी लवलीन ने बिशू को एक बेटे और एक बेटी से नवाजकर उसके परिवार को भी संपूर्णता दे दी।

'बिशू' आधी रात को समुद्र की लहरों से लड़ता हुआ; उनसे सोना पैदा करता; और सुदूर शहर में बसे अपने परिवार को साधन-संपन्न करता रहता। कहीं कोई कमी नहीं थी। सुंदर बच्चे थे; पैसा था और सुंदर-समझदार पत्नी थी। अब उसका अपने माँ-बाप के यहाँ भी आना-जाना हो गया था कि! अचानक एक दिन शिवा तेज गति से चलती मेरे यहाँ आकर बोली, ''सुनो जरा! उस महारानी (लवलीन) के करतब! आजकल उसके फ्लैट में 'बिशू' कम और उस देवी का एक दोस्त ज्यादा रहता है।''

मेरा सहज सा उत्तर था, ''शिवा! 'आइ रिपिट!' चूँकि तुम लवलीन को पसंद नहीं करती हो, इसलिए खामख्वाह की बातें करती रहती हो। तुम्हें क्या बिशू ने कुछ कहा है?'' शिवा ने तुरंत उत्तर दिया, ''अरे! वह क्या कहेगा? वह बेवकूफ तो अंधा है। आज सुबह उसका दोस्त अनंत आया था और उसने ही यह सारा माजरा सुनाया और तभी यह भी पता चला कि यह किस्सा कोई नया नहीं, महीनों पुराना है।''

मैंने अचरज से कहा, ''क्या 'बिशू' के 'हिये' की फूटी हुई है, जो वह यह सब बरदाश्त कर रहा है?''

''अरे! तुमने उस करमजले की भली कही! जरा उससे कहकर तो देखो? वही अपना पुराना दर्शन बघारने लगेगा।''

फिर घबराकर मेरा हाथ पकड़ते हुए शिवा ने कहा, ''सुमन! क्या यह भी हो सकता है कि उस 'इडियट' के विशाल हृदय में उस बदमाश ने भी अपनी जगह बना ली हो? सच पूछो तो! बिशू के बारे में सोचते ही मेरा तो सिर घूमने लगता है; अब तुम्हीं बताओ अपन को क्या करना चाहिए?''

''देख शिवा! बिशू से मिलकर कहीं से भी नहीं लगता कि वह दुःखी है; रंच मात्र भी नहीं और जहाँ तक मैं उसे जानती हूँ, वह एक सच्चा बच्चा है, नौटंकीबाज नहीं! इसलिए तू ज्यादा सिर मत खपा।''

अफवाहें उड़ीं; पर हवा, पानी न मिलने के कारण शांत हो गईं। वैसे हम दोनों को पता चल गया था कि लवलीन का वह 'पुरुष मित्र' अपना सारा डेरा-डंडा लाकर उस बड़े से फ्लैट में जम गया है और किनारे का एक छोटा सा अतिथि-कमरा बिशू के लिए मुकर्रर हो गया है। बच्चे बोर्डिंग स्कूल में और बिशू अधिकतर अपने समुद्री तट के स्थायी निवास में रहता है और बीच-बीच में लवलीन और बच्चों को विदेशों की यात्राओं पर ले जाकर अनाप-शनाप शॉपिंग करवाता रहता है।

अब हम दोनों दोस्तों का एक ही तकिया कलाम बन गया था 'बिशू गधा! जो इच्छा हो, सो करे!'...कि तभी शिवा से प्राप्त इस 'जाह्नवी' वाली खबर ने मुझे बाध्य कर दिया कि मैं बिशू से मिलकर इस तिलस्मी परीकथा की सच्चाई का पता लगाऊँ। वैसे मैं सौ प्रतिशत आश्वस्त थी कि बात कुछ और ही निकलेगी! क्योंकि मनुष्य आखिर मनुष्य ही होता है! चाहे वह देवत्व की संधि-रेखा पर खड़ा रहता है; पर उसका वजूद तो आखिर मानवीय कमजोरियों से रचा-बुना एक पिंजर ही है, फिर यह बिशू क्या भगवान् है, जो अनहोनी को होनी करेगा?

मेरी छटपटाहट इतनी बढ़ी कि मैंने पहला अवसर पाते ही बिशू को कठघरे में खड़ा कर; मेरे अंतर को मथती सारी बातें उससे कह दीं। मेरी प्रत्येक बात में 'व्यंग्य' एक शाश्वत तत्त्व की तरह मौजूद था; ''आखिर तुम हो क्या, क्या समझते हो अपने आपको, कैसे कर पाते हो यह सब, क्या तुम पिछले जन्म में वह पौराणिक पात्र थे, जो अपने पति को कंधे पर बैठाकर पर-स्त्री के घर पहुँचाया करती थी?''...आदि ढेरों कटाक्षों के बाद मैंने अपने दोनों हाथ कोहनियों तक जोड़कर कहा, ''हे देवता! आखिर तुम ऐसा कर कैसे पाते हो, यदि तुम अनजाने में ही यह सब कर रहे हो;

तब तो क्या खाक बता पाओगे? पर यदि जान-बूझकर भी इतनी सहजता और प्रेम से यह कर पा रहे हो, तो निश्चित ही तुमने अपना कोई दर्शन रचा है, जिसके तहत तुम इन घटनाओं को इतने साधारण ढंग से स्वीकार कर रहे हो। क्या तुम मुझे बता सकते हो कि तुम यह सब कैसे कर पाते हो?''

फिर थोड़ा रुककर मैंने एकदम सच्चे मन से कहा, ''देखो ये प्रश्न मात्र प्रश्न नहीं हैं। मैं सचमुच वह जीवन-दर्शन जानने को अभीप्सित हूँ; जो तुम्हें यह सब करने की क्षमता प्रदान करता है! बताओगे मुझे?''

मेरी अकुलाहट और सच्चाई देख; बिशू ने मेरे दोनों हाथों को थामकर अत्यंत प्रेम से गोद में रख लिया और फिर अपनी सदाबहार निर्मल हँसी हँसने लगा, हालाँकि वह देखने में साधारण सा है, पर उस समय उसका पूरा चेहरा एक दिव्य शांतिमय कांति से दमक रहा था!

उसने सरलता से उत्तर दिया, ''दीदी! पता नहीं क्यों बचपन से ही एक बात मेरे दिमाग में 'खुबी' हुई है कि जिसे जो करना हो; वह उसे करता ही है। 'टेढ़ी उँगली से घी निकालना' कहावत का मर्म यदि आप गहराई से सोचें, तो यही निकलता है कि 'साम, दाम, दंड, भेद' से हम सब अपनी कामनाओं की पूर्ति करना चाहते हैं। ऐसे में यदि कोई बाधा आती है, तो हम छल-कपट से उसमें से कोई-न-कोई गली निकाल ही लेते हैं, लेकिन ऐसी स्थिति में हम उन बाधाओं से कुंठित होकर उस वातावरण से, कुढ़ने लगते हैं, और यह कुढ़न नासूर बनकर हमारे अंतर को दुर्गंध से भर देती है, पर वचनबद्धता; सुविधा; समाज और बच्चे जैसी स्थितियाँ उसे त्वचा की तरह ऊपर से ढँके रखती हैं। सो दीदी! 'बोथ द टाइम्स आइ जस्ट डिसाइडेड' कि इसमें ऐसी क्या खास बात है, जीवन तो बहता पानी है; मैं चट्टान बनकर उसे रोकनेवाला कौन? अग्नि के सात फेरों को मैंने न कभी पूरे जीवन के सुख से बड़ा माना है, न मानूँगा। हाँ! जब मुझे पहली बार लवी के इतर-संबंधों का पता चला; तो मैं कुछ स्तब्ध हुआ; पर फिर मैंने सारी स्थितियों पर गहराई से विचार किया, तो लगा कि इसके पहले कि रुका हुआ पानी सड़ने लगे; मुझे उसे बहने के लिए उन्मुक्त कर देना चाहिए।''..

पता नहीं; मैं उसे एकटक देखकर भी कुछ देख रही थी या नहीं, सुनकर भी सुन रही थी या नहीं, विश्वास कर रही थी या अविश्वासों से भरी थी?

पर यह सब सुनने के बाद भी मुझसे रहा नहीं गया और मैं कह बैठी, ''पर यह तो तुम्हारी 'अति' ही है कि तुम्हारी बीवी 'दोस्त' के साथ घुमक्कड़ी करने जाएगी, इसलिए तुम बेटी को घुमाने के बहाने गोवा ले जाओ। भई बिशू! सच!

तुम्हारा यह 'भगवान्पना' मेरे पल्ले तो नहीं पड़ता! क्या तुमने इसके पीछे भी अपना कोई खास दर्शन रच लिया है ?''

''दीदी! आप भी कहाँ से दर्शन-वर्शन की बात ले बैठीं! मुझे तो दर्शन का 'द' भी नहीं आता। मैं एक साधारण सा व्यापारी आदमी हूँ! जब जो घटता है, उसमें से अपना फायदा ढूँढ़कर कदम उठा लेता हूँ। अच्छा आप ही बताइए, यदि मैं अपना सारा जीवन रोड़े अटकाने में ही बिता देता; तो जो सुनहरा जीवन मैंने अपने चार बच्चों, पत्नियों और आप सबके साथ गुजारा है; वह कैसे संभव होता ? कभी कोई खुदकुशी करता नजर आता; तो कभी कोई चोर-डाकुओं की तरह कठघरे के पीछे खड़ा हुआ! और इन सबसे मुझे क्या हासिल होता ?''

''दीदी, सच मानिए! आज मेरे और लवी के बीच जैसे संबंध हैं; वैसे कभी नहीं रहे। हम अपने दु:ख-सुख, सच्चाई से एक-दूसरे के साथ बाँटते हुए; पहले से कहीं बेहतर दोस्त हैं। हम दोनों इन दिनों अपने चतुर्दिक एक 'स्वर्ण-युग' सा महसूस कर रहे हैं। आज सुबह ही उसने मुझे अत्यंत स्वादिष्ट नाश्ता बनाकर खिलाया है!''...कहकर वह अपनी वही सहज हँसी हँसने लगा।

''तो क्या तुम दोनों के बीच तलाक हो गया है ?''...पूछते ही उसका उत्तर आया, ''हाँ! पूरी तरह।'' ''पर अभी पिछले हफ्ते ही तो तुमने 'बामलवा' से खरीदकर एक बड़े हीरे की अँगूठी दी है ?'' और प्रत्युत्तर में फिर उसी लापरवाह हँसी से भरा उत्तर ''अपनी खुशी के लिए।''

आज सुबह-सकारे; इस शीतोष्ण मौसम के निरभ्र आकाश को एकटक देखती मैं! उस 'पुरुष सती' बिशू के बारे में सोचती हुई अनेक संजालों से घिरी हुई थी कि फोन की घनघन ने तुरीयावस्था से जीवन के ठोस धरातल पर ला दिया। फोन के उस ओर से बिशू की चहकती हुई आवाज आई, ''दीदी! एक फेवर चाहिए।''

''अरे बिशू! बोल, क्या बात है, आज इतनी सुबह कैसे फोन किया ? और यह 'फेवर-वेवर' की 'फॉर्मेलिटी' छोड़कर अपना काम बता।''

''दीदी! लवी और बच्चे दीपावली पर मेरे पास आ रहे हैं। आप मेरे 'खाते' में से उन लोगों के लिए खूब अच्छे-अच्छे उपहार खरीदकर भिजवा दीजिएगा; कंजूसी मत कीजिएगा और प्लीज! शिवा दी को मत बताइएगा; वे इसका मर्म तो समझेंगी नहीं; बस 'झींकना' शुरू कर देंगी।'

और मैं सुमन! अपना सिर पकड़े सोच रही हूँ, कि क्या मैं भी कभी बिशू के जीवन-दर्शन के 'महीनपन' को समझ पाऊँगी ? उसने तो मात्र कहा ही नहीं, कर भी दिखाया; कि 'वन कैन जस्ट लव; विदाउट टू बी लव्ड'...पर ईमानदारी की

बात तो यह है कि मैं इस सारे परिदृश्य की साक्षी होते हुए भी इस पर विश्वास नहीं कर पा रही। मुझे हर क्षण लगता है; कुछ-न-कुछ घटेगा और हाड़-मांस का बना यह साधारण मनुष्य 'बिशू'! हमारी जात में शामिल हो जाएगा।

"सच मान, बिशू! मैं तुझे असीसना चाहकर भी असीस नहीं पाती! हर वक्त तुझसे जलती रहती हूँ कि स्त्री-स्वतंत्रता के नगाड़े बजाती 'मैं'!...क्यों नहीं हकीकत में तुम्हारा सहस्रांश भी हो पाई, और तुम, जिसने कभी कोई दावा नहीं किया; उसने सबकुछ कर दिखाया?"

"सोच रही हूँ कि क्यों हैं हम ऐसे अधम! कि यदि हममें से कोई एक आगे बढ़कर देवत्व की पाली में पग धरता है; तो उससे खुश होना तो दूर, हम उसे बेवकूफ की संज्ञा देकर खारिज कर देते हैं। दरअसल हम हकीकी लोग मजाजी लोगों में और चमत्कारों में विश्वास नहीं करते! और सच पूछें तो 'बिशू!' एक चमत्कार ही तो है!..."

□

एक माँ धरती सी!…

''हैल्ल्यो! बानी माशी (मौसी)…की खोबोर…शोब ठीक?…'' कहते हुए मैंने किताबें एक ओर पटकीं और माशी की गोद में पसर गई।

''बोलो तो आजके तुमि आमाय (मुझे) की (क्या) खावाबे (खिलाओगी)'' कहने के साथ ही मैंने माशी की लंबी चोटी को एक झटका दिया और उन्होंने आँखों-ही-आँखों में मुझे धमकाते हुए चोटी का 'हाथ जूड़ा' बाँधकर सिर पर कस लिया फिर अपने पान रँगे होंठों से माँ को लाड़ भरी इतराहट से कहने लगी, ''शाबी! (साबी), शोत्ति (सच) तुम्हारा इस लड़की का माथा ऐकदोम खाराप है।….घोड़ा माफिक हो गया, किंतु जरा भी हूस (होश) नेई है। मेरा नोकोल में खाराप हिंदी बाँग्ला बोलेगी…मेरा 'सारी' (साड़ी) खींचेगी,…'चूटी' खींचेगी बस्स- शोब शोमय (हर वक्त) खी…खी…खी…दाँत देखाएगी। चोख (आँख) दैखाओ तो टेढ़ा मुख (मुँह) बनाएगी।…शोब शोमय बदमाईश खाली बदमाईश;…कोनो (कोई) माने आछे (है)…'पोर-घोर' (दूसरे घर) जाकर के माँ-माशी का नाम बोदनाम ना कोरे तो हमरा नाम बानी नेईं।…हे भोगबान्! कोतो दुष्टु मेये! एके निए आर पारी ना!''(हे भगवान्! कितनी बदमाश लड़की है! अब इससे पार नहीं पाया जा सकता।)

पर बानी माशी की बातों की तरह ही उनके हाथ भी लगातार चल रहे थे और देखते-ही-देखते मेरी प्लेट में गरमागरम 'राधावल्लभी', 'आलूदम', 'संदेश', 'रसगुल्ला' आदि के ढेर लग गए थे। मैंने जैसे ही लपककर प्लेट खींची, पंखे की डंडी हाथ पर पड़ी ''ऐई पागला मेये, आगे हाथ धो!'' (ऐ पागल लड़की पहले हाथ धो।) मैं हूँ हाँ करती हुई दौड़कर बेसिन से हाथ पर पानी छिड़ककर वापस आई और दमादम नाश्ता ठूँसने लगी।

माँ ने खिलखिलाते चेहरे से बानी माशी की ओर देखकर कहा, ''ऐर ऊ परे तोर जोतो माया आर भालो बाशा; तार मोध्ये आमी कोथाय?…जेने रेखो…जोदि ऐर शोशुरबाड़ी थेके कोनो बोदनामी आशबे तो? तोर हिश्शाटाई बोड़ो होबे'' (तुमने

इसे जितना सिर पर चढ़ा रखा है, उसमें मेरी गुंजाइश कहाँ? यदि इसकी ससुराल से कोई शिकायत आई तो उसकी जिम्मेदारी तुम पर ही होगी, मुझ पर नहीं।)

''हुँह···बोदनामी देबार शाहोशटाइ आर कार होबे (?) ओतो रुपोशी आर गुनोवती मेये कि शोहजेई पावा जाए?'' (हुँह, भला बदनामी देने की जुर्रत किसमें होगी? एक तो रूपवती और ऊपर से गुणों की खान। क्या सहज ही किसी को ऐसी लड़की मिल सकती है?

पलक झपकते ही 'दुष्टु मेये' को गुणवती बनाती बानी माशी हमारी बहुत ही प्यारी और अद्भुत पड़ोसन थीं। एक तरह से वे मेरी माँ ही थीं। वैसे माशी और माँ शायद 'साड़ी बदल' बहनें भी थीं, पर मुझे तो बस इतना ही पता है कि मेरे प्यार के आकाश का बड़ा हिस्सा बानी माशी ने घेर रखा था और बाकी में थी सारी दुनिया···

लेकिन आज सालोसाल बाद पूर्वदीप्ति सी यह बानी माशी!···क्यों मेरे मस्तिष्क के फलक पर बार-बार कौंध रही हैं? क्यों उनकी मीठी चुटकियाँ! छोटे-बड़े हँसी-मजाक, रोजमर्रा की छेड़छाड़, नोक-झोंक, बड़-बड़ सबकुछ! सिनेमा की रील सा आँखों के सामने से गुजर रहा है।

''माँ! माँ! कठै सै तैं?'' आवाज देती हुई मैं माँ के पास जा धमकी। मेरा ऊँचा सुर सुनकर माँ कुछ घबड़ा गई। जल्दी-जल्दी बाहर आकर बोली, ''अरे के होया? क्यूँ चिल्लान मंड री सै?''

''माँ! अच्छा, वा तेरी 'भायली-भाण' (सहेली बहन) थी न, 'बानी' उसकी के खबर सै···उनसै तैं 'लास्ट' कद (कब) मिली थी,···वा सै कठै (कहाँ) ?···''

''अरे! आज बानी किस तराँ याद आगी तनै, कुछ चहिए था के उससे, कोई पुरानी-धुरानी किताब?···या बंगाल की कोई पुरानी बात पूछनी थी के,···के बात सै बेटा?''

''ना बस, न्यूये (ऐसे ही)।···आज सबेरे बानी बासु नाम की एक लेखिका से मिलना होया। बात-बात में बेलियाघाटा का जिकर भी आया···बंगाली खाणै पीणै की चरचा में बानी माशी का नाम भी आया···तो मेरा 'जी कुछ उट्ठ' (मन घबड़ाना) सा गया!···हाँ, तो माशी की कै खबर सै (?)''

माँ का सर्वस्मित चेहरा कुछ मुरझा सा गया और उन्होंने धीमे-धीमे अधमरे स्वर में जो बताया, वह बिल्कुल अप्रत्याशित था। उसका कोई भी तालमेल उन रोजाना की शामों से नहीं था, जिनमें पूरे मोहल्ले के बच्चों के ठहाके; पहनना- ओढ़ना; टाँग खिंचाई; रूठ मनौवल; रोना-गाना और पर्व-त्योहारों के उत्सव भरे हुए थे। उन शामों में तो जरा सा भी अवकाश नहीं था कि दुःख सेंध मार सके, फिर यह छिद्र आया कहाँ से? उन शामों की चादर का चँदोवा तो इतनी सख्ती से खूँटों से बँधा

था कि ओजोन की परत में छेद हो सकता है, पर उसमें नहीं। फिर यह हुआ कैसे?

दरअसल अपनी सुविधा के लिए हम माँ-बाबूजी को बेलियाघाटा से मध्य कलकत्ता में ले आए थे। बानी माशी किसी भी तरह यहाँ आने को राजी नहीं हुई। 'भास्कर मासा' की बढ़िया मालिकाना नौकरी थी; अच्छा-खासा घर था; खूब ठाठ-बाट का रहना और खूब खुले हाथ से खर्च करना उनकी दिनचर्या थी।

दिन बसंत की बयार-से बीत रहे थे; प्रेम से भरे; फूलों की खिलखिल से सजे। उनका 'शोनू' नाम का एक बेटा था; पर बेटी न होने के कारण उन्होंने मुझे ही अपनी बेटी माना और शोनू से ज्यादा स्नेह दिया। हकीकत तो यह है कि बचपन में मुझे माँ से ज्यादा माशी ही अच्छी लगती थी।

जब हमने माशी पर भी मध्य कलकत्ता आने के लिए दबाव डाला तो माशी ने कहा, "मैं जन्म से ही इस बंगाली मोहल्ले में पली-बढ़ी हूँ; बचपन-जवानी सब यहीं बीते हैं; अब इस उम्र में केवल 'शाबी' (सावित्री) की टान (आकर्षण) से इसे कैसे छोड़ दूँ? हमारे बंगाली संस्कार और हमारे 'ओलनाल' तो यहीं के परिवेश में गड़े-खुबे हैं।"

खैर थोड़े दिनों तक काफी आना-जाना रहा, फिर कुछ कम और क्रमश: यह आना-जाना शादी-विवाह या मरण-जन्म तक ही सिमटकर रह गया।

एक दिन अचानक खबर आई कि भास्कर मौसा का देहांत उनके ऑफिस की बड़ी टेबल पर सिर धरे-धरे ही हो गया था।...श्राद्ध आदि के बाद यह भी सुनने में आया कि मौसाजी का बैंक बैलेंस कुछ खास नहीं था और अपनी ईमानदारी के कारण वे यह मकान भी पूरी तरह नहीं खरीद पाए थे। मकान-मालिक से रब्तो-जब्त में कुछ लेन-देन तो हुआ था, पर काररवाई पूरी न होने के कारण वह साफ मुकर गया था।

माँ ने बताया कि माशी की मनभावन लाड़ली बहू रातोरात सरस्वती से चंडी दुर्गा बन गई थी। उसने तुरत-फुरत अपना बोरिया-बिस्तरा बाँधा और सबको लिये-दिए अपनी माँ के यहाँ जाकर रहने लगी।

मेरे यह कहते ही कि शोनू और माशी नै भी तो सागै (साथ) लेगी सै;...चालो ठीक सै। माँ ने तमककर कहा, "के सिर ठीक सै? कोण तो कवै था कि वा दुष्टाबहू बानी नै भतेरे दुख देव सै; (क्या सिर ठीक है, कौन तो कह रहा था कि वह दुष्टा बहू बानी को बहुत ही सता रही है।)"

"माँ! फालतू बात मत कर्‌या कर! बंगाली छोरे (लड़के) माँ की भोत सेवा करैं सै...हज्जारा उदाहरण दे सकूँ सूँ! तनै...आज के युग में भी ये बंगाली लोग श्रवण कुमार सरीखे हौंवे सैं।" (माँ, फालतू बातें मत करो। हजारों उदाहरण है कि आज भी बंगाली लड़के श्रवण कुमार की तरह माँ-बाप की सेवा करते हैं।)

मैंने माँ को डॉ. भट्टाचार्य और डॉ. प्रवीर बैनर्जी आदि कई बड़े डॉक्टरों के हवाले से किस्से सुनाए, जिनमें बेटों ने माँ की ऐसी सेवा की थी कि मेरे मन के कई भरम 'पुत्र कुपुत्रो भव, माता न कुमाता भवति' आदि टूट गए थे।

मैंने उपदेशात्मक स्वर में माँ को यह भी समझाया कि "हर युग में तीनों युग रहते हैं—सत, रज, तम (कलि)···बांग्ला संस्कृति मातृसत्तात्मक है; इसमें अभी भी माँ के लिए विशेष स्थान सुरक्षित है; इसलिए माँ बानी माशी की ओर से बेफिक्र रहें। आजकल के बच्चे ईमानदार हैं और सीधी-साफ बात मुँह पर कह देते हैं। वे बाहर से कड़वे लगते हैं; पर सही में वे पढ़े-लिखे, समझदार और मन के अच्छे हैं।

"माँ, तुम वैसे भी माशी की बिल्कुल चिंता मत करो। क्या तुम्हें याद नहीं उस शाम क्या हुआ था, जब तुम मुझे और शोनू को वह मीठे कलेजे वाली कहानी सुना रही थी, कितने बड़े थे हम दोनों, यही कोई चार-पाँच साल के क्यों?"

और वह दृश्य! अखंड, साबुत!···पूरा-का-पूरा मेरी आँखों के सामने तिर गया।

माँ ने अपने 'तकिया कलाम' 'कहाणी सुणता हुँकारा भरो तो सुणाणवालै नै मजा और सुणणवालै कै जाग रहब (कहानी सुनते समय हुँकारा भरो तो सुनानेवाले को आनंद आता है और सुननेवाला जाग्रत् रहता है।) कहकर कहानी शुरू की थी।···माँ की दाईं पालथी पर मेरा और बाईं पर शोनू का सिर था। माँ की उँगलियाँ हमारे बालों से खेल रही थीं ···कहानी अपने पूरे यौवन पर थी कि अचानक! शोनू उठकर दौड़ा और रसोईघर से एक छोटा सा चाकू लाकर चिल्लाने लगा, "मेरे देबो। राक्खोश के जाने मेरे देबो।···निजेर मायेर जान नेबे?···ऐखूनी···ऐखूनी···मेरे देबो"···(मार डालूँगा- राक्षस को जान से मार डालूँगा, अपनी माँ की जान लेगा? मैं उसे अभी का अभी मार डालूँगा) कहते-कहते उसकी साँसें उलझने लगीं।

सब हक्के-बक्के। माँ ने मेरा सिर धड़ाम से जमीन पर गिरने दिया और शोनू का चाकूवाला हाथ पकड़कर उसे पुचकारकर कहने लगी, "आमार शोना···आमार चाँद, ऐ तो एकटा काहिनी रे बाबा! कोनो दिनई ऐ रोकम होय ना। जोतो दिन ऐई पृथिवी ते तोमार मोतन छेले आछे, केऊ निजेर मायेर ऊपर हाथ ई तुलते पारबे ना;···मारा तो दूरेर कोथा।"(मेरे राजा, मेरे सोना, बेटा यह तो बस एक कहानी मात्र है।···ऐसा कभी नहीं होता।···जब तक इस धरती पर तुम सरीखे बेटे हैं, कोई अपनी माँ पर हाथ तक नहीं उठा सकता, मार डालना तो दूर की बात है।)

यह वही हम सबकी सैकड़ों बार सुनी कहानी थी कि एक प्रेमिका के उकसाने पर जब उसका प्रेमी अपनी माँ के मीठे दिल को निकालकर तेजी से अपनी प्रेमिका के पास जा रहा था, तो ठोकर लगने से गिर पड़ा और कहानी का थर्रा देनेवाला चरमशीर्ष यह था कि कटे कलेजे से भी माँ की आवाज आई!···

"अरे बेटा! कहीं चोट तो नहीं लगी?"

एक लंबा नि:श्वास छोड़ते हुए मैंने माँ से माशी का पता माँगा।

माँ ने दोनों हाथ झटककर कहा, "शोनू की बहू ने किसी को भी अपना अता-पता नहीं दिया।"

"बड़ा अजीब जवाब है यह तो!"…मैंने खीज कर कहा।

"पर यही सच है!" माँ ने भी मुँह फुलाकर कहा।

बहरहाल, व्यस्त जीवन की अफरा-तफरी में बानी माशी का अध्याय अपने पन्ने समेटकर वापस बंद हो गया था कि… ?

एक दिन मेरी योग गुरु शिखा ने कहा, "दीदी! आज मन कुछ खट्टा सा हो रहा है।"

उसकी रोज की बेसिर-पैर की बकबक से उकताए मेरे कान यह संवाद सुनते ही मुँद से गए थे कि कथा-प्रवाह के बीच अचानक सुनाई पड़ा और वह बुढ़िया बानी? बिचारी कुछ भी नहीं…

शिखा तुमने कहा, "बुढ़िया 'बानी', कौन हैं वे, उनका पूरा नाम क्या है, तुम उन्हें कैसे जानती हो, क्या वे सदा से ही तुम्हारे पड़ोस में रहती हैं?"

शिखा रोज मुफ्फसल 'खरदा' से दो लोकल ट्रेन बदलकर कलकत्ते आती है; वहाँ का रहन-सहन और मकान सस्ते हैं और वहाँ के बाशिंदे अधिकतर बांग्लादेशी शरणार्थी हैं।

मेरे प्रश्न से शिखा का चेहरा चमक उठा। उसकी यह शिकायत कि मैं उससे अनमनी रहती हूँ और उसकी बातों को तवज्जो नहीं देती; मिट गई; फिर तो उसकी बातों की ऐसी नदी बही कि उसमें से आठ-दस सीरियल की पटकथाएँ निकल आतीं।

हाँ! बुढ़िया के उठने से लेकर सोने तक; सातों दिन, बारहों महीने उसके साथ क्या सुलूक होता है; सुनना अत्यंत दु:खद और रोमांचकारी अनुभव था।

शिखा! क्या तुम मुझे बानीजी से मिला सकती हो? सुनते ही शिखा ने मुझे यूँ घूरा जैसे मैं आधी नहीं पूरी पागल हो गई हूँ। दो-एक उपहार और खुशामद के बाद वह इस पर राजी हुई कि वह किसी तरह उनसे मिलकर मुझे उनके हाल-चाल बताने की कोशिश करेगी।

विस्मय और आनंद से भरा था वह दिन, जब शिखा ने यह शुभ सूचना दी कि आज 'बानी बुढ़िया' से मिला जा सकता है; क्योंकि उनके बेटा-बहू दो दिन के लिए 'दीघा' (समीपवर्ती पर्यटन स्थल) गए हैं।

क्षणमात्र गँवाए बिना, हम सब गाड़ी में भरकर माशी के दरवाजे जा पहुँचे। संदेश के डिब्बे, समोसों के ठोंगे और फल-फूल को उतारकर; जब हमने दरवाजा

खटखटाया तो सामने एक बहुत ही भद्र पुरुष आ खड़े हुए। पता चला कि माशी की बहू के जीजा हैं और उसी कंपनी में काम करते हैं, जिसमें माशी का बेटा शोनू (बाप की वजह से) अफसर है।

उन्होंने आँखें चुराते हुए बहुत ही संकोच से हमें बानी माशी की कोठरी दिखा दी।'''असंभावित और असमय पड़ी थपथपाहट से बानी माशी इतना घबरा गईं कि दरवाजे पर उन्हें देखकर लगा, मानो कोई भूत सामने खड़ा है! आँखें आसमान पर!'''गरदन जमीन में धँसती सी!'''मोटी साड़ी का फटा पल्लू मरोड़ते काँपते हाथ!'''और जमीन को कुरेदते पैरों के अँगूठे।

ओफ्फ! क्या ये वही बानी माशी हैं? ना! ना!'''ऐसा हो ही नहीं सकता! कहीं कोई भूल है, क्या ये बानी माशी ही हैं मैंने असमंजस भरी आँखों से शिखा को देखा तो उसने झुकी गरदन और झुकाकर जोर से 'हाँई' में उसे हिला दिया।

ओह! वह परिवेश? बयान करने लायक नहीं! लगा काला पानी की कोठरी का कोई बहुत ही बुरा सिनेमाई सेट है। पंखा तो दूर; उसमें एक खिड़की तक न थी।

'माशी' साँस कैसे लेती हैं? क्यों जिंदा हैं; वे ऐसी बदतर जिंदगी में?

पर उनकी आँखों ने बिना कुछ कहे ही सारी जिज्ञासाओं का समाधान कर दिया और साथ ही यह भी कह दिया कि मरना इतना आसान नहीं है।

सोचा था पहले की तरह ही लपककर, उमगकर माशी को चिपका लूँगी! पास बैठकर खिलाऊँगी।'''उनके आराम का कोई इंतजाम करूँगी, पर यहाँ तो सबकुछ स्तब्ध था, एकदम ठहरा हुआ; निर्वात। वहाँ इतने लोग उपस्थित थे; पर लगता था कि कोई भी नहीं है; बस एक भयावह सन्नाटा वहाँ पसरा हुआ था, जिसकी धुंध सबकुछ लील रही थी, यहाँ तक कि सबकी साँसों की आवाज भी इतनी साफ थी; मानो कोई धौंकनी धौंक रहा हो।

यह मंजर कितनी देर ऐसे ही जड़ता में जकड़ा रहा, अंदाज नहीं! कि परेश दा (जीजा) ने हल्का सा गला खखारा और कुछ बोलने का उपक्रम किया, पर उनकी जीभ भी तालू से सट गई और उन्होंने यह कोशिश व्यर्थ हो जाने दी।

अंत में शिखा ही बोली, "ताहोले जाई?" (तो चलें?)

"अरे वाह! चलें? चलें कैसे? ठहरो बाबा एक मिनट।" कहते हुए मैंने माशी की साड़ी का पल्लू खींचकर कहा, "माशी, चोलून मांर बाड़ी।" (माशी चलिए माँ के यहाँ)

माशी की बड़ी आँखें उदासी का महासागर अपने में समाए ऊपर उठीं और उस गहन अवसाद में भी दुलार की हल्की सी परत तिराकर; उन्होंने मुझे देखा। उनके ओंठ हल्के से हिले; पर फिर बिना कुछ कहे ही वापस बंद हो गए।

अवश होकर मैंने परेश दा से कहा, ''दादा! आप ही कुछ करिए न। शिखा कह रही थी कि आप इन्हें बहुत चाहते हैं और इनके कष्ट से पीड़ित भी हैं; फिर इन्हें समझाते क्यों नहीं, कुछ करते क्यों नहीं परेश दा? प्लीज हेल्प मी! प्लीज! प्लीज!'' कहती हुई मैं फफक पड़ी।

वहाँ का वातावरण ही ऐसा था कि राह चलता भी रो पड़े। सभी की आँखें भरी थीं। केवल माशी की आँखें ही जल-शून्य थीं। माशी शायद भाव-कुभाव की दुनिया से परे जा चुकी थीं; शायद उन्हें अब सुख-दुःख कुछ व्यापता ही नहीं था।

बहुत अनुनय करने पर परेश दा ने बताया, ''आप ही की तरह हम भी इनका दुःख देखकर बहुत आंदोलित थे। 'कंकाल सा शरीर'; 'सिर पर रूखे बालों का घोंसला'; मोटी फटी-साड़ी में लिपटी इनकी यह 'काक डरानी शक्ल'! हमें बहुत सालती थी कि एक दिन अवसर देखकर मेरी पत्नी (इनकी बहू की बहन) मुझे लेकर इनके पास आई। हमने इनसे बहुत अनुरोध किया कि ये मेरे साथ मेरे दफ्तर चली चलें। वहाँ इन्हें न कुछ करना है, न कुछ कहना है; बस, मैं दफ़्तरवालों को इनका सही परिचय देते हुए कहूँगा कि ये फलाँ बड़े अफसर की माँ हैं और अपने बेटे का दफ्तर देखने आई हैं। इससे हमारे सहयोगियों की जो प्रतिक्रिया होती, उससे तो आप भी अनजान नहीं हैं और अनायास ही इनका बेटा भी सुधर जाता।''

''अरे! यह तो गजब का आइडिया था? फिर यह फेल कैसे हुआ?''

परेश दा ने यह कहते हुए बात का समापन किया ''किंतु माँ कारो कोथा शोनेन नी।'' बोललेन, ''ऐते आमार छेलेर ओपमान होबे।...आर आमी जीवंत थाकले ऐटा होते देबो ना। ओर अतो बोड़ो 'पोजीशने' आमार जन्यो एकटू धाक्काओ लागे ऐटा आमि होते देबो ना! ओर आगे आमिई मोरे जाबो।'' (लेकिन माँ ने किसी की नहीं सुनी। कहने लगीं इससे मेरे बेटे का अपमान होगा और मैं जीते जी ऐसा नहीं होने दूँगी। उसकी पोजीशन बहुत बड़ी है और उतना ही व्यापक है उसका प्रभामंडल। मेरी वजह से उसमें कोई भी खरोंच आने के पहले मैं मर जाना पसंद करूँगी।)

मैं भौंचक! पत्थर!

हृदय के हाहाकार में बस एक ही बात गूँज रही थी, ''माशी! माशी! तुमि कोन लोकेर प्राणी रे माशी!''...(माशी! ऐ माशी! तुम कौन से लोक की प्राणी हो?)

तो क्या डॉ. मुखर्जी और डॉ. बैनर्जी झूठे हैं? क्या आज भी पुरानी कहावतें अपनी सत्यता के परचे देती हैं? क्या 'माता न कुमाता भवति' सच है? क्या आज भी जब बेटा माँ का दिल निकालकर भागता हुआ ठोकर खाकर गिर पड़ता है तो उसमें से माँ की कराहट भरी आवाज आती है, ''बेटा! कहीं चोट तो नहीं लगी?''

□

वे लड़कियाँ

मैं कल्याणी से रोज सुबह लोकल ट्रेन पकड़ती थी, जिसमें काँचरापाड़ा, हालीशहर, इच्छापुर, नैहाटी, कृष्णानगर, टीटागढ़ आदि पंद्रह-सोलह स्टेशनों से लेकर अंतिम स्टेशन सियालदह तक के कई एक छोटे-मोटे स्टेशनों से 'वे लड़कियाँ' एक-एककर चढ़ती रहती थीं। एक-दूसरे को चूँटी काटती; पास खड़ी के पेट में कोहनी घुसाती 'वे लड़कियाँ' ही-ही, ठीं-ठीं करते हुए, ट्रेन के लेडीज डिब्बे की दो पंगतों में एक-दूसरे पर गिरती-पड़ती बैठ जातीं और उनके आते ही पूरा डिब्बा गुलजार हो उठता।

अपने सस्ते फूलदार सलवार-सूट और नकली शिफोनी दुपट्टे में सजी-धजीं वे इतनी सुंदर और रौबीली लगतीं, मानो वे साधारण सी 'बारहटिया' नौकरानी नहीं, बल्कि पुश्तैनी मेम साहब हों। वैसे उनका नखरा गलत भी नहीं था। कारण कि उनके सस्ते कपड़ों और नकली गहनों के अधिकतर डिजायन मालकिनों के असली गहनों-कपड़ों की हूबहू कॉपी होते थे। वे अपनी मालकिन के लाखों के हीरे के बुँदों का नकली अवतरण दस-पंद्रह रुपए में और हजारों की सोने की पाजेब दस रुपए में खरीद लेतीं। हाथ के कंगन, अँगूठी, पर्स, नेल पॉलिश और बिंदी का भी कमोबेश यही हाल था, पर उनमें एक बात काबिले-गौर थी कि चाहे उनका पहनावा सस्ता हो, पर उनके अदब-कायदे में हमेशा एक खानदानी पुट रहता था। मेरे अनुमान से चूँकि उनके परिवार देश के विभाजन के समय यहाँ आए थे, इसलिए धन खो जाने के बावजूद उनका तौर-तरीका नहीं खोया था।

उन्हें हर वक्त 'मुंडी-में-मुंडी' मिलाए, सरगोशियाँ करते हुए देखना किसी भी दर्शक को बचपन के स्वप्निल संसार में ढकेल देने की काबिलियत रखता था। उनकी उपस्थिति मात्र से रोमांचित मैं कभी अनियारी तो कभी सीधी आँखों से, उन्हें पहलू बदल-बदलकर देखती रहती थी। उनमें मेरी खास रुचि का कारण मेरा

लेखन भी था, जिसके लिए मुझे उनमें अपरिमित संभावनाएँ नजर आती थीं। मैं मन–ही–मन कई कहानियाँ उनके इर्द–गिर्द बुनती रहती थी और इस फिराक में रहती थी कि किसी तरह उनके व्यूह में घुसकर मैं अपने रिसालों के लिए दो–चार मौजूँ घटनाएँ ढूँढ़ लाऊँ। मैं बहुत शिद्दत से उन इंद्रधनुषी तितलियों पर कुछ लिख लेना चाहती थी, जिसकी एक खास वजह थी कि साहित्य में रुचि होने के बावजूद मुझे पारिवारिक जरूरतों के कारण 'नर्स' की नौकरी करनी पड़ रही थी, जहाँ कथावस्तु मिलने की कोई गुंजाइश नहीं थी। ऊपरवाले की मेहरबानी से मुझे पहले दिन से ही एक बुजुर्ग महिला का मनोनुकूल काम मिल गया था। वे पढ़ी–लिखी, संभ्रांत, विनम्र, उदार आदि अनेकानेक गुणों से विभूषित थीं। उन्हें अकेलापन महसूस न हो, इसलिए उनके बेटे–बहू ने उन पर सुबह–शाम की, दो पढ़ी–लिखी नर्सें रख दी थीं, जिनका काम उनका मन लगाना मात्र था। जब मैं सुबह उन्हें अखबार पढ़कर सुनाती, तो वे मुझसे वर्तमान परिदृश्य पर गंभीरता से चर्चा करतीं, जिसमें बाजारीकरण, भूमंडलीकरण, नारी विमर्श, लड़की भ्रूण हत्या, मूल्यों का विघटन आदि सभी मुद्दे शामिल होते थे। वे अपने जमाने की बी.ए. पास और अत्यधिक स्वाध्यायी थीं। हकीकत तो यह है कि 'दादी माँ' से बहस–मुबाहिसा करने के कारण मेरी सोच का भी काफी विस्तार हुआ था। उनके प्रोत्साहन से ही मैंने दो–एक कहानियाँ भी स्थानीय अखबारों में छपवाई थीं।

उन लड़कियों के दल को देखते ही मेरे मन में ऐसी ललक जगती जैसी धन दिखने पर लालची को और सुंदर स्त्री दिखने पर कामुक पुरुष को होती है। मैं हर वक्त सोचती रहती कि कैसे इनसे कुछ नई जानकारियाँ हासिल कर लूँ और उनके चारों ओर कहानी का इंद्रजाल बुनकर, कुछ रोमांचकारी और दिलचस्प किस्से लिख डालूँ, पर मुझे क्या पता था कि मेरे उस साधारण से सात्त्विक आदिम लोभ का ऐसा नतीजा होगा कि 'वे लड़कियाँ' स्वयं ही प्रथम नायिका के पद पर विराजित हो जाएँगी। खैर, वह किस्सा बाद में, फिलहाल तो…

हमारी यह 'कल्याणी लोकल' तकरीबन सोलह–सत्तरह स्टेशनों पर रुकती–पड़ती, हमें सियालदह स्टेशन पहुँचाकर वापस कल्याणी की ओर मुड़ जाती है और हम हजारों मुसाफिर दौड़ते–भागते, अपने कलकत्ते के गंतव्य स्थलों की ट्राम, बस और ऑटो को पकड़ने में व्यस्त हो जाते हैं। औरों की तरह ही 'वे लड़कियाँ' भी बिना पीछे देखे, तेजी से अपना हाथ हिलाकर 'टा–टा' करती हुई उड़ती सी गायब हो जातीं।

तकरीबन दो साल से इसी ट्रेन से मुसाफिरी करती इन 'लड़कियों' के झुरमुट

को देखकर मैं आह्लादित स्वर में अपनी मित्र नीरजा से कहती, ''नीरजा, मुझे इनकी ये पाँतें उन बगुलों सी लगती हैं, जो अकसर आकाश में अंग्रेजी के 'वी.' अक्षराकार में उड़ती हुई दिखती हैं, प्रत्येक स्वयं में स्वतंत्र, पर एक लय में छंदबद्ध, इनकी यह 'सिंफनी' काबिले-तारीफ है। जरा कल्पना करो कि ये सोलह-सत्तरह साल की युवा किशोरियाँ रोज न जाने कितनी तरह के सपने रचती होंगी! अपनी कमाई के पैसे माँ को देते वक्त क्या इनमें से हरेक मन-ही-मन यह नहीं सोचती होगी कि एक दिन सफेद घोड़े पर सवार एक राजकुमार आएगा और 'बापू' से उसका हाथ माँगकर, उसे घोड़े पर बैठाकर ले जाएगा?''

यह दिवा-स्वप्न देखते हुए मैंने आकाश पर बैठे उस 'अनंत-असीम' को याद किया और उन कुँवारी कामनाओं की अर्जी उस अगोचर के दर पर रख दी। एक बार जब स्टेशन आनेवाला था और मैं उतरने की तैयारी कर रही थी, तभी उन लड़कियों की सेनापति सीमा ने अपना मोबाइल मेरी ओर बढ़ाते हुए अति विनम्रता से कहा, ''दीदी! क्या आप हम सबका फोटो खींच देंगी?''

तेरह लड़कियों को तीन फोटो में कैद करने के बाद जब मैं अपने लिए भी उन सबके फोटो उतारने लगी, तो वे ऐसी निहाल हुईं, मानो उन्हें स्वर्ग ही मिल गया हो। उनके उद्दाम उत्साह से छलछलाता यह वाक्य, ''दीदी हमारा फोटो रखेंगी! दीदी हमारा फोटो रखेंगी!'' वहाँ के शोरगुल पर भारी पड़ने लगा। उनमें से कई लड़कियों ने मेरे फोन पर अपने 'मिस्ड-कॉल' देकर अपने नाम भी भरवा दिए और उनके प्रफुल्लित स्वरों ने उस पूरे डिब्बे में एक मीठी गुँजार सी भर दी। उनकी इस बेइंतिहा खुशी को देखकर मैं दंग थी और सोच रही थी कि हम कितने कंजूस हैं, जो मुफ्त में मिलती खुशी को भी ले नहीं पाते।

अचानक एक दिन उन लड़कियों का पूर-का-पूरा समूह गैरहाजिर था। यह एक रिकॉर्ड-भंग घटना थी, क्योंकि इन दो सालों में आँधी हो या तूफान, ऐसा कभी भी नहीं घटा था कि उनका पूरा दल न आए। मुझे बार-बार यही चिंता सता रही थी कि आखिर ऐसा क्या हुआ, जो वे सबकी सब नहीं आईं। तरह-तरह के अच्छे-बुरे विचार मन में उठ रहे थे। सांत्वना के लिए अपने उद्विग्न मन को वहमी करार देते हुए मैंने खुद को इस बहाने से बहला लिया कि उनमें से किसी एक की मँगनी हो गई होगी, इसलिए वे सबकी सब छुट्टी मना रही हैं। बेशक कल ही वे सब खिल-खिल करती हुईं, हाथ में मिठाई का डिब्बा लिये, ट्रेन में हम सबका मुँह मीठा कराती नजर आएँगी।

पर या खुदा, यह क्या! वह पूरा-का-पूरा जत्था दूसरे दिन भी गायब था।

मैंने पटापट उनके सारे नंबरों को दबाया, पर एक बार छोटी सी 'नो रिप्लाई' होने के बाद सिवा सूँऽऽऽ सूँऽऽऽ के उधर से कोई आवाज नहीं आई। इन दो सालों में उन लड़कियों ने पराई होते हुए भी मेरे मन में अपने लिए एक ऐसी जगह बना ली थी, जैसी किसी सगे के लिए भी नहीं होती। खुद मुझे भी यह अंदाजा नहीं था कि वे सब मेरे अंतर के किसी गहरे कोने में घुसकर बैठ गई हैं। आज रह-रहकर मुझे अपने गुरुजी की एक बात याद आ रही थी, "बहुत ही प्रेम-पागल है, हे भगवान्! इसकी रक्षा करना।"

उन्हीं आशीर्वाद के रक्षा-कवच में पनपती मेरी संवेदना ने शायद आज भी मुझमें थोड़ी-बहुत मनुष्यता बचा रखी थी, जिसकी वजह से मैं थोड़ा-बहुत दूसरों के कष्ट का अनुमान कर लेती थी।

पुराने लोग शायद सही कहते हैं कि अंत:प्रज्ञा नाम की जो एक चीज है, वह कोरी बकवास नहीं है, क्योंकि दो दिन, चार दिन और फिर पूरा सप्ताह बीत गया, लेकिन उस लेडीज डिब्बे के उजड़े चमन में बहार न लौटी। उनके सारे फोन नंबर नाकारा से खामोश पड़े रहे और उस अँधेरी घाटी से कोई जवाब नहीं आया। सारी बेचैनी के बावजूद मेरी औकात कुछ ठोस कर पाने की तो थी नहीं, इसलिए मैं एक दिशा-हारा की तरह किंकर्तव्यविमूढ़ सी माथे पर हाथ धरे बैठी थी कि नीरजा ने मुझे सुझाया, "प्रतिभा! तुम्हारी वे 'दीदी माँ' (मरीज) तो काफी रसूखवाली हैं। जरा उनसे कहकर तो देखो।"

सच, 'दीये तले अँधेरा' ही होता है, क्योंकि माँजी ने न केवल मुझसे सारा विगत पूरे ध्यान से सुना, बल्कि बीच में ही अपनी पुत्रवधू को आवाज देकर कहा, "बोउ माँ! यहाँ आओ।"

उनकी पुत्रवधू सुजाता शहर की प्रसिद्ध सोशल वर्कर थीं। उनकी संस्था पूर्णत: गैरसरकारी थी और विभिन्न प्रकार के सामाजिक कार्य अपने बल-बूते पर ही करती थी। उनके साथ अन्य कई महिला उद्धार संस्थाएँ भी जुड़ी हुई थीं। माँजी की इच्छानुसार सुजाताजी ने तत्क्षण हमारे मुफ्फसिलों की 'लाइन' में क्रियाशील संस्थाओं की प्रमुखों की एक मीटिंग बुला ली। देखते-ही-देखते फिरदौस, आयशा और रूबी मैम वहाँ आ गईं और उन लोगों ने आनन-फानन में मोबाइल कंपनी से उन लड़कियों के पते-ठिकाने निकलवा लिये।

फिरदौस मैम पुलिस को साथ लेकर सबसे पहले झुनू के घर गईं। उसके घर में जवान मौत सरीखा 'स्यापा' मँडा हुआ था। झुनू के माँ-बाप ने बताया कि वे लोग कई बार थाने गए थे, पर सिवा डंडों और धक्कों के उन्हें वहाँ कुछ नहीं मिला।

थानेदार ने न केवल उनकी एफ.आई.आर. दर्ज करने से मना कर दिया, बल्कि उन्हें ही अपराधी ठहराते हुए कहा, ''ज्यादा बको मत। पहले तो जवान बेटी को बेच खाया, अब चले हो शिकायत दर्ज कराने। तुरंत दफा हो जाओ यहाँ से, वरना तुम सबको जघन्य अपराधियों की श्रेणी में रखकर ऐसी दफा लगा दी जाएगी कि भगवान् भी तुम्हें नहीं छुड़ा पाएँगे।'' इतना ही नहीं, उन्होंने उन गरीब बूढ़ा-बूढ़ी को ऐसी-ऐसी गंदी बातें सुनाना शुरू कर दिया कि झुनू की माँ अपनी छोटी बेटी के कंधे पर हाथ धरकर वहाँ से भागकर वापस घर आ गई।

एक तो गरीब का घर, ऊपर से गम का आलम! उस पूरे वातावरण में ऐसा 'श्मशानी माहौल' छाया हुआ था, मानो वहाँ अभी ही गिद्ध-सियार बोलने लगेंगे।

फिरदौस मैम ने झुनू के पिता को पुचकारते हुए, उनसे झुनू की एजेंसी का फोन नंबर लिया और तुरंत ही वह नंबर मिलाया। उधर से झिड़कियों भरा टका सा जवाब पाकर भी वे विचलित नहीं हुईं, और अपने पूरे ताम-झाम के साथ सीधे उस पते पर जा पहुँचीं। वहाँ पहुँचकर उन्होंने मिसरी घुले स्वर में आवाज दी : ''हालदार! ओ मिस्टर हालदार! जरा बाहर आइए प्लीज।''

उनकी बड़ी गाड़ी के नीचे दबा हालदार 'यस्स मैम! यस्स मैम' करता उनके सामने यूँ थरथराने लगा, मानो उन लड़कियों के गायब होने की वजह वही हो। उसके खुशामदी लहजे और घिघियाने को दरकिनार करते हुए फिरदौस मैम ने कड़कदार आवाज में कहा, ''झुनू को पहचानते हो?'' आदतन और घबराहट में उसके मुँह से निकल गया, ''नो मैम! नो मैम!''

उस उत्तर के प्रत्युत्तर में जब छहफुटिया फिरदौस मैम की लंबी-चौड़ी हथेली का करारा चाँटा उसके गाल पर अपना गहरा दाग डालते हुए पड़ा, तो वह हकला कर 'यस्स मैम! यस्स मैम!' करता हुआ तेजी से उठा और पलक झपकते ही उसने उन तेरहों लड़कियों के घरवालों और कामवालों के नाम-पते मय उनके फोटो के हमारे सामने रख दिए।

इस अँधेरी दुनिया की सच्चाई से गहराई तक वाकिफ फिरदौस मैम ने तुरंत ही सुजाता मैम को फोन करके कहा, ''मुझे यह किस्सा 'गर्ल ट्रेफिकिंग' (लड़कियों की तस्करी) से जुड़ा लगता है, इसलिए तुम तुरंत आपातकालीन मीटिंग की व्यवस्था करो।''

बड़े लोगों के बड़प्पन की क्या कहूँ। मुझे ऐसा लगा मानो आकाश की तरह उसका भी कोई ओर-छोर नहीं होता। मैं उनकी तत्परता और तत्क्षण लिये गए निर्णयों के आगे कृतज्ञता से नतशिर थी कि मुझे अचरज से भरती हुईं वे मेरे कंधे

पर अपना स्नेहभरा हाथ रखकर बोलीं, ''प्रतिभा! तुमने बहुत पुण्य का काम किया है, वरना आज की दुनिया में कोई भी सिवा अपने; किसी दूसरे के बारे में सोचता ही कहाँ है ? अब बस तुम भगवान् से यही प्रार्थना करो कि 'वे लड़कियाँ' किसी तरह बच जाएँ! मेरा पक्का विश्वास है कि तुम जैसी पुण्यात्मा की अरदास भगवान् तक जरूर पहुँचेगी।''

उनकी इन स्नेह-पूरित बातों से मुझे लगा जैसे मेरा शरीर हवा से भी हल्का होकर उड़ रहा है और मैं भी 'युधिष्ठिर' की तरह धरती से चार अंगुल ऊपर उठ गई हूँ।

दूसरे दिन सुबह से ही 'माँजी' के पूरे घर में गहमागहमी मची हुई थी। यह फुटेज! वह फुटेज! उस ट्रेन का उस दिनवाला कंडक्टर। उसी रातवाला कंडक्टर, यहाँ तक कि उस रास्ते के सभी 'प्लेटफॉर्मों' के 'गार्ड' से लेकर, बाबू लोगों में से भी किसी को नहीं बख्शा गया था। फिरदौस मैम के पिता विधानसभा के 'स्पीकर' थे, इसलिए उनके इस शुभ काम में सरकारी मदद भी गंगा की तरह ही प्रवहमान थी। पुलिस के 'कॉम्बिंग ऑपरेशन' की तरह ही पूरी सक्रियता से सरकारी मशीनरी चौतरफा मार कर रही थी।

'स्वयं', 'अपने आप', 'जबाला' आदि संस्थाओं की स्वयंसेविकाएँ लाल बत्ती इलाके में घुसकर कोठरी, बरामदे, चौबच्चे अर्थात् वहाँ के चप्पे-चप्पे में एक सूई की तरह उन लड़कियों की खोज कर रही थीं, पर वे सबकी सब ऐसी गायब थीं जैसे उन्हें यह धरती खा गई हो।

पुलिस ने शहर के सारे सीमांत सील कर दिए थे, पर उन लड़कियों का कहीं कोई अता-पता नहीं था। तभी अचानक निराशा के उस घटाटोप में लाल बत्ती इलाके के एक दलाल ने धीमे से 'स्वयं' की रुचिराजी से कहा, ''मुझे पक्का तो नहीं मालूम, पर कल कल्लू शराब के नशे में बड़बड़ा रहा था कि लड़कियों को नेपाल बॉर्डर से बाहर भेजने की योजना है। वह यह भी कह रहा था कि आज तो वह जमकर विलायती अंगूरी पिएगा, क्योंकि कुछ नखरेवाली लड़कियों के चक्कर में उसे ढेरों पैसे मिले हैं।''

जैसा कि खोजी दस्ते को अंदेशा था, हवा की तरह वहाँ पहुँचने पर भी 'कल्लू' की छाया तक का अता-पता नहीं था।

वैज्ञानिक सुविधाओं के कारण पुलिस ने उसके घर पर टँगी हुई उसकी एक फोटो को तुरंत ही सारे नाकों पर भेज दिया और उन अभागी लड़कियों के सौभाग्य से कल्लू बिहार के सीमांत हाइवे से नेपाल की ओर जाती वॉल्वो बस की सीट के

नीचे छिपकर यात्रा करता हुआ पकड़ा गया।

किस्सा कोताह यह कि पुलिस की भयंकर मार के बाद कल्लू ने अपना अपराध स्वीकार करते हुए सारा भेद उगल दिया। उसने बताया कि वह झुनू को खुद के लिए फाँसना चाहता था, पर जब झुनू ने उसे, लोगों से भरे हुए स्टेशन पर, अपनी चप्पल से पीटना शुरू किया और उसकी आठ-दस साथिनों ने भी उसके साथ मिलकर उसकी ऐसी धुनाई की कि आज तक उसका पूरा शरीर कराह रहा है, तभी उसने उस सौंदर्य-पुंज से बदला लेने के लिए; नैहाटी के एक गंदे इलाके नंदोपुर बस्ती के काणे को उन लड़कियों का ब्योरा दिया, तो काणे की बाँछें खिल गईं। उसने सपने में भी नहीं सोचा था कि यूँ बैठे-बिठाए उसके हाथ इतना बड़ा खजाना लग जाएगा। पके हुए शातिर गुंडे काणे ने कुछ दिनों बाद ही इस खबर के एवज में उसे पचास हजार रुपए देकर वहाँ से फरार हो जाने का हुक्म दिया था और इसीलिए वह भारत से नेपाल भाग रहा था।

उसकी दास्तान सुनते ही रूबी मैम ने कहा, ''काणे ही क्या! अब तक तो वह पूरा अड्डा ही उजड़ गया होगा। फिर भी चलो देखते हैं।''

इतने में मेरे फोन पर एक धीमी सी फुसफुसाहट आई : ''इसे ट्रेक कीजिए!'' और उसके साथ ही किसी की जोरों से चीखने और फोन को जमीन पर पटकने की तड़ाक भी सुनाई पड़ी।

अंतरराष्ट्रीय गिरोह का सुराग ढूँढ़ना कठिन तो होता ही है, इसलिए उच्चस्तरीय पुलिस फोर्स को भी उस फोन का अता-पता ढूँढ़ने में दस घंटे लग गए। बतौर एहतियात सुजाता मैम ने पुलिस फोर्स में मेरे फोन का नंबर 'विशेष कोटि' (सेंसिटिव कैटगरी) में रजिस्टर्ड करवा दिया था, इसलिए उस फोन के टूट जाने के बाद भी उनका दल उस सूत्र के सहारे नेपाल जा पहुँचा।

खैर, लड़कियाँ तो वहाँ से भी गायब थीं, पर उन लोगों को अब यह सारा माजरा अपनी जद में लग रहा था। ऊँची पहुँच के कारण उन लोगों ने तुरंत ही स्थानीय सरकारी मदद से वहाँ के एयरपोर्ट, रेल, बस, गाड़ी आदि के बाहरी रास्तों को सीलबंद करवा दिया।

एयरपोर्ट पर धावा बोलने पर 'वे लड़कियाँ'! सऊदी अरब के एक विमान के प्रसाधन कक्ष के भीतर बुरी तरह ठुँसी हुई बरामद कर ली गईं।

जब उन बिलखती लड़कियों ने उन दरिंदों की अमानुषिक अत्याचारों से भरी दर्दनाक गाथाएँ सुनाईं, तो सहसा विश्वास ही नहीं हुआ कि हैवानियत की भी सारी हदों को पार करते इन शैतानों को भगवान् ने इनसानी चोला कैसे दे दिया?

इस कहानी के अंत में पता चला कि काणे ने इस बड़े अपहरण के लिए पचास-साठ लोगों को ठेके पर अपना साथी बना लिया था। उस दल ने इन लड़कियों के आने-जाने का समय, इनके प्लेटफॉर्म, इनके घर की गलियाँ, इनके रास्ते के अँधेरे मोड़ आदि का पूरा लेखा-जोखा अच्छी-खासी छानबीन करके कंठस्थ कर लिया था। जब 'वे लड़कियाँ' दिनभर काम करने के बाद रात को लौटती ट्रेन से अपने घरु प्लेटफॉर्मों पर उतरतीं, तो उनके साथ ही काणे के पाँच-छह गुंडे भी उसी जगह उतर जाते और उन लड़कियों से एक निर्धारित फासला रखते हुए गली के किसी अँधेरे मोड़ पर उन्हें क्लोरोफॉर्म सुँघाकर अगवा कर लेते।

कहानी के बीच में ही मैं बोल पड़ी, ''लगता है इस योजना का काणे ने बहुत ही अच्छी तरह रिहर्सल किया था, तभी 'ये महा इंटेलिजेंट लड़कियाँ' भी कुछ नहीं कर पाईं।''

मैंने जब 'वे लड़कियाँ' को इस खास विशेषण से विभूषित किया, तो दुःख की घड़ी में भी सबके चेहरों पर एक खिंची सी मुसकराहट छा गई।

इन मुसकराहटों का अर्थ भाँपकर मैंने अपनी बात का खुलासा करते हुए कहा, ''मैम! मेरी बात बहुत गलत नहीं है। यदि केवल एक बार मेरा नंबर डायल करने पर इन लड़कियों को वह नंबर याद हो गया और विपत्ति में भी इन लोगों ने अपनी प्रत्युत्पन्नमति को सही रखकर, हम तक अपनी सूचना पहुँचा दी, तो क्या ये लोग 'महा इंटेलिजेंट' नहीं कहलाएँगी?''

मेरे इस तर्क को सुनकर आयशा मैम ने हँसते हुए कहा, ''प्रतिभा ठीक कह रही है। हमें यह स्वीकार करना ही चाहिए कि ये लड़कियाँ निश्चित रूप से स्कॉटलैंड यार्ड से भी आगे हैं।''

मैं, प्रतिभा, दसों दिशाओं और सारे ग्रह-नक्षत्रों की कसम खाकर कहती हूँ कि मुझे अपने पूरे जीवन में कभी ऐसा आनंद बोध नहीं हुआ था जैसा आज। सोचती हूँ कि जब मुझ जैसी साधारण सी लड़की की जरा सी चिंता और सतर्कता के विनिमय में भगवान् ने इतना बड़ा चमत्कार कर दिया, तो यदि हम सब अपने इर्द-गिर्द के लोगों में थोड़ी सी भी दिलचस्पी ले लें, तो क्या हमारे ये छोटे-छोटे सरोकार इस धरती को सुंदर और समृद्ध नहीं कर देंगे? सच कहती हूँ, मुड़कर देखने पर मुझे स्वयं विश्वास नहीं होता कि 'नाकुछ' मैं एक असंभव बात को संभव करवा पाई।

□

प्रेमवती पुरुष

यूनिवर्सिटी की 'टॉप रोल मॉडल' मल्लिका ने जब कॉफी हाउस में अभिषेक की कुरसी के पीछे खड़े होकर उसके बालों को अपनी लंबी उँगलियों से झिंझोड़कर बिगाड़ा, तो सीधा-सादा अभिषेक भौचक सा कुरसी से खड़ा होकर, मल्लिका को विस्मय भरी आँखों से एकटक देखने लगा। उसके ये हाव-भाव सर्वथा वाजिब थे, क्योंकि कहाँ इंद्र की रंभा सी पाँच फुट छह इंच की लावण्यमयी मल्लिका और कहाँ मध्यम कद-काठी, गेहुँए रंग और औसत नाक-नक्शवाला एक साधारण सा बंदा अभिषेक। जहाँ मल्लिका अपने अभिनव अधुनातन कपड़ों, नित नूतन बड़ी गाड़ियों, पेरिस की सर्वश्रेष्ठ खुशबुओं का अंबार अपनी शख्सियत में समाए! यूनिवर्सिटी के सारे युवाओं के दिलों पर एकच्छत्र राज करती थी, वहीं अभिषेक लटका-झटका हीन एक सीधा-सादा मेधावी छात्र था, जिसे देखकर ग्रैगरी पैक, रॉक हडसन या अमिताभ बच्चन की नहीं, बल्कि बुद्ध, शांडिल्य, लाओत्से आदि का स्मरण हो आता था।

अभिषेक के प्रोफेसर तक उसकी प्रतिभा, गंभीरता, प्रखर मेधा और भलमनसाहत के कायल थे। वह आजकल के युवकों की तरह न तो कभी किसी के साथ मटरगश्ती करता दिखता और न ही उसे कभी किसी लड़की की गलबहियाँ करते देखा गया था। क्लास के बाद उसका अधिकाधिक समय लाइब्रेरी या 'प्रोफेसर रूम' में ही बीतता था। प्रत्येक पर्चे के प्राचार्य अकसर उससे ही सर्वाधिक प्रश्न पूछते और अभिषेक उन्हें कभी निराश नहीं करता था।

हालाँकि अभिषेक की गिनती यूनिवर्सिटी के इने-गिने छात्रों में होती थी, फिर भी उसके बरताव में किसी घमंड या 'एटीट्यूड' की गंध तक नहीं थी। वह सबसे हँसता हुआ मिलता और यथासंभव सबकी समस्याओं को सुलझाने का प्रयत्न करता। समस्या चाहे पढ़ाई की हो या निजी, हर व्यक्ति अपने सारे राज, दिल

खोलकर उसके सामने रख देता था, क्योंकि उनका परम विश्वास था कि अभिषेक रूपी 'सेफ वॉल्ट' में कोई चिड़िया तक पर नहीं मार सकती। प्रत्येक को उस पर यह पुख्ता भरोसा था कि उसका राज उससे शुरू होकर उस तक ही खत्म हो जाता है, इसलिए अभिषेक के सामने उस अप्रतिम सौंदर्य की मालकिन मल्लिका के ढेरों चर्चों का भी आना एक सहज सी बात थी। बावजूद इसके कि वह मल्लिका के कई चित्र-विचित्र रूपों से परिचित था, वह उससे भी उसी सद्भाव और सरलता से मिलता, जैसे औरों से और उसके रूप और चपल-चंचल आकर्षणीय तौर-तरीकों से पूरी तरह निरासक्त रहता।

जहाँ यूनिवर्सिटी की अन्य लड़कियाँ उस 'बोर' पढ़ाकू अभिषेक को जानबूझ कर अनदेखा करती रहती थीं, वहीं मल्लिका हमेशा ठहरकर, उसे देखती और सोचती, ''इसकी इतनी जुर्रत कि यह मेरी 'तिथ' किए बिना ही मेरी बगल से पानी की तरह गुजर जाए, यदि मापकर देखा जाए तो मेरे सामने इसकी औकात ही क्या है, फिर भी यह और लड़कों की तरह मेरे चारों ओर भौंरे सा क्यों नहीं मँडराता? जबकि वे लड़के! इससे देखने-सुनने में और धन-धान्य में हजार-गुना बेहतर हैं! आखिर यह अपने आपको समझता क्या है? हुँह!···अब मुझे ही इस 'विश्वामित्र बच्चू' की हिमाकत को पटखनी देनी होगी, जिसके परिणामस्वरूप यह मुझ सी मेनका पर आसक्त होकर 'बजरबट्टू' सा घूमता हुआ पूरी पृथ्वी का चक्कर काटता फिरेगा।··· दरअसल मल्लिका का अभिषेक के बालों से खेलना उसी 'स्व-चुनौती' की शुरुआत थी।

मल्लिका का गुस्सा इस बात से और भी बढ़ता जा रहा था कि अभिषेक उसकी इन नानाविध छेड़खानियों को बिना नोटिस लिये खारिज कर देता था। उसे अभिषेक के इस निर्लिप्त व्यवहार पर इतना अधिक क्रोध आता था कि उसे कई बार तो ऐसा लगता कि वह अपने इस गुस्से को सँभाल नहीं पाएगी और कोई छोटा सा बहाना मिलते ही उस पर टूट पड़ेगी, पर अभिषेक की भद्रता और शिष्टता इतने ऊँचे पायदान पर स्थित रहतीं कि वह चाहकर भी उसे घेर नहीं पाती।

अभिषेक उससे औरों की तरह ही एकदम सहज-साधारण व्यवहार करता, जिससे उसके तन-बदन में आग सी लग जाती। वह यह सोच-सोचकर सिर पटकती रहती कि क्या वह अन्य लड़के-लड़कियों सी ही एक औसत लड़की है, जो अभिषेक उसे जरा सा भी अतिरिक्त भाव न देकर उस जैसे हीरे को, दूसरे पत्थरों के साथ, एक ही बाट से तौलता रहता है? अभिषेक के इस स्थित-प्रज्ञ व्यवहार से क्षुब्ध होकर उसने प्रण किया कि अब तो चाहे जो कुछ हो जाए, मैं

साम-दाम-दंड-भेद से इस बेवकूफ अभिषेक को अपनी अहमियत समझाकर ही रहूँगी। क्रमशः हुआ यूँ कि ऐसे विचारों को निरंतर प्रश्रय दे-देकर मल्लिका रानी ने अपनी जिद को हठधर्मिता के शिखर तक पहुँचा दिया।

बावजूद इसके कि मल्लिका को अपने सौंदर्य का भयंकर अभिमान था; उसमें ढेरों-ढेर गुण भी थे। कहा जा सकता है कि वह 'छूते ही रेत सोना हो जाए' कहावत का मूर्तिमंत रूप थी। वह न केवल पढ़ाई में, बल्कि नाटक-थियेटर में, कविता पाठ में! स्मृति-आवृत्ति में कहानी लेखन में अर्थात् विश्वविद्यालय के कला संकाय की सारी विधाओं में प्रायः प्रथम श्रेणी में पास होती थी।

उसके सारे तौर-तरीकों में एक खानदानी रईसी की गंध थी, जो उसके पुरखों की धनाढ्यता और अभिजात्य अतीत की गाथा सुनाती थी। घर की इकलौती बेटी होने के कारण उसने कभी 'न' शब्द तो सुना ही नहीं था। उसके माँ-बाप ही नहीं दादा-दादी, नाना-नानी और बाकी के संबंधीगण भी उसके मुखचंद्र को चकोर की तरह देखते रहते और इस इंतजार में रहते कि उसके मुखारविंद से कुछ निकले या केवल भौंहों के इशारे से ही कुछ व्यक्त हो, तो वे उसे तत्क्षण पारित करें। उसकी दादी तो हर वक्त उसकी 'पगथलियों' के नीचे अपनी हथेलियाँ रखे रहती थीं। उनका राजबाड़ी सा घर, चौबीसों घंटे मल्लिका नाम के आहत और अनाहत दोनों नादों से गूँजता रहता। अब ऐसी 'पुंगलगढ़ की पद्मिणी' को एक औसत शक्ल-सूरत का मध्यवर्गीय लड़का भला कभी उपेक्षित कर सकता है? नहीं! ऐसा हो ही नहीं सकता! 'न भूतो न भविष्यति', लेकिन विधि के विधान की विचित्रता का ओर-छोर कहाँ? इसलिए इन सारे मानकों को तोड़कर अभिषेक मल्लिका की जद से बाहर रहता और मल्लिका की झुँझलाहट और क्षोभ बढ़ते जाते!

वैसे रहस्यमयी हकीकत यह थी कि अभिषेक मल्लिका को वर्षों से बेइंतिहा प्रेम करता था। वह अपने प्रेम को रहस्यमयता के गहरे आवरण में ढके रखने के चक्कर में न कभी उसके नजदीक आता था और न ही उसे अपने निकट आने देता था। उसके प्रेम का एकमात्र लक्ष्य मल्लिका को पूर्ण समग्रता से अपनाकर, उसे अपने सुरक्षा-कवच में सुरक्षित रखने का था, लेकिन मौसमी तितली मल्लिका के जीवन में न तो इन 'मूल्यों' की कोई वकत थी और न ही कोई अपेक्षा। वह तो नित नए प्रेम प्रकरण में विश्वास रखती थी और प्रेम के खिले फूल में जरा सी कुम्हलाहट देखते ही उसे 'डस्टबिन' में फेंककर, दूसरे टटके ताजा ओस से भीगे गुलाब को सीने से लगाने में विश्वास रखती थी। वह अकसर ही चहकती सी कंधे उचकाकर अपने दोस्तों के बीच यह कहती नजर आती, "अरे भाई! मैं ठहरी

शास्त्रों की पुजारिन! इसीलिए तो चार्वाक की 'ऋणं कृत्वा घृतं पिबेत' को जीवन जीने का मूलमंत्र मानकर हर क्षण 'पुनर्नवा' होती रहती हूँ। अच्छा! तुम्हीं बताओ, जब दुनिया के सारे दार्शनिक कहते हैं कि यह जिंदगी दुबारा नहीं मिलती, तो हमें क्या अधिकार है कि हम इसे फालतू संबंधों का बोझ ढोने में बिता दें, जब हमारे दर्शनशास्त्र में भी 'क्षणवाद' को विशेष महत्ता प्राप्त है, तो यदि मैं अपने ढंग से 'क्षण' की सत्ता पर विश्वास करती हूँ, तो क्या गलत है?''

आश्चर्यजनक है यह तथ्य कि मल्लिका की ये स्वरचित परिभाषाएँ सुनकर भी अभिषेक का प्रेम उसके प्रति घटने की जगह और भी गहरा होता गया। दरअसल अभिषेक की दृढ मान्यता थी कि मल्लिका ये थोथी बातें महज इसलिए करती है, क्योंकि उसके अंतर में एक खालीपन हाहाकार करता रहता है और जिसे वह इन अर्थहीन बातों से भरने का प्रयास करती रहती है। उसे विश्वास था कि जिस दिन मल्लिका सच्चे प्रेम का स्वाद चख लेगी, उस दिन उसके ये विचार नहीं रहेंगे। वह भी रत्नाकर डाकू की जगह आदि कवि वाल्मीकि बन जाएगी। अभिषेक के हिसाब से वह 'बिना किसी खोट का सवा सोलह आने टंच सोना' है, जिस पर जमाने की भौतिकता ने धूल जमा दी है। जैसे ही कोई उसे ज्ञान के झाड़न से झाड़-पोंछ देगा, वह वापस खरे सोने सी 'भल-भल' चमकने लगेगी।

यह स्थिति विचित्र ढंग से एक अरसे से चल रही थी और शायद नियति सही वक्त का इंतजार कर रही था। धीर-गंभीर अभिषेक में तो इतना अधिक 'धैर्य' था कि शायद वह जन्म-जन्मांतर तक सही वक्त का इंतजार करता रहता, पर स्वच्छंदमना अधीर मल्लिका में तो गांभीर्य का लवो-लेश भी न था, इसलिए अचानक एक दिन वह कोने में बैठे अभिषेक पर जा गिरी और उसके 'हड़क' कर खड़े होते ही, उससे ऐसी लिपटी कि कोई 'चिप्पू बेल' भी पेड़ से क्या लिपटेगी? उसकी इस भंगिमा से उनमें इतनी अधिक नजदीकी आ गई थी कि दूर से देखने पर, वे दोनों एक ही शरीर लग रहे थे। मल्लिका की इस भंगिमा से 'औसान चूक' होकर अभिषेक की जो हालत हुई, उसे हतप्रभ, किंकर्तव्यविमूढ़, निर्वाक्, स्तंभित, हक्का-बक्का, भौचक आदि सारी उपमाएँ दी जा सकती हैं। वह पत्थर की मूर्ति सा निस्पंद था और जिस अनिमेष दृष्टि से मल्लिका को देखते हुए भी नहीं देख रहा था, उसे केवल एक ही नाम दिया जा सकता है, 'स्थितप्रज्ञ का साक्षी-चेता भाव'।

कई दशकों पर भारी उन कुछ क्षणों के बाद मल्लिका छिटककर जमीन पर जा बैठी और घुटनों में सिर घुसाकर फूट-फूटकर रोने लगी। जैसा कि अवश्यंभावी था, झीने आवरण से ढका अभिषेक का प्रेमल हृदय, उसके रुदन-ताप से मोम की

तरह पिघलकर, मल्लिका के चरणों तले जा बिछा।

इसके बाद का किस्सा तो वही सदियों पुराना है। घरवालों की किचकिच, वरमाला, सिंदूर-दान, गृह-प्रवेश और फिर छोटा सा सुखी संसार, पर क्या सच ही सुखी या भविष्य के गर्भ में कुछ और था?

वैसे इसमें गलत भी क्या है? क्योंकि जिस जिंदगी को हम रोज जीते हैं, जब वही हर क्षण, हमें अपने अजनबीपन से चौंकाती रहती है, तो क्या 'बेमाता का लिखा' किसी संस्कार या घटना से सत्यापित होने के बावजूद आज तक इस धरती पर कोई पढ़ पाया है?

अभिषेक एक अच्छी सी नौकरी कर इतना कमाने लगा था कि आराम से एक फ्लैट और एक गाड़ी लेकर अपनी गृहस्थी जमा ले, पर चंचल चिड़िया सी मल्लिका, कभी इस डाल पर, तो कभी उस डाल पर फुदकती हुई, कभी भी कोई 'ठाया' काम नहीं कर सकी। उसे बढ़िया-से-बढ़िया काम भी अपनी औकात से कम या 'बोरिंग' लगता, इसलिए कई जगह झक मारकर अंत में उसने एक फिल्म प्रशिक्षण केंद्र में दाखिला ले लिया और जैसा कि 'धारा' हुआ था, अपने सौंदर्य और प्रतिभा के कारण वह कुछ ही दिनों में इस गोद से उस गोद में बैठती हुई, न केवल अभिनेत्री बन गई, बल्कि पटकथा लेखन, निर्देशन आदि भी करने लगी।

फिल्मी दुनिया की चकाचौंध और तेज रफ्तार ने अब मल्लिका की उड़ान भी 'कोन्कोर्ड' हवाई जहाज सी ही तेज कर दी थी। ऊपरवाले की विशेष मेहरबानी की बदौलत वह दो बच्चे पैदा करने के बाद भी वापस वैसी ही 'कनक छरी सी कामिनी' बनी रही और उस पर पहले की तरह ही हजारों दिल निछावर होते रहे।

उसके नित नए पुरुष मित्र अभिषेक से छिपे नहीं थे, पर वह अपने दिल के हाथों ऐसा बिका हुआ था कि स्वयं की तो बात ही क्या, यदि कोई दूसरा भी मल्लिका के बारे में जरा सा कुछ कह देता, तो वह अपना स्वभाव छोड़कर उससे लड़ पड़ता, हालाँकि मल्लिका उसकी चाहत और भलेपन की घोर प्रशंसक और एहसानमंद थी, पर न तो उसका अपनी महत्त्वाकांक्षाओं पर वश था और न ही आदतों पर, इसलिए कभी-कभार अपने दिल में उठते ग्लानि-बोध को वह अपने तर्कों से तितर-बितर कर देती और वापस खुशहाल जिंदगी जीने लगती।

बाहर से अभिषेक और मल्लिका का दांपत्य जीवन गंगा की तरह पवित्र और कलकल-छलछल बह रहा था। उनके जीवन में खिले दो खूबसूरत फूल हर क्षण सबका तन-मन हरते रहते थे। कई लोगों को उनके आपसी प्रेम को देखकर इस बात का बहुत मलाल होता कि, वे बेकार में ही मल्लिका के लिए यह सोचते थे

कि वह घर बसा ही नहीं सकती, जबकि उसने तो सुखी परिवार के सारे मानक ही तोड़ दिए थे। पति-पत्नी के बीच होनेवाली साधारण किचकिच तो दूर, उनमें तो कभी नोक-झोंक तक नहीं होती, जबकि अंदरूनी हकीकत यह थी कि अभिषेक क्या, मल्लिका तो कभी भूल से बच्चों से संबंध नहीं रखती थी। चूँकि अभिषेक का एकमात्र काम केवल 'देना' ही था, इसलिए सागर की बाहरी सतह पर सर्वदा शांति छाई रहती थी। इसी वजह से दुनियावालों की दृष्टि में मल्लिका-अभिषेक का परिवार एक अत्यंत सुखी परिवार था।

अभिषेक मल्लिका की किसी भी बात को तवज्जो दिए बिना अर्द्धनारीश्वर-सा बच्चों की माँ और बाप दोनों का फर्ज, पूरी तन्मयता और आह्लाद से निभाता रहता था। वह बच्चों को एहसास तक नहीं होने देता था कि उनकी 'माँ के पास उनके लिए समय नहीं है।' वह बच्चों को नित नई चीजें मल्लिका के नाम से लाकर देता रहता और उनसे हमेशा यही कहता, "आज माँ तुम दोनों की बहुत बड़ाई कर रही थी। वह कह रही थी कि मेरे राजकुमार यश और राजकुमारी शुचि से प्यारे और तेज बच्चे तो पूरी दुनिया में नहीं हैं। देखो आज माँ ने शुचि के लिए कितनी बढ़िया आइसक्रीम लाकर रखी है! या कि वाह, आज तो माँ ने यह इटालियन पास्ता खासकर बेटे यश के लिए बनाया है!" बच्चों को विश्वास दिलाने की गरज से वह उन्हें समझाते हुए कहता, "असल में माँ की जान तुम दोनों में ही अटकी रहती है, पर बेचारी क्या करे? चूँकि उसे बहुत काम रहता है, इसलिए तुम लोगों के साथ ज्यादा समय नहीं बिता पाती, पर मुझसे हमेशा कहती रहती है कि तुम दोनों ही उसके चाँद-सूरज और आँखों के तारे हो।"

कभी-कभार नन्ही शुचि तुतलाकर कहती थी, "पापा! माँ न तो मुझसे बात करती है और न ही कभी मेरे गाल पर प्यार करती है। वह तो जब घर में रहती है, तब भी वह हमें न तो पिंकी और डॉली की माँ की तरह मचकाती है, न ही हमसे कुछ पूछती है! पापा! क्या हम बदमाश बच्चे हैं, जो वह ऐसा करती है?"

अभिषेक ढेरों-ढेर बहानों से उन्हें बहलाता तो रहता, लेकिन वह स्वयं मल्लिका के बरताव से हैरान था कि मल्लिका कभी बच्चों की ओर आँख उठाकर भी नहीं देखती है। बच्चे उससे आकर चिपक जाते हैं, तो वह जोरों से कपड़े झाड़ती हुई, उन्हें झिड़ककर कहने लगती है, "क्या बदतमीजी है! सारी ड्रेस खराब कर दी। अभिषेक, तुम दूर खड़े देख क्या रहे हो, इन्हें पकड़ते क्यों नहीं?"

मल्लिका शुरू से ही दो-चार दिन के लिए शूटिंग के चक्कर में घर से गायब हो जाया करती थी। उलटे यदि अभिषेक ने कभी उसकी कोई फिल्म नहीं

देखी, फिर भी उसने मल्लिका से कभी कुछ नहीं पूछा और उसकी हर बात को 'सत्यवादी हरिश्चंद्र' का वचन मानकर उन पर विश्वास करता रहा, लेकिन एक बार तो मल्लिका ने हद ही कर दी। वह बिना कुछ बताए एक दिन अचानक गायब हो गई और करीब आठ-नौ महीने बाद जब अचानक वापस आई तो बहुत ज्यादा बुझी हुई सी थी। उसका चेहरा एकदम श्रीहीन और निर्जीव था और उसके घने काले बाल नाम मात्र के ही उसके सिर पर बचे थे। उसने आते ही अभिषेक को हिदायत दी, "वह वहाँ केवल आराम करने आई है, इसलिए कोई परिचित तो दूर, अच्छा हो कि वह बच्चों को और स्वयं को भी उससे दूर रखे।"

बावजूद उसके इस असद् व्यवहार के वह 'सती-पुरुष' अभिषेक मल्लिका के आगमन से इतना प्रसन्न था, मानो रम्भा, उर्वशी, मेनका एवं अन्यान्य अप्सराओं ने उसे वरमाला पहनाकर उसका वरण कर लिया। नन्ही शुचि ने जब हुमककर मल्लिका से लिपटना चाहा, तो अभिषेक ने बीच में ही लपककर उसे पकड़ लिया और आकाश में उछालकर, 'मेरी परी! मेरी स्नोवाइट! मेरी रेड राइडिंग हुड!' आदि नामों से पुकारकर उसे बहलाने लगा।

मनौवैज्ञानिकों के अनुसार बच्चों की अंत:प्रज्ञा काफी प्रबल होती है, शायद इसीलिए बड़ा यश माँ के बारे में कभी कोई प्रश्न नहीं पूछता था, मानो 'ढके भरम ढके ही रहें' कहावत का मर्म वह गहराई से समझ गया था।

अचरज की बात थी कि इन विपरीत परिस्थितियों में भी अभिषेक का प्रेम मल्लिका के प्रति और भी गहरा होता जा रहा था। वह मल्लिका को जिन आँखों से देखता, जिस नरम कोमलता से छूता, वह एक अविश्वसनीय दृश्य था।

शरद पूर्णिमा की रात को उसने एक सफेद बुर्राक पलंग पर मोगरा और जूही के फूल बिछाए और उसे घर के लॉन में रख दिया। मल्लिका को उस पर आराम से लिटाने के बाद, वह उसका सिर अपनी गोद में रखकर हल्के हाथों से उसके माथे और बालों को सहलाता हुआ कहने लगा, "मल्लिका! सौंदर्य के सारे उपादान तुम्हारे चरण पखारते हैं, घनी चमकीली केशराशि की स्वामिनी तुम, स्निग्ध रेशमी गुलाबी त्वचा से शोभित तुम! तुम्हारे हाथ-पाँव कदली-फल की तरह नरम और गोलाईदार! हरिण को मात देती तुम्हारी आँखें! तुम्हारी नाक किसी खूबसूरत ईरानी प्रतिमा सी! और कश्मीरियों सी लचीली तुम्हारी मनोहारी कद-काठी! मल्लिका, तुम सच ही स्वर्ग की अप्सरा हो।"

मल्लिका की हैरानी का पारावार नहीं था। वह अभिषेक की ओर देखती हुई सोचने लगी कि क्या यह इसी धरती का प्राणी है या किसी और लोक से आया कोई

गंधर्व। क्या इसके दिमाग में कोई विचलन हो गया है, जो इसे एक गंजी कंकाल काली-कलूटी प्रेतनी में अनिंद्य सुंदरी दिखाई पड़ रही है? अंत में उसने कह ही दिया, ''अभिषेक! तुम्हें हो क्या गया है, तुम कालिदास की शकुंतला सा जो रूप वर्णन कर रहे हो, अब मैं वैसी कहाँ हूँ? क्या तुम मुझ पर व्यंग्य...''

मल्लिका के अधूरे वाक्य को उसके होंठों पर उँगलियाँ रखकर, रोकता हुआ अभिषेक बिलख पड़ा, ''मैं क्या करूँ मल्लिका? मेरी आँखों में तुम्हारा जो 'प्रथम दर्शनवाला रूप' 'फ्रीऽऽज' हो गया है, वह अमर है। मल्लिका, जब हम अपने भगवान् को बिना देखे ही पूजते रहते हैं, तो मैंने तो तुम्हारे स्वरूप में उसके साक्षात् दर्शन किए हैं और एक सात्त्विक भक्त की तरह मुझे अपने इस विश्वास पर जरा भी संदेह नहीं है।''

हृदय से सीधे निकले ऐसे सच्चे उद्‌गारों पर अविश्वास करने की गुंजाइश कहाँ होती है? इसलिए मल्लिका एकदम चुप हो गई, पर उस चपल-चंचला कठोरमना का हृदय पूर्णतः द्रवित होकर आँखों से बहने लगा।

एक दिन बच्चों के स्कूल जाने के बाद अभिषेक नहलाने-धुलाने के बाद, मल्लिका को उसके प्रिय व्यंजन और पकवान खिला रहा था कि मल्लिका बोली, ''हे मुझ पर पूरी तरह न्योछावर पतिदेव! मैं देख रही हूँ कि तुम बच्चों पर बहुत अधिक समय और धन खर्च करते हो! आखिर यह सब कैसे चलेगा? सुनो अभिषेक! कम-से-कम अब तो स्वयं को कच्ची उम्र की भावुकता से मुक्त कर, अपने जीवन को सार्थक राह की ओर मोड़ दो। तुम ऐसा करो कि बच्चों को किसी बढ़िया बोर्डिंग स्कूल भेज दो और उनके खर्च का जिम्मा मेरे ट्रस्ट पर डाल दो। वैसे भी तुम कब तक किसी और की संतानों के लिए अपनी बलि देते रहोगे?'' कहते-न-कहते उसने अपनी जीभ काट ली।

अभिषेक ने एकदम शांति और प्रेम से उसके आलथी-पालथी मारे हुए घुटने को सहलाते हुए कहा, ''मल्लिका! बच्चे मेरी जान हैं, यदि मैं उन्हें बोर्डिंग में भेज दूँगा, तो समझकर रखो कि मैं जल्दी ही मर जाऊँगा। हाँ, तुम्हें इस अनायास फिसले हुए सत्य के लिए जीभ काटने की जरूरत नहीं है, क्योंकि मुझे यह भेद शुरू से ही मालूम है। इन बच्चों की जन्मतिथियों ने मुझे समझा दिया था कि देश में मेरी अनुपस्थिति का समय ही इन दोनों के गर्भाधान का समय था।''

''क्याऽऽऽऽ?'' की एक लंबी चीख के साथ ही मल्लिका सरीखी निस्संग और निर्मोही महिला फूट-फूटकर रो पड़ी और अपनी छोटी मुट्‌ठी से अभिषेक को मुक्के मारती हुई, बस एक ही 'महारनी' रटने लगी, ''अभिषेक! तुम आदमी हो

या कोई अभिबोधित आत्मा, भगवान् और भृगु की लात का पौराणिक किस्सा भी एक बार का ही है, पर तुम ? तुम तो सालों से रात-दिन मेरी हिकारत, अवहेलना, उपेक्षा और तिरस्कार को न केवल सहते रहे, बल्कि मेरे अहंकार को भी सहलाते रहे, तुम ऐसे क्यों हो, क्यों हो ऐसे अभिषेक ?''

ग्लानि से भरी हुई उसकी यह अश्रुधार मल्लिका से ज्यादा अभिषेक को विगलित कर रही थी। उसने आगे बढ़कर मल्लिका का सिर अपनी छाती से यूँ चिपका लिया जैसे जमीन पर गिरने से रोते हुए बच्चे को माँ अपनी छाती से चिपका लेती है। अचंभे की बात कि उसकी आँखों से भी बाढ़ की तरह आँसू बह रहे थे और ऐसा भान हो रहा था मानो वह उनसे मल्लिका का सारा कल्मष धोकर उसे एकदम उजला और पवित्र कर देगा।

अभिषेक के अनुसार सदा ही मल्लिका गंगा सी पावन और साफ थी, जिसमें यदि गलती से कभी कोई गंदा नाला आ भी गिरा होगा, तो वह अभिषेक के प्रेम-झरने में बह गया होगा।

अभिषेक ने मल्लिका से मात्र यह कहा, ''मल्लिका, अरे पगली! तुम कौन-सी बाहरी गलियों में भटक गई ? मत भूलो, मैंने तुम्हें प्रेम किया है और प्रेम बाह्य में नहीं, अंतर में विश्वास रखता है। तुम्हारा अनूठा सौंदर्य औरों के लिए लुभावना रहा होगा, पर मेरे लिए तो तुम आज भी वैसी-की-वैसी हो, जैसी बीस साल पहले थी, समझी।'' कहते हुए उसने मल्लिका के सिर पर हल्की सी प्यार भरी चपत लगा दी।

उसके इस कथन और सहज क्रिया से मल्लिका बहुत उद्वेलित हो गई और तड़पकर बोली, ''बंद करो अपना लेक्चर! अगर तुम मेरी सच्चाई जान लोगे, तो मुझसे भयंकर घृणा करने लगोगे, जानते हो मुझे!…''

अभिषेक ने उसके मुँह को हथेली से ढापते हुए कहा, ''मैं जानता हूँ कि तुम्हें एड्स है। इसलिए बतौर एहतियात, मैं बच्चों को तुमसे दूर रख रहा हूँ। मैंने तुम्हारा चेहरा देखते ही तुम्हारा रोग काफी कुछ तो पकड़ लिया था और बाद में एक दिन जब तुम अपने अमेरिकन डॉक्टर से पूछकर अपना 'प्रेस्क्रिप्शन' लिख रही थी, तब मैं तुम्हारे लिए जूस लेकर कमरे में घुस रहा था। तुम्हारे रहस्य का हिस्सा कान में पड़ते ही मैं लौटा भी, पर मेरी बदकिस्मती कि तुम्हारी बातचीत के उस टुकड़े से ही मेरी धारणा पुष्ट हो गई।''

मल्लिका 'जल बिन मीन' की तरह छटपटाती सी बोली, ''अभिषेक! क्या तुम भगवान् बुद्ध हो, जो जवान और खूबसूरत आम्रपाली को ठुकराकर, कोढ़ी

आम्रपाली की सेवा कर रहे हो?''

मल्लिका का पश्चातापी रुदन आकाश के पार जा रहा था और अभिषेक उसे पुचकारकर उसके कर्मों को 'अनकिया' सिद्ध करने की कोशिश कर रहा था। उसकी ये झूठी कोशिशें मल्लिका के अंतर को कपड़े की तरह मरोड़कर निचोड़ रही थीं और वह अंधी सी कभी इन तो कभी उन विचारों की दीवारों से अपना सिर फोड़ रही थी। मीठे 'सोते' सा अभिषेक उसे प्राण पण से शीतलता प्रदान करने की चेष्टा कर रहा था कि अचानक मल्लिका का हाथ उसकी बाईं छाती पर गया और उसने कराहकर अभिषेक की गोद में दम तोड़ दिया।

'डेथ सर्टिफिकेट' लिखते समय उनके पारिवारिक डॉक्टर गुहा ने अभिषेक से कहा, ''यह तो होना ही था। लापरवाह मल्लिका को कई वर्षों से दिल की बीमारी थी। लाख समझाने पर भी उसने कभी कोई परहेज नहीं माना और हिप्पियों जैसा खानाबदोश जीवन जीती रही। यह 'कार्डियक अटैक' उसी बदपरहेजी का नतीजा है!''

अत्यंत मेधावी अभिषेक ने मल्लिका के जाने के बाद बहुत नाम, इज्जत और वैभव अर्जित किया। उसने दोनों बच्चों को ऐसा संस्कारी और भला बनाया कि सारा जमाना उन्हें देखकर वाह-वाह करने लगता। खास बात यह थी कि दोनों बच्चे ताउम्र अपनी माँ को देवी की तरह पूजते रहे।

अभिषेक ने अपने घर के बड़े से बैठकवाले कमरे में मल्लिका का आदमकद चित्र लगा लिया था, जिस पर वह रोज ताजे सुगंधित पुष्पों की माला इस भाव से चढ़ाता, जैसे उन फूलों की खुशबू मल्लिका तक पहुँच रही हो।

मल्लिका आज भी उसके वजूद का अभिन्न अंग थी और उसे सदैव लगता था कि वह हर क्षण उसके पास है।

□

न्याय चक्र

"जरा देखिए तो! वह 'हंसा' है न?" उच्चरित होते न होते, "ऐ हंसा ऽऽऽ!…ऐ पवन बाबूऽ! जरा ठहरो भी! यूँ काँख (बगल) में पोटला दबाए आधी रात नै कठै चाल्ले (कहाँ चले)?"

मध्यरात्रि के सन्नाटे में दूध-घी खाई हुई, हरियाणवी सावित्री देवी की यह 'दक्काल' जब बेलियाघाटा के बंगाली मोहल्ले में गूँजी, तो उन रोते-बिलखते पति-पत्नी ने अपनी चाल में तेजी ला दी और वहाँ से जल्दी-जल्दी पार होने लगे, पर वे ठहरीं मंगतराय किरोड़ीमल की बेटी, जिन्हें यदि क्रोध आ जाए, तो उनकी धावक-गति को अच्छे-खासे दौड़ाक तक न पछाड़ पाएँ! फिर ये बेचारे तो अपने आत्मजों के प्रहारों से अधमरे, मनमरे, आत्ममरे अर्थात् मरने के सारे प्रकारों से मरे पड़े थे, अब भला उनकी क्या बिसात थी, जो लंबी चोटी लहराती, ममता की धनी इस 'सावाँ बेबे' से 'सक' सकते? सावित्री देवी ने जैसे ही हंसाबाई के पल्ले को झटका देकर खींचा, हंसाबाई पलटकर टूटे बाँधवाली नदी सी उनसे लिपटकर जार-जार रोने लगीं, हालाँकि उनके पति भी अनवरत रोए जा रहे थे, पर उन्हें इस तरह फूट-फूटकर बिलखते देखकर वे उनके सिर पर हाथ फेरते हुए उन्हें सांत्वना देने की चेष्टा में लग गए।

माँ के एकदम विपरीत मेरे पिताजी, जो कभी भी, किसी की भी 'दुई-चुई' (अड़ेगे) में नहीं पड़ते थे, ऊपरवाले बरामदे से इस दृश्य के साक्षी चेता बने हुए थे और टेलीफोन के काले चोंगे से मुझे इस घटना का सूक्ष्मातिसूक्ष्म आँखों देखा हाल सुना रहे थे। उनका यह निरासक्त रवैया, उनकी आत्मकेंद्रितता के साथ ही माँ की परदु:खकातरतावाली इन रोजमर्रा की आदतों के प्रति उनकी संचित खीझ का परिचायक भी था, साथ ही मुझे लगातार खबर देने के पीछे उनका यह अभिप्राय भी छिपा हुआ था कि 'और करो, चौबीसों घंटे अपनी माँ की बड़ाई! खुद ही देख

लो, वह कैसे बात-बेबात झंझटों को बुलावा देती रहती है। अब तुम्हीं भुगतो अपनी 'महतारी' की दरियादिली को।' दरअसल बाबूजी की दुनिया बहुत ही छोटी थी, जिसमें मात्र उनका घर-परिवार और एकाध मित्र भर थे, जबकि माँ की दुनिया; उसका विस्तार तो शायद पृथ्वी के बाहर तक फैला हुआ था, जिसमें गली-मोहल्ला क्या, पूरे शहर-के-शहर समाए हुए थे, ऊपर से इंतिहा यह कि उसमें केवल आदमी ही नहीं, वहाँ के पेड़-पौधे, गाय-भैंस, कुत्ते, चिड़िया, कबूतर, चींटियाँ, बिजली का 'फ्यूज्ड' खंभा, पानी का टपकता नल आदि का भी बराबर का हिस्सा था।

कहना बेकार है कि माँ के रायगढ़ी मामा की बेटी, हंसादेवी, मय अपने पति के, माँ के कमरे में आ विराजीं और माताजी अपना बोरिया-बिस्तर लेकर फ्लैट के सबसे छोटेवाले कमरे में जा बसीं।

हमेशा की तरह ऐसी घटनाओं के बाद सुबह होते, न होते मेरा माँ के यहाँ पहुँचना, एक ऐसा अनकहा फरमान था, जिसे मानना मैं अपनी नियति नहीं, खुशनसीबी समझती थी। माँ की चहेती बेटी होने के अलावा मेरे मन में माँ के ऐसे कामों के प्रति भक्ति के स्तर तक पहुँचा हुआ आदर भाव था। मुझे लगता है कि हम दोनों के बीच माँ-बेटी होने के अलावा भी संवेदनाओं से भीगा एक ऐसा तार जुड़ा हुआ था, जो अधिकांश बातें बिना कहे ही एक-दूसरे तक पहुँचा देता था। हो सकता है, माँ ने मेरे अजाने ही कभी अपने इन 'सनकी कारनामों' के कीड़े से मुझे भी कटवा दिया था, क्योंकि मैं भी अपने परिवेश की रचावट-बुनावट के विरुद्ध माँ की इन 'करतूतों' में जितना संभव हो पाता, साझेदारी करने का प्रयास करती थी।

मेरे घर में घुसते-घुसते माँ की आवाज आई, ''उमा आ गई, यहाँ आ।'' बाबूजी ने कहा भी, ''अरे जरा ठ्यावस (धैर्य) राख। इसनै (इसे) साँस लेकर कुछ पाणी-वाणी तो पी लेने दे।'' पर तब तक तो माताजी ने वहाँ आकर मेरा बायाँ हाथ पकड़ा और मुझे खींचती हुई, बीच कमरे में बैठे हुए उन टूटे-फूटे दंपती के सामने ले जाकर खड़ा कर दिया। उन दोनों के चेहरे पर ऐसी मुर्दनी छाई हुई थी, मानो घर में किसी जवान की मौत हो गई हो। मुर्दनी क्या, वे तो खुद ही मुर्दे से दिख रहे थे। माँ का वह कमरा, जो सर्वदा उनकी रचनात्मक ऊर्जा से स्पंदित होता रहता था, आज मरा हुआ सा मूक क्रंदन के 'अनहद नाद' से भरा था।

मैं धीमे से पीछे की ओर सरकती हुई वहाँ पड़ी एक काठ की कुरसी पर बैठी ही थी कि माताजी ने मुझे झिंझोड़कर कहा, ''उमा, ध्यान से सुन! तेरे दुनिया भर के संपर्क और दोस्तियाँ किस दिन काम आएँगी? अभी अपने 'भायले' (मित्र) पुलिस कमिश्नर को फोन कर और इसके 'बेटे-बहू' के हथकड़ी लगवा। कह कि

वे दोनों एक नंबर के कमीने, बदजात और घटिया इनसान हैं। अरे! पत्थर सी बैठी सोच क्या रही है, कर फोन।''

माँ के मुँह से निकली इन गालियों से उनके दुःख भरे क्षोभ का परिचय मिल रहा था। माँ, जो कि अपनी ममता, उदारता और मिठास के चलते जगतख्यात 'माँ' थीं, आज अपना ही विपर्यय बनी हुई अपने गौर वर्ण को तांबई किए दे रही थीं। उनकी लक्ष्मी-पार्वती सी शांति-कांति, धीरे-धीरे दुर्गा का शक्ति-रूप धारण कर रही थी। अपने प्रणाम के प्रत्युत्तर में जब मैंने उन लोगों का फटा हुआ कंठ-स्वर सुना, तभी मेरी समझ में आ गया कि माँ ने सारी रात इनकी दर्द भरी कहानियाँ सुनते बिताई है और इसीलिए मुँह से कभी अपशब्द न निकालनेवाली सावित्री देवी आज माँ काली बनी हुई हैं। मैं कुरसी से उतरकर माँ के घुटने के पास जा बैठी और उसे सहलाते हुए प्रश्न भरी दृष्टि से उनकी ओर देखने लगी। माँ बिना किसी भूमिका के कहने लगीं—

''उमा! हंसा के जो बेटे-बहू इन्हें माँजी, पिताजी, अम्माजी, बाबूजी, कहते न अघाते थे, बैंक लॉकर' खुलवाकर रुपए निकालने के बाद वे ही इनके तन-मन को अपने बत्तीसों दाँतों से 'बटके' (काटने) भरने लगे थे। उन्होंने बुढ़ापे की दुहाई देकर हंसा का रसोईघर में घुसना वर्जित कर दिया, पर इसके पीछे छिपी उनकी मंशा से इनका यह हश्र हुआ कि सुबह-सकारे चाय पीकर घूमने जानेवाली दंपती यदि दोपहर को बारह बजे भी चाय माँगते, तो स्टील के गिलास में चुल्लू भर ठंडी चाय उनके सामने इस 'सीठने' (व्यंग्य) के साथ पटक दी जाती कि 'लीजिए, ठूँस लीजिए, अपने 'झेद' (बड़े पेट) में! बच्चे खाएँ, न खाएँ, स्कूल जाएँ, न जाएँ, पर आप लोगों को तो हर वक्त हाय चाय, हाय नाश्ता, हाय खाना, हाय भूख! यह बात इतर है कि वे दोनों बेचारे तो महीनों से 'नाश्ता' शब्द ही भूल गए थे और अपनी किसी भी घिघियाती पुकार के पहले वे यह संपुट लगाना नहीं भूलते थे कि बींदणी (बहू)! बच्चे स्कूल और संजय काम पर चला गया हो तो जरा-सी चाय दे दो। गोया वे ऐसे निरीह भिखारी हों, जिनके श्वास-प्रश्वास की आवाजाही भी इन लोगों की कृपा पर ही निर्भर करती हो।''

मैं ठहरी अत्यधिक तार्किक, इसलिए 'झट' से पूछ बैठी, ''इन्होंने अपना 'बैंक लॉकर' उन दुष्टों को दिया ही क्यों?'' यह सुनते ही माँ ने मुझे ऐसी नजरों से घूरा, जिनमें साफ लिखा था, 'ओफ् उमा! तू कितनी बेवकूफ है।' पर बाहर से उन्होंने केवल यही कहा, ''बेटा! माँओं की मजबूरियों से तुम्हारा परिचय नहीं है और न ही शैतान संतानों की नीच चालाकियों से, इसलिए जब तुमने यह महत

प्रश्न उठा ही दिया है तो फिर पूरी गाथा सुनो।

''एक दिन यह बहाना बनाकर कि उन लोगों को किसी रिश्तेदार के यहाँ विवाह में जाना है, वे दोनों हंसा को बहला-फुसलाकर बैंक ले गए और उसका लॉकर खुलवाकर, उसमें उँगलियाँ फेर-फेरकर ऐसी झाड़ू लगाई कि कोई राई-रत्ती सोना और नगदी किनारों में न रह जाए। हंसा फटी आँखों से उनकी यह बदतमीजी देखती रही, फिर खुद को यह दिलासा देकर कि अपने बच्चे ही तो हैं, विवाह के बाद खुद ही सारा सामान लौटा देंगे, वह निश्चिंत हो गई, लेकिन भोली हंसा! चिड़िया-चुगी खेत-सी, स्वयं को महाबेवकूफ की उपाधि से विभूषित कर उस अवसर का इंतजार करती ही रह गई और उसकी सयानी बहू ने यह कहकर कि यह धन तो संतानाधिकार के अंतर्गत आता है, उस सारी संपत्ति को अपनी 'फाइल' में घोषित करवा लिया। संतान के मोह की मारी हंसा ने कब और कहाँ हस्ताक्षर किए, उसे इसकी कोई 'ग्यान-गिनती' (हिसाब) नहीं थी। अब भला वे बदमाश संतानाधिकार से प्राप्त गहने क्यों लौटाते?

''खैर…गहने चले जाने की 'समाई' (सब्र) करने के बाद जब हंसा ने अपने बेटे से पूछा कि भाई! हमारे जीवनभर की जमा की हुई जो पूँजी तुमने एक दिन में लौटाने को कहकर ली थी, तो वह कब तक दे दोगे? सुनते ही बेटे ने दाएँ हाथ से थप्पड़ खींचा और चेहरे पर सारी दुनिया की घृणा समेटकर होंठों को टेढ़े-मेढ़े सिकोड़ता हुआ बोला, 'कैसी डायन माँ हो तुम! तुम्हें जरा भी शरम नहीं आती, हाय रुपया-हाय रुपया करते हुए, यहाँ मैं व्यापार के घाटे की चिंता में मरा जा रहा हूँ, रात-दिन खट-खटकर अपने हाड़ गला रहा हूँ और तुम्हें अपने रुपयों की पड़ी है? अच्छा हो कि यह बात दुबारा मुँह पर लाने से पहले तुम डूब मरो। तुम्हारी जैसी माँ से तो माँ न हुई ही अच्छी।'

''हंसा पथराई सी बेटे की विष भरी कटूक्तियाँ झेलती रही, फिर एक कोने में जाकर इतने जोरों से फूटकर रोई कि बगल का पड़ोसी घबराकर आया और इनके फ़्लैट की घंटी बजाने लगा, पर जो खुद इतने खतरनाक हों, उन्हें किसी और खतरे की क्या परवाह! बेटे ने आँखें दिखाते हुए दोनों हाथों से माँ का मुँह दबोच लिया और बहू ने जोरों से टी.वी. पर रोने का सीरियल लगाकर, दरवाजे पर खड़े पड़ोसी महोदय से मीठी-मीठी बातें बनाकर उन्हें हँसते-हँसते विदा कर दिया।''

मैं आँखें फाड़े उन दोनों को देखती हुई, सोचे जा रही थी कि पढ़ा और सुना तो बहुत था कि माँ-बाप की ममता अंधी होती है, पर विश्वास नहीं किया था, लेकिन ये दोनों अपने कृतित्व से इस बात पर 'मुहर' लगा रहे थे कि मैं इस बात

को सवा सोलह आने सही मान लूँ।

मेरे स्वभाव की सिफत ठहरी चपल-चंचल! मुझमें उनका 'रोंदला' (रोता हुआ) इतिहास सुनने का धैर्य कहाँ था! इसलिए माँ को बीच में ही टोककर मैं बोल पड़ी, ''ये सब तो बीते कल की बातें हैं, पर आज ऐसा क्या घट गया था, जो ये लोग आधी रात को यूँ कंगालियों की तरह मुँह छिपाए भाग रहे थे, इनके पास न तो कोई रुपया-पैसा था और न ही कोई सामान, तो क्या ये लोग आत्महत्या करने जा रहे थे?''

मेरे बड़बोलेपन पर मुझे माँ की करारी डाँट पड़ने ही वाली थी कि हंसाबाई ने अपनी ऊबड़-खाबड़ साँसों से यह जवाब दिया, ''उमा! एक बार मन में तो यही बात आई थी, फिर यह सोचकर कि हम तो आराम से चले जाएँगे, पर गाँव-दुनिया इन पर थू-थू करेगी, ऊपर से संजय की बदनामी होने से अनंत के विवाह में भी 'आँट' (बाधा) आएगी, हमने वह विचार त्यागकर यह सोचा कि कंडक्टर के सामने रो-गिड़गिड़ाकर किसी तरह बिना टिकट, रायगढ़ की रेल में बैठ जाएँगे। इसीलिए हम सियालदह स्टेशन की ओर जा रहे थे।''

मैं हैरान थी कि जिन लोगों ने इन पर बेतहाशा जुल्म ढाने के बाद, इन्हें मार-कूटकर, दर-दर की ठोकरें खाने के लिए घर से निकाल दिया, उन्हीं के यश-अपयश के लिए ये आज भी मरे जा रहे हैं! मुझे लगा मैंने ही गलत सुन लिया है, इसलिए मैंने दुहराया, ''बदनामी?'' इस पर हंसाबाई का जवाब था, ''हाँ उमा! तू ही बोल, संजय की बदनामी तो होती ही न!''

यह सारी चर्चा सुनते समय माँ क्रोध से लाल भभूका हो रही थीं, जिसका एक कारण यह भी था कि हंसा जीजी की बहूरानी माँ की बचपन की सहेली 'गोबली गाय' (अति भली) विद्या की बेटी थीं और वे ही इस विवाह की घटक थीं। माँ ने एक अपराधी की तरह गरदन झुकाकर कहा, ''मैंने उस 'चंडिके' को विद्या का हवाला देकर कई बार समझाने की कोशिश भी की, पर राम जाने वह देवी माता किस धातु की बनी हुई है, उस पर किसी बात का कोई असर ही नहीं होता था और वह हर वक़्त अपने पूरे 'जोम' में जालसाजियों से भरी कारगुजारियाँ करने में ही मशगूल रहती थी। जब इन दिनों हंसा ने मुझे कोई खबर नहीं दी, तो मैंने सोचा, हो सकता है, वह देवी 'मंढ' (यथास्थान) में आ गई होगी और अब हंसा आराम से होगी।''

अभी माँ का वाक्य अधूरा ही था कि हंसा जीजी ने पहले तो अपने माथे पर दोहत्थड़ मारी और फिर अपने सिर को जोरों से भड़ाभड़ जमीन पर पटकने लगीं।

उनकी सभी मुद्राएँ किसी पागलखाने से छूटे व्यक्ति सरीखी थीं, इसलिए हम लोगों ने उनके दोनों हाथ और सिर पकड़ लिये और माँ ने डपटकर कहा, "हंसा, के होया, जो पागलाँ की तरियाँ करै सै? (हंसा, क्या हुआ, जो पागलों की तरह कर रही हो?)"

उस लंबी-चौड़ी कहानी की जान यह है कि बेटे-बहू ने पहले तो हंसा का सारा 'स्त्री धन' बैंक के 'लॉकर' से निकालकर हड़प लिया और फिर कल दोपहर, जब हंसा के पति काम से बाहर गए हुए थे, बेटे ने माँ को 'पोट' (पटा) कर उससे फ्लैट के कागजों पर दस्तखत करवा लिये। यह क्या है, पूछने पर सुपुत्रजी ने अपनी जुबान में मिस्त्री घोलकर माताजी से कहा, "माँ! तुम्हारी कई दिनों से इच्छा थी न कि तुम कोई बड़ा दान करो, तो इन दिनों मेरी बहुत ही अच्छी कमाई हुई है, इसलिए मैं इन 'स्टैंप पेपर' पर उसे लिखकर तुम्हें अर्पित कर रहा हूँ।"

बेटे-बहू पर आशीषों का खजाना लुटाकर, हंसा जीजी उस रात आनंद की नींद सोई ही थीं कि बहू ने आधी रात को झटककर सास की चादर खींचते हुए कहा, "अब उठिए भी, बहुत सो लीं! हमारी आधी जवानी तो आपकी 'खेचल' (कष्टप्रद काम) करते हुए खत्म हो ही चुकी है, क्या बाकी बची हुई जिंदगी में भी आप लोग यूँ ही हमारी छाती पर बैठे मूँग दलते रहेंगे? यदि आप लोगों में जरा भी हया बची हो, तो इसी घड़ी अपना काला मुँह लेकर चुपचाप यहाँ से दफा हो जाइए, वरना दोपहर में पड़ोसी दस तरह के प्रश्न पूछेंगे।"

वे दोनों स्तब्ध और हतप्रभ फटी आँखों से उस 'बहू' को संज्ञाशून्य से देखे जा रहे थे कि अगला वाक्य गूँजा, "आप लोग मनों खाना तो मिनटों में भकोस लेते हैं और अब आपसे हिला नहीं जा रहा है? अरे! यूँ आँखें फाड़े देख क्या रहे हैं, झट से उठिए और निकलिए यहाँ से! अब तो बख्शिए हमें।" कहते हुए उसने हंसा जीजी को इतनी जोर से धक्का दिया कि वे पलंग से नीचे जा पड़ीं और किसी तरह बोलीं, "इतनी रात को! रास्ते में कुछ 'हो-हवा' गया तो?"

"अरे! क्या होने को पड़ा है आप लोगों को, लुटेरे क्या अंधे होते हैं, जो आप लोगों पर हमला करेंगे? और माँजी! यदि आपको कुछ हो भी जाए, तो भगवान् को धन्यवाद दीजिएगा कि मुक्त हुए!"

'हे भगवान्! यह औरत है या जल्लाद!' सोचकर मरती-पड़ती सी हंसा जीजी उठीं और पथराए पति को हल्के हाथ से उठाकर बोलीं, "आओ! चाल्लाँ।" जीना उतरते हुए उन्होंने बीच सीढ़ी पर बैठ कुछ देर अपनी ऊपर-नीचे होती साँस को सँभाला और यह 'जँचाने' लगे कि कहाँ जाएँ। तभी ऊपर खड़ी बहू ने ससुर

को ऐसी-ऐसी गंदी गालियाँ देना शुरू किया कि हंसा के पतिदेव अपने कानों पर हाथ धरकर, लुढ़कते हुए से नीचे आ गए, पर हाय रे माँ का कलेजा! मरे बराबर अपमान होने के बाद भी यह सोचकर कि सुबह जब लोग उन्हें घर के अहाते में पोटली लिये बैठे देखेंगे, तो उनके बेटे-बहू की क्या इज्जत रह जाएगी, वे अँधेरी रात में ही वहाँ से उठकर आड़े-तिरछे कदमों से रोते-बिलखते अपने गंतव्य स्टेशन की ओर जाने लगे कि तभी उन्हें 'सावाँ बेबे' की कड़कती आवाज सुनाई पड़ी।''

कथा पर अर्द्धविराम लगते ही माँ ने तड़पकर कहा, ''हंसा! तुझे जरा सा तो सोचना चाहिए था कि आखिर तू किस खानदान की है? तेरे बाबाजी तो साक्षात् मृत्युंजय थे और उनके गोद आया हुआ तेरा बाप भी कुछ कम नहीं था। किसी और दिन तुम लोगों को उनके किस्से सुनाऊँगी, फिलहाल तो शर्म की बात यह है कि उस बहादुर खानदान की बेटी होते हुए भी तुमने इस तरह अपने 'हाण' (हिम्मत) खो दिए।''

किर्च-किर्च हुई हंसा जीजी को यूँ बिखरते देखकर माँ का क्रोध सातवें आसमान पर जा पहुँचा, पर चूँकि वे बेचारी तो दुर्दिन की मारी थीं, इसलिए माँ ने उन्हें कुछ न कहकर मेरी ओर मुखातिब होकर, हमेशा के विपरीत, खासे कड़वे स्वर में कहा, ''उमा! तुम यूँ छिटकी सी खड़ी, कोई तमाशा देख रही हो क्या?''

''हँ! हैं!'' करते हुए मैं कुछ कहती कि उनका आदेश सुनाई पड़ा, ''अभी फोन करो अपने भायले (मित्र) पुलिस कमिश्नर को और उनसे कहो कि तुरंत इसके बेटे-बहू का वारंट कटाकर उनके हथकड़ियाँ डाले।''

''माँ! यह कोई मजाक है क्या? हर चीज का अपना एक तरीका होता है।''

माँ ने चश्मे के पीछे से झाँकती अपनी बड़ी आँखों को और भी फाड़कर कहा, ''तरीका? हद्द हो गई भई! मरते आदमी को ऑक्सीजन देते वक्त तो बिना आगा-पीछा और तरीका देखे उसके मुँह से मुँह चिपकाकर साँस दे दी जाती है और इन मरे-पिटे लोगों के लिए तुम भाषण और कानून बघार रही हो? शर्म आनी चाहिए तुम्हें! लाओ, मुझे दो फोन!''

इसके पहले कि मैं कुछ कहती मेरा मोबाइल माँ के हाथ में था।

''हैलो! सुकांत बाबू! हाँ! हाँ! मैं सावित्री! उमा की माँ बोल रही हूँ।'' और पलक झपकते ही माँ ने उनके साथ बातचीत कर एक तदबीर निकाल ली।

माँ की सत्संग-मंडली में पास के थाने के तीन सिपाही भी शामिल थे। वे आला दर्जे के ईमानदार और धार्मिक थे। उनमें से एक उस वक्त थाने में मौजूद था, उसने तुरंत एफ.आई.आर. आदि दर्ज करके, उसके आधार पर बड़े थाने से 'सर्च

वारंट' और पति-पत्नी के नाम का गिरफ्तारी वारंट कटवा लिया। कमिश्नर साहब के हवाले से आनन-फानन में ही वहाँ दो इंस्पेक्टर भी आ गए।

सारी साज-सज्जा तैयार होते ही माताजी बिना झंडे के झाँसी की रानी बनी हुई उस बटालियन के साथ हंसा जीजी के घर जा धमकीं और अपना 'पाञ्चजन्य' फूँककर रंगरलियाँ मनाते बेटे-बहू से बोलीं, ''वाह-भाई-वाह! यहाँ तो एकदम होली-दीवाली सी रौनक हो रही है, क्या खास बात है, जो इतनी खुशियाँ मनाई जा रही हैं?'' हँसता-खिलखिलाता वह जोड़ा, झेंपता हुआ सा 'अरे मौसीजी!'''अरे दीदी! आइए! आइए।' के आगे कुछ कह पाता कि माँ के पीछे खड़ी कतार को देख, सहमकर पीछे हट गया, पर अब हटकर, कहीं जाने की गुंजाइश कहाँ थी? इतने में ही माँ की कड़कदार आवाज छज्जों-चौबारों को पार करती पूरे मोहल्ले में गूँजी, ''हवलदार साहब! घाल (डाल) दीजिए इन दोनों को हथकड़ी! बेहया, बेशर्म कहीं के! जिस जबान से गाली निकालते हैं, उसी से हमारा स्वागत कर रहे हैं!''

कहना नहीं होगा कि शाम ढलने के पहले ही माँ ने वकील की उपस्थिति में वह फ्लैट छुड़वा लिया और हंसा का सारा धन एक नए लॉकर में रखकर, उस पर एक सही अपनी भी करने के बाद उसकी चाभी भी अपने पास ही रख ली। फ्लैट के कागजात 'घरू' (पारिवारिक) वकील को सौंपते हुए माँ ने कहा, ''वकीलजी! आज से आप ही हंसा के गार्जियन हैं (वकील माँ के ही गाँव के और उनके पिता के पोसे हुए थे)। मैं रहूँ, न रहूँ! आपको हवाला मेरे बाप का कि आप इस 'छोरी' की सदा सँभाल रखेंगे।''

माँ ने हंसा जीजी का सारा 'जाचा-जचा' (सब कुछ ठीक) कर उसके बेटे-बहू से कहा, ''निकलो तुम दोनों यहाँ से और कहीं और ठौर-ठिकाना करो।'' पर माँओं की कहनी और करनी क्या कभी एक होती है?

हंसा के बेटे-बहू अपनी माँ और मेरी माँ के पैरों में पड़-पड़ाकर वापस आ गए और सुनने में यह भी आया कि हंसा और उसके पति का अपने पोते से बेइंतिहा मोह भी हो गया है।

चाभियाँ अभी भी माँ के ही कब्जे में थीं, शायद इसलिए भी वे शरीफजाद बने हुए माता-पिता की सेवा में लग हुए थे। 'हंसा माँ' सारा कटु अतीत बिसराकर बेटे-बहू का गुणगान करने लगी थीं, जिससे पास-पड़ोस को भी उन दोनों की भलमनसाहत पर यकीन होने लगा था और हंसा जीजी को लगने लगा था जैसे अब चारों ओर सतयुग-ही-सतयुग है।

माँ के जाने के कुछ दिनों बाद तक तो मैंने हंसा जीजी की चाभी सँभालकर

रखी, पर मुझमें माँ सी उदारता कहाँ! इसलिए एक दिन मैंने बहुत प्यार से वह भार उसकी मालकिन को 'सँभला' दिया। चाभीवाले दिन हंसा जीजी के पोते के रंग-ढंग देखकर मैं कुछ चकराई भी, पर जब हंसा जीजी ने उसे खुद से चिपकाते हुए यह कहा, ''उमा! यह कहावत एकदम सही है कि मूल से सूद ज्यादा प्यारा होता है। अब देख न इस छोरे में मेरा मोह इसके बाप से हजार गुना ज्यादा है और यह भी मुझे अपनी माँ से ज्यादा प्यार करता है, तो मुझे लगा मैं बेकार में ही सब पर शक करती रहती हूँ।''

अभी मुझे हंसा जीजी की खुशहाल जिंदगी से खुश हुए ज्यादा दिन नहीं हुए थे कि मेरे पास उनकी आपदा-विपदा की छोटी-मोटी खबरें आने लगीं। माँ के जाने के बाद वृहत् मातृपक्ष वालों के साथ आई दूरी के कारण, मुझे उनसे कटने का बहाना मिल गया था और जीवन की अफरा-तफरी के साथ खुद के जंजालों से घिरे मेरे जीवन में हंसा जीजी का अता-पता क्रमशः खो गया था।

अचानक एक दिन जीजाजी (हंसा के पति) के देहावसान की खबर आई। रिश्तेदारी में मरे-जिए में जाना आवश्यक होने के कारण, जब मैं वहाँ गई, तो हंसा जीजी को देखकर दंग रह गई। उनके वैधव्य की व्याकुलता के पीछे भी उनके दैनंदिन की दीनता साफ नजर आ रही थी। मेरी प्रश्न भरी आकुल दृष्टि को जब हंसा जीजी ने देखकर भी अनदेखा कर दिया, तो उनकी अंदरूनी खस्ता हालत मुझसे छिपी नहीं रही, हालाँकि मैं उनके बहुत करीब नहीं थी, फिर भी पड़ोस में रहने के कारण, बचपन में 'जीजी! जीजी!' का रट्टा तो मैंने भी मारा ही था, इसलिए सही जानकारी के लिए मैंने उनकी 'पड़ोसन ताईजी' का पल्ला पकड़ा। हंसा जीजी के बाबत उनकी बताई हुई कहानी यूँ है।

''सावित्री बाई के जाने के बाद, हंसा का बेटा एकदम निडर और ढीठ हो गया और उसने खूब चालाकी से अपने बेटे रूपी जाल में इन सीधे-सादे पति-पत्नी को फँसा लिया। प्रौढ़ावस्था में दुबारा बचपन का आनंद लेते हुए हंसा और पवन बाबू देखते-ही-देखते हर वक्त 'अनंत! अनंत!' की माला जपने लगे, पर वह बछड़ा कब साँड़ बन गया, इससे गाफिल हंसा जीजी उसे 'नई ब्याही' गाय की तरह रात-दिन अपने वात्सल्य रस से भिगोती रहीं और बाँध टूटकर बहा उनका मातृत्व-प्रपात 'अनंत रूपी जीवात्मा' को बारह महीनों के चौबीसों घंटे आपादमस्तक सिंचित करता रहा।

''एक तो ओछे माँ-बाप की संकीर्णमना परवरिश से पालित, ऊपर से दादी की स्नेह-पगी धन की बौछार! ऐसे में किसी भी युवा के अशिष्ट और उद्दंड बन

जाने की संभावना तो रहती ही है, ऊपर से अनंत के माँ–बाप, अब भला 'करेले को नीम चढ़ने' में क्या देर लगती। इन दिनों वह हर वक्त बात-बेबात दादा-दादी को 'सिरड़ी' (किचकिचिया) मूर्ख आदि कहकर झिड़कता रहता। आहिस्ता-आहिस्ता यह स्थिति हो गई कि दादा-दादी को देखते ही उसे जैसे बिजली का करंट सा छू जाता और वह अनाप-शनाप बकवास शुरू कर देता। उसके अपमानों से असमय बुढ़ाए दादा-दादी अपने आँसू पोंछते हुए उसकी बदतमीजियों को बचपना कहकर टालते रहते।

''हमेशा की तरह, परसों रात जब वह नशे में धुत्त होकर घर लौटा, तो दादा के जरा सा टोकने पर, उसने सूट लटकाने का भारी हैंगर उनके सिर पर जोरों से दे मारा और वे बेचारे 'औसान चूक' (हतप्रभ) से उस अकल्पनीय प्रहार से घबराकर सिर के बल जमीन पर जा गिरे, नतीजन उनको 'ब्रेन हैमरेज' हो गया। चीनी की बीमारी होने के कारण उनकी हालत और भी 'ताब' में नहीं आई और वे चल बसे। जब थाने से आए सावित्री बाई के धर्म भाई सिपाहियों ने हंसा से मृत्यु का कारण पूछा, तो उस संकट के समय में हंसा ने उन्हें बिना अटके कह दिया आधी रात को पेशाबघर में 'आक्खड़' (ठोकर लगना) गए थे।''

''हंसा जीजी को समय न दे पाने के अपने ढेरों बहानों पर ग्लानि होने के बावजूद भीतर-ही-भीतर मेरा 'दिद्‌दा' (मन) हंसा जीजी की जिम्मेदारी लेने का नहीं था। वैसे इसमें हंसा जीजी की भागीदारी भी कुछ कम नहीं थी। मैंने जब कभी हाल-चाल पूछकर उनके जीवन में घुसने की चेष्टा की, तो अपने चेहरे पर छाई अवसाद की परत को पीछे सरकाकर, वे मुसकराते हुए अपने दोनों हाथ आकाश की ओर उठाकर कह देतीं, ''एकदम ठीक स्यूँ, तैं चिंता मत कर।'' मेरा यह प्रस्ताव कि रामदरश मामा (हवलदार) रोज उनका हाल-चाल पूछ लिया करेंगे, उन्होंने इस तरह खारिज कर दिया, मानो मैंने उनके सामने किसी बम आरोपण की बात कह दी हो।

एक दिन मेरी गहरी उद्विग्नता देखकर उन्होंने कहा, ''उमा! तुम ज्यादा माथा मत लगाओ और मुझे मेरे भाग्य पर छोड़ दो। क्या 'साँवा बेबे' चाहकर भी मेरे बुरे समय की घड़ी को उलटा घुमा पाईं, मेरे भाग्य के आगे जब उन जैसे ऋषि व्यक्तित्व का ही वश नहीं चला तो तुम और मैं तो हैं ही क्या?''

उनके दिलासों से भरी हुई मैं रास्ते भर सोचती रही कि माँ के अनुसार हंसा जीजी जैसा साधु स्वभाव सदियों में किसी एकाध प्राणी का ही होता है, साथ ही उसमें वे यह नुकता भी जोड़ दिया करती थीं, ''पता नहीं यह ऊपरवाला भी अपने खास बंदों को ही ज्यादा तकलीफ क्यों देता है!'' पर उनके जैसी धर्मपरायण

महिला भगवान् को कैसे दोषी मानती, इसलिए वे यह कहकर भगवान् को माफी दे देतीं, ''हो सकता है वह इसी बहाने हमारे पूर्वजन्म के पाप कटवाता हो।'' इस प्रकार प्रकट की गईं अपनी उक्तियों का समापन वे हमेशा दर्शन भरे इस वाक्य से करतीं, ''उमा! सदा विश्वास रखना कि भले ही उसके यहाँ देर हो जाए, पर अँधेर नहीं हो सकता। इसलिए देखना एक-न-एक दिन भगवान् हंसा का न्याय भी जरूर ही करेगा।''

ऐसे ही विमर्शों के जाल में फँसी मैं बार-बार अपने मन में माँ से पूछ रही थी, ''क्या हुआ तुम्हारे भगवान् के न्याय का? अब यह मत कहना कि अभी हंसा के पाप कटने बाकी हैं। सच तो यह है कि ये सारे आश्वासन ही 'फ्रॉड' हैं, नकली हैं। जरा पूरी दुनिया में आँख घुमाकर देखो, चारों तरफ दुष्ट बैठे राज कर रहे हैं और भले नरक भोग रहे हैं। अब तुम्हीं बताओ, सुबह से रात तक सबका भला चाहनेवाली हंसा जीजी को क्या कभी भी इन दारुण मानसिक कष्टों से मुक्ति मिली है या मिलेगी?''

मुसकराने की अपनी जन्मना आदत के तहत शायद माँ मेरे उपालंभों के जवाब में जोरों से मुसकराई होंगी, क्योंकि दो-एक दिन बाद ही एक भयंकर खबर मिली, ''सशस्त्र गुंडों ने हंसा जीजी के घर पर हमला कर उनके बेटे-बहू को मार डाला। बहू ने उस वक्त दुनिया भर के जेवर पहन रखे थे और बेटा कहीं से रुपयों भरा 'ब्रीफकेस' लाया था। ज्यादा न-नुकर और हाथपाई करने पर अंततः हमलावरों ने उन दोनों की जान ले लीं।

यह पूछने पर कि हंसा जीजी की क्या खबर है! पता चला कि वे अपने किसी रिश्तेदार के यहाँ गई हुई थीं, इसलिए बच गईं। कुल के चिराग अनंत के बारे में तहकीकात करने पर, जो तथ्य सामने आए, वे अत्यधिक चौंकानेवाले थे। पुलिस ने बताया कि उन गुंडों में से तीन को पकड़ लिया गया है और उनके अनुसार यह सारी योजना अनंत की ही बनाई हुई थी। चूँकि वह 'ड्रग' लेने के साथ-साथ और भी कई बुरे धंधों में फँस गया था, इसलिए उस पर 'गुंडा-सरदार' का बड़ा कर्ज हो गया था। उन लोगों ने घर की विस्तृत जानकारियोंवाला एक नक्शा और घरवालों की समय-सारणी भी पुलिस को दिखाई, जिससे पुलिस का संदेह अनंत पर पुख्ता हो गया।

मेरे यह कहने पर कि जब यह साबित हो चुका है कि यह सारी साजिश अनंत की ही है और वही इस कांड का 'मास्टर माइंड' (कर्ता-धर्ता) है, तो उसे गिरफ्तार क्यों नहीं किया जा रहा, मुझे उत्तर मिला कि वह खुद को बहुत शातिर

समझता है, इसलिए अभी फरार है, पर शायद वह नहीं जानता कि हमारे हाथ भी बहुत लंबे हैं और कुछ ही देर में हमारे लोग उसे पकड़ चुके⋯वाक्य के बीच में ही हमने कमिश्नर साहब को अपने वायरलेस पर यह कहते सुना, "वेल!⋯वेरी गुड!⋯थैंक्यू!⋯उसे तुरंत 'लॉक-अप' में डालो, मैं आ रहा हूँ।"

वहाँ से लौटकर जब मैंने माँ की फोटो देखी, तो मुझे लगा कि उनकी अचल तसवीर जीवंत होकर, अलौकिक भावों से भर गई है और उनकी वही शाश्वत मुसकराहट मेरी सारी दुविधाओं का जवाब दे रही है।

□

अनुगूँज जिंदगी की

''रुंपा भाग गई!'' यह वाक्य पूरे ब्रह्मांड में गूँज रहा था और सुचित्रा का निढाल हाथ पकड़े सावित्री देवी सोच रही थीं कि कल की ही तो बात है, जब वे और सुचित्रा...

पल भर में ही वे स्मृतियों के आकाश में उड़ चलीं और घटनाओं के सिलसिलेवार चित्र किसी जादुई डिब्बे से बाहर निकलकर उनके सामने तैरने लगे।

''शुचित्रा, तोमारा लेड़की रुंपा को देखने से हमको अयसा लोगता है, मानो बेला-जूही के फूलों से भोरा डाल लचक रहा हो! आहा कितना प्यारा! कितना सुंदर है रुंपा!''

''सावित्री, तुमसे सौओं बार कहा है कि तुम मुझसे साफ हिंदी में बात किया करो, क्योंकि मैं लखनऊ की बंगाली हूँ, पर तुम्हें याद ही नहीं रहता। तुम्हें सही बांग्ला तो आती नहीं, इसलिए तुम हिंदी को बिगाड़कर उसे बांग्ला का चोगा पहना देती हो, जिससे मेरी हिंदी भी बिगड़ जाती है। ओ हो सॉरी! तुम्हें बीच में ही टोक दिया। हाँ, तो कहो। तुम रुंपा के बारे में क्या कह रही थी?''

''बस कुछ खास नहीं, इतना ही कि तुम्हारी रुंपा लाखों में एक है। गोरी-चिट्टी न सही, पर उसके गेहुएँ रंग में जो नमकीन लुनाई है, वह अद्‌भुत है। उसके नाक-नक्श भी बहुत ही सुघड़ हैं, पर पता नहीं क्यों; इन सबको तीखे कहने का मन नहीं करता। शायद इसकी वजह रुंपा की खड़ी नाक, बड़ी-बड़ी खिंची हुई आँखें, वह रेशम सी कोमलता है कि जिसके लिए 'तीखे' की उपमा भी देना बहुत तीखा लगता है। ''सच सुचित्रा! रुंपा इतनी प्यारी बच्ची है कि मुझे सदा उसके नजर लगने का डर लगा रहता है। हे भगवान्! उसकी रक्षा करना।'' हरियाणवी सावित्री देवी ने यह बात पूरी आँखों से आकाश को देखते हुए ऐसे कही, मानो वे भगवान् को उसकी जिम्मेदारी सँभलवा रही हों।

सुचित्रा और सावित्री देवी न केवल तीस वर्षों से पड़ोसन थीं, बल्कि सगी बहनों से भी ज्यादा एक-दूसरे पर जान देती थीं। इन दोनों की यह असंभव सी दोस्ती पूरे मोहल्ले में ही नहीं, दोनों ओर के रिश्तेदारों तक में ख्यात थी। दोनों परिवारों के रहन-सहन का स्तर बहुत हद तक यकसाँ था और दोनों ही परिवार किसी भी प्रकार की तड़क-भड़क और आडंबर के सख्त खिलाफ थे, फिर वे चाहे धर्म के नाम पर किए जानेवाले कर्मकांड ही क्यों न हों। इन परिवारों की दोनों 'धिरानियों' की तरह ही इनके घरों में देवी सरस्वती और देवी लक्ष्मी दो विपरीत पालों में नहीं, बल्कि एक-दूसरी की सहधर्मिणी बनी हुई वास करती थीं अर्थात् इनके यहाँ समृद्धि के साथ-साथ विद्या, संस्कृति और साहित्य भी श्रेष्ठ स्थिति में विद्यमान थे।

ये दोनों परिवार एकदम समदृश्य जुड़वाँ भाई-बहनों-से थे। आम तौर पर बहिरंग का साम्य तो फिर भी संभव हो जाता है, पर आश्चर्यजनक ढंग से इन लोगों का अंतरंग भी एक सी विचारणा से रचा-बुना हुआ था। इनके दैनंदिन क्रियाकलाप में दर्शन की आधुनिक परिभाषाओं का व्यावहारिक प्रयोग चौंकानेवाला था। कोई भी गहन-गंभीर चर्चा होने पर अकसर पाया जाता था कि ये लोग एक सी बोली बोल रहे हैं और एक सा सोच रहे हैं। मसलन, ये परिवार आधुनिकता को उच्छृंखलता नहीं, परिपक्व स्वच्छंदता मानते थे और जमीन-जायदाद में ही नहीं, व्यापार में भी बेटे-बेटियों को बराबरी का हिस्सा देते थे। पढ़ाई-लिखाई, घरेलू कामकाज आदि में भी इनके यहाँ लड़के-लड़कियों की समान भागीदारी होती थी, यहाँ तक कि यदि लड़की खाना पकाएगी, तो उसके भाई को भी उसका साथ देना होगा। इस जैसी कई मान्यताएँ इन लोगों की दैनिक दिनचर्या में शामिल थीं।

रुंपा और मैं अर्थात् अलका इन्हीं परिवारों की लड़कियाँ थीं। रुंपा अकेली थी और मेरे ऊपर एक बहन और नीचे एक भाई था। कहना बेकार है कि मेरा भाई और दीदी उसकी दीदी और भाई ज्यादा थे, मेरे कम। हमारे घर में भी चौबीसों घंटे रुंपा-जाप चलता रहता और उस घर में मेरी भी थोड़ी-बहुत बड़ाई होती रहती थी। मैं और रुंपा दो दिन की 'छोट-बड़' थीं, इसलिए हमारी माँओं ने हमारी परवरिश भी जुड़वाँ बहनों की तरह ही की थी। यदि कोई खुर्दबीन लेकर भी खोजता, तो उसे इन परिवारों में एक भी चीज ऐसी न मिलती, जो अकेली हो, यहाँ तक कि उपहार देनेवाले भी इनके यहाँ जुड़वाँ चीजें ही देते थे, अन्यथा वे जानते थे कि उनका उपहार किसी और को दे दिया जाएगा; जैसा कि आम तौर पर इन हरकतों का नतीजा होता है, मैं और रुंपा भी माँ और सुचित्रा मासी का आधुनिक संस्करणी इतिहास दोहराते हुए एक-दूसरे पर जान छिड़कने लगे थे।

अनवधान में ही पता नहीं कब हम कक्षा पहली-दूसरी से कूदते हुए एम.ए. की कक्षाओं में बैठने लगे थे। लोकोक्ति है कि 'जवानी में तो गधी भी परी लगती है', यहाँ तो परी सी रुंपा थी, उसका यौवन किसी भी रंभा, उर्वशी और मेनका को मात क्यों न देता ?

माँ ने तो जनमते ही उसका नाम 'फूलों की डाल' रख दिया था। अब जब, कामदेव की प्रिय ऋतु वसंत उस फूलों भरी डाल के सारे फूलों को खिलाकर, यौवन के भार से उसे लचका रहा हो, तो यूनिवर्सिटी के ढेरों-ढेर लड़के उस पर भ्रमर की तरह क्यों न मँडराते ? पर बचपने की सादगी से भरी बिंदास रुंपा इन सारे लटके-झटकों से बेपरवाह अपनी नागिन सी लंबी चोटी को ऐसे झटककर चलती मानो यह इंगित कर रही हो कि यदि कोई उसके पास आने की जुर्रत करेगा, तो वह उसे तुरंत डस लेगी।

सर्वगुण संपन्न, अद्वितीय सुंदरी, अच्छे घर-घराने की ऐसी अद्भुत लड़की को भला कौन अपने परिवार की लक्ष्मी बनाना नहीं चाहेगा? धनाढ्य बंगाली खानदान ही नहीं, यू.पी. और मारवाड़ी परिवार भी अकसर चर्चा में मुब्तिला रहते कि 'आखिर है तो खानदानी ब्राह्मण परिवार की और ऊपर से हिंदी एम.ए. में फर्स्ट क्लास। इससे साफ जाहिर है कि उसकी मानसिकता हम लोगों जैसी ही है। फिर वैसे भी आजकल बंगाली, मारवाड़ी और 'यू.पी.आइ.ट' में भेद ही कहाँ रहा है।' आदि प्रश्नोत्तर के साथ वे स्वयं ही इस बहस का समापन कर देते।

यह तथ्य विस्मित कर देनेवाला था कि कई एक महापुरातनपंथी परिवार भी रुंपा के लिए सारे समझौते करने को तैयार थे और फिर उन्हें गलत कैसे कहा जाए ? आखिर रुंपा ऐसी ही अतुलनीय थी, जिसकी तुलना केवल उसी से हो सकती थी।

अचानक एक दिन रुंपा ने कहा, "अलका, मैंने निर्णय कर लिया है कि मैं पी-एच.डी. का फालतू बोझ नहीं ढोऊँगी! और फैशन डिजाइनिंग का कोर्स करूँगी।" रुंपा की इस बात से मुझे खास आश्चर्य नहीं हुआ, क्योंकि इन दिनों रुंपा में एक विचित्र तरह का परिवर्तन दिखाई दे रहा था। जैसे उचाट और बेस्वाद मन को परिभाषित नहीं किया जा सकता, वैसे ही रुंपा के व्यवहार को कोई सटीक नाम देना संभव नहीं था। वह अनमनी सी, न कटु, न मीठी, एकदम निस्संग इधर से उधर घूमती रहती। उसके रंग-ढंग देखकर मुझे बहुत ही शिद्दत से महसूस हो रहा था कि मुझसे अपनी हर साँस तक का साझा करनेवाली रुंपा आजकल मुझसे जो औपचारिक बातें कर रही है, जरूर उनके पीछे कोई राज छिपा हुआ है।

अंत में मुझसे रहा नहीं गया और एक दिन अकेले में मैं उसकी कलाई जोर

से पकड़कर, उसकी आँखों में झाँकते हुए बहुत ही अपनेपन से पूछ बैठी, ''रुंपा! सच बताओ, आखिर माजरा क्या है?'' तो क्षण भर भी चुप न रहनेवाली रुंपा सहमकर एकदम मौन हो गई और जो कुछ बोली, उसे सुनते ही एक चीख के साथ ये शब्द मेरे मुँह से निकले, ''हे भगवान्! रुंपा मत मारी गई है तुम्हारी, जो तुमने उस कुंजड़े के लड़के प्रदीप को चुना, ठीक सही कि अपन लोग जात-पाँत नहीं मानते और वह तुम्हें हमेशा से ही ललचाई आँखों से देखता रहता है, पर ऐसे तो सैकड़ों 'फिज्जुले' तुम्हारे इर्द-गिर्द चक्कर काटते ही रहते हैं, तो क्या तुम्हारा इरादा सबको वरमाला पहनाने का है? रुंपा, मुझे पक्का यकीन है कि उसने हिंदी एम.ए. में भी तुम्हें फाँसने के लिए ही प्रवेश लिया था, ताकि तुम्हारे इर्द-गिर्द बना रहकर तुम सरीखी इंटेलिजेंट, पर सरल-शरीफ लड़की को अपने जाल में फाँस ले।

''तुम्हें याद नहीं, हमारे सबसे प्रिय शिक्षक शास्त्री सर कहा करते थे कि यहाँ लड़के पढ़ने नहीं, मस्ती करने के लिए आते हैं। इतनी कम फीस में किसी क्लब का सदस्य बन पाना तो नामुमकिन है, इसलिए ये लोग यहाँ कम पैसों में उपलब्ध चाय-समोसा खाते हुए, अपना सारा दिन लफंदरपना करते हुए गुजार देते हैं। सरकारी नियम के तहत फेल करने की मुमानियत होने से ये लड़के जैसे-तैसे डिग्री ले ही लेते हैं।

''रुंपा! शास्त्री सर की बात से पूरी तरह सहमत होने के साथ-साथ मैं उसमें यह भी जोड़ना चाहूँगी कि यदि इन लोगों के सौभाग्य से कोई बेवकूफ गुणवती मछली इनकी बंसी में फँस जाए, तो इनके तो पौ बारह हो जाते हैं।

''रुंपा! हो सकता है इस डिग्री से मौसाजी और सुचित्रा मासी के सामने इसके कम पढ़े-लिखे होने की बात खत्म हो जाए, पर कुछ तो सोचो, कहाँ अपन लोग और कहाँ वे लोग! तुम्हें दूर-दराज तक भी कोई मेल नजर आता है? किसी को जीवनसाथी चुनने में बात केवल रुपए-पैसे तक ही सीमित नहीं होती, क्योंकि किसी भी व्यक्ति के चरित्र की बुनावट में परिवेश और परवरिश की उसके धन से भी ज्यादा अहम भूमिका होती है। रुंपा! तुम्हारी बात सुनकर मेरा तो सिर घूम रहा है और मैं अकेले इस राज को सह पाने में असमर्थ हूँ, इसलिए मैं अभी जाकर मौसाजी और मासी माँ को सारा किस्सा बताती हूँ।''

यह सुनते ही रुंपा हिलक-हिलककर रोती हुई मुझसे ऐसी चिपकी कि उससे जान छुड़ाना मुश्किल हो गया। उसका काया-फोड़ कलपकर रोना देख मेरा कठोर मन भी द्रवित होकर, आँखों से बड़े-बड़े आँसू टपकाने लगा और उसकी पीठ पर अपना सांत्वना भरा हाथ फेरती हुई मैं कहने लगी, ''ठीक है, कोई बात नहीं, पर

वादा करो कि तुम उस प्रदीप नाम के पंछी को कभी भी अपने आस-पास पर नहीं मरने दोगी, मंजूर है?"

मेरी बात के समर्थन में तेजी से अपनी गरदन को हामी में ऊपर-नीचे करती हुई रुंपा जल्दी से मेरे और खुद के आँसुओं को सुबकती हुई अपने दुपट्टे से पोंछने लगी।

लगा कि रुंपा अपने वचन पर कायम है; क्योंकि उन दिनों उसने अपनी चौबीसों घंटोंवाली मुसकराहट का विनिमय उदासी और गंभीरता से कर लिया था। उसके ये रंग-ढंग देखकर भी मैंने न तो उसकी कोई मान-मनौवल की और न ही मनुहार भरे लाड़-प्यार से उसे पुचकारा, जिसके कारण अजाने ही हम दोनों के बीच, अनावधान की एक 'अदृश्य दीवार' खड़ी हो गई।

सुचित्रा मासी और माँ ने हमें संदिग्ध नजरों से देखते हुए कई तरह से घुमा-फिराकर हमारा भेद लेने की कोशिश भी की, पर वे दोनों ही इसमें पूरी तरह नाकाम रहीं।

इन दिनों रुंपा के चारों ओर मैंने अपनी कड़ी निगरानी का अलक्षित वृत्त खींच रखा था। अब उसके क्रिया-कलाप से क्रमशः मुझे विश्वास हो चला था कि रुंपा ने गलत की जगह सही रास्ता चुन लिया है। आजकल वह कभी-कभार मुसकराती हुई भी देखी जाने लगी थी और अपनी कक्षाओं में भी बिना गैरहाजिरी के नियमपूर्वक उपस्थित होती थी। इन सब कारणों के प्रतिफलनस्वरूप अनायास ही हमारे संबंधों के बीच की सख्त बर्फ पिघलने लगी और दूरी की उस अदृश्य दीवार का वजूद भी बिला गया।

रुंपा ने जब फैशन डिजाइनिंग में टॉप किया, तब तो मुझे पक्का विश्वास हो गया कि हो-न-हो वह पूरी तरह सुधर गई है।

पर कच्ची उम्र का तकाजा और कपटी पुरुष का छल, इसकी थाह कहाँ? सो एक दिन अपने प्रेम को शाश्वतता का दर्जा देते हुए, वह भोली और भावुक रुंपा प्रदीप-रूपी 'आग का दरिया' में आँखें मूँदकर कूद गई।

न स्टेशन पर, न एयरपोर्ट पर, न रिश्तेदारों के यहाँ, न प्रदीप की चाल में। उसका कहीं भी, कोई भी अता-पता न था। पुलिस ने प्रदीप के माँ-बाप को काफी डराया-धमकाया भी, पर वे ऐसे चुप रहे मानो उन्हें साँप सूँघ गया हो।

उस दिन रात भर रोना-धोना चलता रहा और मित्रों, रिश्तेदारों से भरे हॉल में तरह-तरह के कयासों के बीच जब यह प्रश्न पूछा जाने लगा कि परीक्षा में प्रथम आने के बावजूद रुंपा ने आत्महत्या क्यों की, तो मुझसे रहा नहीं गया और ग्लानि-

बोध के दबाव में मैंने उसकी प्रेम कहानी का पर्दाफाश कर दिया।

इस खबर से वहाँ भूचाल तो आया, पर किसी को भी, किसी एक को भी मेरी बात की सत्यता पर विश्वास नहीं हुआ, यहाँ तक कि भावातिरेक में भास्कर मौसाजी ने मुझे यह उलाहना दे दिया कि यदि ऐसी ही बात थी, तो वे रुंपा की मर्जी के मद्देनजर प्रदीप को सहर्ष अपना जँवाई स्वीकार कर लेते।

ऐसे गमगीन माहौल में खाना-पीना तो दूर, शायद किसी ने पानी तक नहीं पिया था कि सुबह के दस बजते, न बजते डाकिए ने एक रजिस्टर्ड लिफाफा लाकर भास्कर मौसाजी के हाथ में रख दिया, जिसमें रुंपा की रजिस्टर्ड मैरिज का सर्टिफिकेट था।

उस भयानक सदमे ने सुचित्रा मौसी के हाई ब्लड प्रेशर को उनके दिमाग में पहुँचा दिया, जिसके फलस्वरूप वे खड़ी-की-खड़ी ऐसी गिरीं कि फिर कभी न उठीं और ढेरों आपातकालीन इलाज के बावजूद उनकी आँखें आकाश में ही टँगी रह गईं।

मैंने प्रदीप के घर जाकर उसके माँ-बाप के पैरों पर अपना सिर रखकर उन्हें पूरी घटना बताने के बाद कहा, ''मौसाजी ने कहलाया है कि वे लोग प्रदीप-रुंपा को पूरी तरह स्वीकार करने को तैयार हैं। कृपया आप लोग उनसे जल्द-से-जल्द मरणासन्न मौसीजी के पास पहुँचने को कहिए।''

''माँ! माँ गो!'' का स्वर जैसे ही हवा में गूँजा, सुचित्रा मौसी की आँखों ने आकाश से नीचे उतरकर दरवाजे पर खड़ी रुंपा को आँख-भर देखा और तत्क्षण ही उनकी गर्दन एक ओर लुढ़क गई। उनसे सटकर उनकी हथेली पकड़े बैठी सावित्री माँ ने एक बार तो मारे गुस्से के, पलंग की ओर आती हुई रुंपा को परे झटक दिया, पर दूसरे ही क्षण वे उसे खुद से चिपकाकर ऐसा फूट-फूटकर रोईं कि सारे उपस्थित लोग-बाग अपने आँसू और ताजा गमी को भूलकर उन्हें ही समझाने में लग गए।

रुंपा की स्थिति तो कौन कहे! एक तो फूल की छड़ी भी न छुआनेवाली माँ का बिछोह, दूसरे उसकी मृत्यु के कारण, उपजा ग्लानि-बोध उसे न जीने दे रहा था, न मरने, पर भास्कर मौसाजी की शंकर भगवान् जैसी औघड़ दानशीलता और विष्णु सी क्षमाशील भलमनसाहत ने न केवल उसे क्षमा कर गले से लगा लिया, बल्कि प्रदीप को भी सादर अपने घर में रहने का न्योता दे दिया।

कुछ दिनों बाद भास्कर मौसाजी ने अपनी तीन-चार बढ़िया दुकानें खाली करवाकर रुंपा के लिए एक आलीशान डिजाइनर शोरूम खुलवा दिया। कम समय में ही प्रतिभा संपन्न रुंपा ने ऐसा नाम कमाया कि दिल्ली, बंबई तो क्या, मिलान

और पेरिस भी उसे अपने फैशन शो में खास तरजीह देने लगे। उसकी प्रसिद्धि से जहाँ एक पुरुष उसके पिता अत्यंत प्रसन्न थे, तो दूसरा पुरुष उसका पति अत्यंत दु:खी था। उसे करने-धरने को तो कुछ था नहीं, न ही कोई नौकरी और न ही कोई पैतृक व्यवसाय, सो वह बैठे-ठाले सिवा इसके कि चौबीसों घंटे रुंपा में ऐबजोई कर मीनमेख निकालता रहे, भला अपना समय कैसे बिताता? रुंपा की लाख कोशिशों के बावजूद वह उसके स्टोर में बैठने को तैयार नहीं था। रुंपा उससे कहती भी, ''प्रदीप! तुम तो मालिक हो। देखो, मैंने तुम्हारे लिए कितनी शानदार कुरसी बनवाई है, प्लीज! यहाँ रहा करो। तुम्हारी मौजूदगी से मुझे बहुत सहारा रहेगा। मैं हिसाब के मामले में कच्ची हूँ, इसलिए तुम रुपया-पैसा भी अच्छी तरह सँभाल लोगे। प्लीज प्रदीप, तुम अपने नाम के इस ए.सी. चेंबर को अपनी उपस्थिति से सुशोभित करो न, प्लीज!''...पर उसका हिमालय सा अहंकार! उसे किसी भी हालत में इस स्थिति को स्वीकार करना तो दूर, रुंपा की चिरौरी से और भी बड़ा हो जाता था।

अब खाली बैठा एक स्वस्थ जवान आदमी, सिवा बदगुमानियों के और कर भी क्या सकता है? पहले तो उसने रुंपा को फैशन शो के लिए विदेश जाने से मना कर दिया और बेवकूफ रुंपा ने इसे भी उसके लगाव के खाते में डालकर स्वीकार कर लिया। फिर उसने उस पर यह लांछन लगाकर कि वह अपने बड़े ग्राहकों से गलत संबंध रखती है, उसे मारना-पीटना शुरू कर दिया। शराब के नशे में धुत वह सारी रात, असुर बना हुआ विचित्र प्रकार के कांड करता रहता और सुबह उठकर देवताओं की तरह रुंपा के पैर पकड़कर इस-इस तरह से माफी माँगता कि रामायण-महाभारत सरीखे महाकाव्य भी फीके पड़ जाएँ। आश्चर्यजनक ढंग से प्रेम में अंधी रुंपा की आँखें अभी भी बंद ही थीं और वह उसकी इन सारी बदतमीजियों को उसके लालन-पालन का दोष मानकर, उसे पूरी तरह माफ करती रहती थी।

एक बार मैंने रुंपा से हम लोगों से एक साल सीनियर माधुरी का हवाला देकर कहा भी, ''मुझे तो तुम्हारा पूरा किस्सा उसी का पुन: प्रदर्शन (रिप्ले) लगता है, फर्क इतना ही है कि प्रदीप ने अभी तक तुम्हें जलाकर मारा नहीं है।'' यह उद्गार सुनते ही, उसने हमारी सदियों पुरानी दोस्ती को तिलांजलि देकर मुझसे अबोला कर लिया, पर संबंध क्या कच्चा धागा होते हैं, जो सहज ही टूट जाएँ? इसलिए मुँह सिले होने के बावजूद हम दोनों भीतर-ही-भीतर एक-दूसरे की पूरी खोज-खबर रखते थे।

यथासमय मैंने एक बेटी और रुंपा ने एक बेटे को जन्म दिया। रुंपा का बेटा क्या था, बस सोलह कलाओं से पूर्ण चंद्र और कामदेव का प्रतिरूप था। भास्कर

मौसाजी ने उसके रूप के अनुरूप ही उसका नाम रखा कार्तिकेय और रुंपा के विवाह द्वारा क्षत-विक्षत हुए उनके हृदय को उसकी नन्ही मुसकराहट के 'चेप' ने एकदम मजबूती से भर दिया।

पर प्रदीप अब भी कोई-न-कोई नया शिगूफा छोड़ने से बाज न आता। एक बार वह इस जिद पर अड़ गया कि वह घर जमाई की तरह नहीं रहेगा, इसलिए यह मकान उसके नाम होना चाहिए। भास्कर मौसाजी के यह बताने पर कि यह मकान उनकी पत्नी सुचित्रा अपने नाती-नातिनों के नाम कर गई है, वह क्रोध से आग बबूला हो गया और उसने रुंपा को इतने शातिरपन से मारना-पीटना शुरू किया कि खोजने पर किसी को कोई निशान न मिले। रुंपा को क्रूरतम तरीके से सताने के लिए उसने रुंपा के घर से सटी हुई एक कोठरी किराए पर ले ली और आधी रात को रुंपा के पास से बच्चे को जबरदस्ती छीनकर अपनी कोठरी में उठा ले जाता। इस पुरुष-प्रदत्त भितरघात के दर्द से रुंपा छटपटाती रहे, इसलिए वह ऐसी जगह पर चोट करता था कि रुंपा मारे शर्म के किसी को कुछ नहीं बताती, नतीजन उसका 'हियाव' बढ़ता जाता। तलाक की असंभव शर्तों पर रुंपा हमेशा कच्ची पड़ जाती। भयभीत रुंपा की सारी दिनचर्या शतरंजी बिसात के पील चक्कर सी प्रदीप के चारों ओर घूमती रहती और प्रदीपजी लाट साहब की तरह मेज पर पैर धरे सिगरेट फूँकते हुए विलायती शराब पीते रहते। बेटे की ब्लैक मेलिंग के एवज में वे नरश्रेष्ठ रुंपा से अनाप-शनाप रुपए ऐंठते ही रहते थे।

एक बार प्रदीप ने बहुत ही चालाकी से रुंपा को जलाने की कोशिश की, पर पुराने नौकरों की सतर्कता ने उसे बचा लिया। इस घटना के बाद सावित्री माँ ने उसे बहुत समझाया कि वह अपने कमरे में सी.सी.टी.वी. कैमरे लगवा ले और जब प्रदीप मारे-पीटे, तो उसे थोड़ा सा उकसाकर उसके अत्याचारों की रिकॉर्डिंग हो जाने दे, पर वह युधिष्ठिर की औलाद और पुराने जमाने की लैला ऐसा करने को तैयार नहीं हुई।

तभी अचानक एक दिन··पूरे मोहल्ले ने देखा कि पुलिस प्रदीप को हथकड़ी डाले घसीटते हुए अपनी गाड़ी में ठूँसकर ले जा रही है। खबर पाते ही जब रुंपा दौड़ती सी वहाँ आई, तब तक उसकी हरियाणवी मौसी ने वहाँ आकर प्रदीप को एक ऐसा झन्नाटेदार थप्पड़ जड़ा कि उसका सिर एक ओर घूम गया, साथ ही उसे अपनी ठेठ घरेलू गालियों की बारिश से नहलाने के बाद वे रुंपा को वहाँ से खींचती हुई अपने घर ले गईं।

घर में घुसते ही, उन्होंने अपने कड़कदार लहजे में रुंपा को 'दक्कालते' हुए

कहा, ''रुंपा! हमेशा याद रखना, तुम्हारी माँ सुचित्रा मरी नहीं है। वह आज भी मुझमें जीवित है। मैं कई दिनों से देख रही थी कि 'मैं चुप रहूँगी, क्योंकि पापा की इज्जत का सवाल है' आदि बेकार की बातों को आतिशी शीशे में बढ़ा-चढ़ाकर देखती हुई तुम सारे दु:खों को सहती जा रही थी। अरे बेवकूफ! तुमने जरा सा यह नहीं सोचा कि यदि तुम मर जाती, तो तुम्हारे पापा की इज्जत का क्या होता, अच्छा यह बता, क्या तूने एक बार भी अपने बेटे सोनू के भविष्य के बारे में सोचा है? रुंपा! सच कहूँ, तुम्हें बेटी कहकर बुलाने में तो मुझे शर्म आती है। तुझ सी पढ़ी-लिखी से तो मैं गँवार भली, जो न केवल अपने घोंसले और बच्चों के अधिकारों के लिए सदा लड़ी, बल्कि और भी कइयों को सँभालकर उन्हें अन्यायियों से बचाया। सच रुंपा, मैं समझ नहीं पा रही हूँ कि आखिर तुम लोग इतनी भीरु क्यों हो, क्यों तुम लोगों को खुद पर जरा सा भी भरोसा नहीं है! अरे डूब मरो तुम लोग, जो जिंदगी से मुँह मोड़कर आत्महत्या करने की सोचती हो!'' कहकर सावित्री माँ ने एक लंबा नि:श्वास छोड़ा और उनकी आँखों में पानी तिर आया।

किसी तरह खुद को सँभालकर उन्होंने मद्धम स्वर में कहा, ''बेटा! लजा दिया आज तुमने हमारे दूध को! हमने तो तुम लोगों को जीवन का अमृत-पान कराया था, पर पता नहीं, तुम लोगों ने कहाँ से मृत्यु का विष चख लिया!'' इतना कहते-कहते वे कठोर, रूखी, सख्त सावित्री माँ मुँह पर पल्ला डालकर सुबकती हुई हिचकियों में बँध ऐसी रोई कि रुंपा, मैं, पापा, मौसाजी, दीदी आदि सबके सब उनसे चिपककर उन्हें समझाने में लग गए, लेकिन उनके आँसुओं की उस नदी का बाँध टूट चुका था, जो सुचित्रा मौसी की मृत्यु के बाद से ही अपनी जदों को सँभाल नहीं पा रही थी।

खोज-खबर लेने पर पता चला कि सावित्री माँ ने रुंपा तक को बताए बिना, दो सी.सी.टी.वी. कैमरों को रुंपा और प्रदीप के कमरों में छिपाकर फिट करवा दिया था और मास्टर स्क्रीन अपने कमरे में लगा लिया था। वे रोज की घटनाओं की एक सी.डी. अपने वकील भतीजे को और एक अपने खास मित्र असिस्टेंट पुलिस कमिश्नर प्रेमेंद्र मित्रा को भेज देती थीं। मोटी चादर ओढ़ाकर गला घोंटने की कोशिश करना, दीवार से सिर भिड़ाना, लंबे बालों को झटके मार-मारकर तोड़ना, गुप्तांगों पर प्रहार करना आदि अनेक नृशंस कारनामे उन कैमरों में कैद होते जाते थे, जिनके अनुसार कमिश्नर साहब दफाएँ और भतीजा प्रद्युम्न केस के बिंदु तैयार करता जाता था।

सावित्री माँ ने इसे दु:खांत नाटक होने से बचाने और इसका पटाक्षेप करने के

लिए सही समय पर भास्कर मौसाजी और मुझसे दुरभिसंधि करके, एक दिन उन लोगों से सोनू को चुरवा लिया।

घर लौटते ही सोनू को ढूँढ़ती हुई रुंपा जब हमेशा की तरह प्रदीप के यहाँ पहुँची, तो प्रदीप ने एक रूटीन की तरह उसे मारना-पीटना शुरू कर दिया। रोज-रोज की कलह से थकी और सोनू के खोने से घबराई हुई कमजोर रुंपा ने जब उसे धमकाया कि वह आत्महत्या कर लेगी, तो उसका मखौल उड़ाते हुए वह नीच कहने लगा, ''अरे तुम्हें आत्महत्या कहाँ करनी है ? तुम तो बस यूँ ही गीदड़ भभकी देती रहती हो। मरने की गोलियाँ भी तुम जान-बूझकर कम खाती हो। लगी हुई आग भी बुझवा लेती हो। रुंपा, तुम्हें सिर्फ गरजना आता है, बरसना नहीं। अरे हटो परे! यदि तुम्हें मरना ही है, तो फाँसी लगाकर क्यों नहीं मर जाती? चलो, मैं तुम्हारी सहायता करता हूँ, देखो यह फंदा!'' जब रुंपा उसकी इस उक्ति को सुनकर विस्फारित आँखों से उसे घूरने लगी, तब वह सांत्वना भरे स्वर में बोला, ''अरे! झूठ-मूठ ही सही! जरा एक बार इसे गले में डालकर तो दिखाओ!'' कहते हुए उसने वह रस्सी का फंदा पंखे से झुला दिया और कुरसी को खींचकर उसके नीचे लाकर बोला, ''हिम्मत है! तो चढ़ो इस पर!'' आश्चर्यजनक ढंग से उसके भड़काने पर पागलों की सी भंगिमा में रुंपा उस कुरसी पर जा खड़ी हुई। रुंपा का कुरसी पर खड़ा होना था कि नाटक के उस वीभत्स अंक में प्रद्युम्न (वकील) और प्रेमेंद्र मित्रा (पुलिस कमिश्नर) ने एंट्री ले ली।

चतुर-चालाक प्रदीप ने हकलाते हुए अपने बचाव में कुछ बकने की चेष्टा की, पर सिवा आँय-बाँय-साँय के उसके हलक से एक अक्षर भी न निकला।

सावित्री माँ ने आज प्रदीप को ही नहीं, रुंपा को भी एक करारा तमाचा जड़ते हुए कहा, ''रुंपा! भला नाम डुबोया तैंने मेरा। अरे बेटा, ऐसे कसाइयों को तो तड़पा-तड़पाकर मारना चाहिए, न कि इन कमीनों के लिए अपनी जान दे देनी चाहिए। रुंपा बेटा! इस शरीर को सँभालकर रख, इसे अपनी और दूसरों की भलाई में लगा। आज से सोच लो कि तेरा वह पुराना चोला छूट गया है और अब इस नए चोले से तुझे अपना ही नहीं, पूरी दुनिया का कल्याण करना है।

''बेटा! तुम लोगों के पास तो समय है, लक्ष्मी है, सरस्वती है और है प्रेम! बाँटो इन्हें उनमें, जो दीन-हीन और अभागे हैं और जिन्हें इन सबकी बहुत ज्यादा जरूरत है। आँखें खोलकर अपने चारों ओर देखो कितनी बड़ी दुनिया तुम लोगों के स्नेह-कणों के लिए तरस रही है। बेटा! अपने अणु-अणु को विलीन कर दो दूसरों में और अनगिनत आत्माओं का उद्धार करो।

''आओ उठो। नया सूर्य तुम लोगों को प्रकाशमय रास्ता दिखा रहा है। स्नान करके, नए वस्त्र धारण करो और सर्वव्रती हो जाओ।

''अलका-रुंपा! चलो दौड़ो और सदा याद रखो कि गति ही जीवन का मूल मंत्र है। आधि-व्याधि से डरना मत। चूँकि हम जीवित हैं, इसीलिए व्याधि है, क्या मृतक चाहकर भी बीमार पड़ सकते हैं? इसलिए हर घड़ी, हर पल स्वयं को स्वस्थ, नीरोग और तमाम संपदाओं से पूर्ण मानना। क्षण मात्र भी मन में यह कमजोरी मत लाना कि तुम कमजोर हो।

''जीवन के शेर को नाथकर दुर्गा की तरह उसकी सवारी करना और प्रदीप सरीखे असंख्य महिषासुरों का वध करती रहना। याद रखना, मैं और सुचित्रा सदा तुम लोगों के साथ हैं! तुम लोगों में समाहित हैं। सर्वदा सत्पथ पर रहना, क्योंकि तुम लोगों पर हमेशा हमारी निगहदारी रहेगी।''

सावित्री देवी के भावोद्‌गार देर तक रुंपा के मन के पहाड़ों से टकराते रहे, 'कोई आवाज पहले गूँज बनती है, फिर अनुगूँज और हृदय की घाटियों में जाकर अमर हो जाती है।'

रुंपा खाली घर में आदमकद आईने के सामने आकर खड़ी हो गई। कितनी धूल जम गई थी काँच पर। उसने आँचल से उसे साफ किया। अपना चेहरा जैसे उसने आज पहली बार देखा।

आज हवा में हर तरफ उसके जिंदा रहने की गूँज है।

□

एक बंदा रश्क-ए-खुदा

"अरुण! क्या लड़की है, यह अनन्या। जबसे उससे मिली हूँ, बस उसी का चेहरा आँखों के सामने घूम रहा है। पता नहीं क्यों उसके लिए मन में एक खिंचाव-सा हो रहा है। लगता है, मैंने इससे मिलते-जुलते किसी चेहरे को खूब देखा है, पर कुछ याद नहीं आ रहा है और मन है कि किसी भूल-भुलैया के चक्कर काटे जा रहा है।"

"मंजुल! कल से देख रहा हूँ कि तुम बार-बार उसी लड़की का जिक्र कर रही हो। तुम इतनी बड़ी कंपनी की एम.डी. हो और इसी शहर की निर्मिति होने के कारण तुम्हारा परिचय संसार भी बहुत बड़ा है। हो सकता है, उसी भीड़ में तुम उससे भी कभी टकराई हो।"

मेरे चेहरे की उलझन कम न होती देखकर अरुण ने सुझाव दिया "मंजुल, भगवान् ने जब तुम्हें फोटो-मेमरी से समृद्ध कर रखा है, तो तुम उसका दरवाजा क्यों नहीं खटखटाती?"

अरुण का कहना था कि मेरे सामने सिनेमा की तरह रील-पर-रील खुलने लगी और समय ने अपना अग्रगामी रुख अतीत की ओर मोड़कर मुझे पाँच दशक पहले की उस गली में पहुँचा दिया, जहाँ चापाकल (गंगाजल का चहबच्चा) की उलटी ओर स्थित, पँचतलिया मकान के पचास परिवारों में से ही एक नखराला परिवार हमारा भी था।

हरियाणवी, बीकानेरी, मेवाड़ी, शेखावाटी, हीरवाटी आदि राजस्थानी उपभाषाओं के लोगों से सजा-बजा यह मकान सर्वदा चहचहाता रहता था। इसके रहवासी साधारण आकांक्षाओंवाले मध्यवित्त गृहस्थ थे और अपने सादेपन और सहजता में मगन रहते थे। यदि कोई परिवार अपने बरामदे में ऊपर टंकी चढ़ाकर स्वतंत्र स्नानागार की सृष्टि कर ले या कोई सेकेंडहैंड गाड़ी, फ्रिज या फोन ले

आए, तो किसी को ईर्ष्या नहीं होती थी। सब अपने-अपने तरीकों में खुश थे और सबके बीच सौहार्द था।

रोज ढलती दोपहर को वहाँ की सारी गृहिणियाँ साड़ी के पल्लू से सिर ढके आँगन में झाँकते गोल गलियारे में निकल आतीं और सारी बोलियों के मिश्रण से बनी राजस्थानी 'क्रियोल' (खिचड़ी भाषा) में गप्पे लगाने लगतीं, लेकिन मध्य दिसंबर की एक दोपहर को इसमें एक जबरदस्त व्यतिक्रम हुआ। उस दिन बच्चों और पतियों को स्कूल-ऑफिस भेजकर, जब वे सद्गृहिणियाँ अपनी कमर सीधी कर ही रही थीं कि सबकी 'सेनापतनी बोथरा मासी' के 'हैलो' से पूरा मकान गूँजने लगा। 'ओ जिठाणीजी! ऐ संतोषरी माँ! ऐ बिजयरी माँ! ऐ श्यामै री बींदणी!', और इसी तरह अमुक की माँ और फलाँ की बींदणी की पुकार के प्रत्युत्तर में वह बरामदानुमा गलियारा मिनटों में ही पचहत्तर प्रतिशत भर गया। वैसे इनमें से अधिकांश चेहरों पर उत्सुकता कम और आराम में खलल पड़ने की झुँझलाहट ज्यादा थी। कनपुरिया भालोटिया चाची ने तो नखरे से नकियाते हुए कह भी दिया, "यह मकान हैं या सब्जीमंडी। मंजुल की माँ, आखिर बात क्या है ?" पर उनका प्रश्न अधर में ही लटकता रह गया, क्योंकि यह महिला दल 'सेनापतनीजी' से भयभीत भक्त दल था।

औरतों का इतना बड़ा झुरमुट इकट्ठा हो और कोई झकझक न हो, यह कैसे संभव है ? और आज तो ये सारी महिलाएँ सुबह से ही अपने 'छुट्टे' नौकरों को फुसफुसाते हुए सुन रही थीं, "अरे भाई! का बतावैं! घोर कलजुग आय गवा है, जानै केकरा पाप का पोटला, बीच रास्ते में खुल्ला पड़ा है!" उन लोगों ने नौकरों की यह बात उस वक्त तो कान तले मार दी थी, पर अब वही बात वहाँ अतिरिक्त मिर्च-मसाले के साथ दुहराई जा रही थी।

यदि पचास सिर हिलहिल कर एक साथ जोरों से बात करें तो उसका 'डेसीबल' (ध्वनि-माप) कितना ऊँचा पहुँच जाएगा, इसकी कल्पना सहज ही की जा सकती है। इस बकबक को आसमान छूते देखकर, 'बोथरा मासी' की त्योरियाँ खिंच गईं। उन्होंने जिस 'तूफान-सावधान' वाली 'हुँकार' से सबका आह्वान किया था, वह महाभारत की तरह ही मूलकथा से ज्यादा उपकथाओं के जंजाल में फँसने लगी थी। अपना प्रयास अकारथ जाते देख उन्होंने अपने माथे पर दोहत्थड़ मारकर कहा, "माथो खराब हो म्हारो! जो था लोग्गाँ नै हेल्लो मार्‌यो (मेरा दिमाग खराब था, जो तुम लोगों को आवाज दी)।" पर सारे मुँहों को एक साथ 'माफी-माफी' बोलते देख, उन्होंने क्षमा-मुद्रा में कहा, "ठीक है, तो चालो सब एक तल्ले रै बरंडा मा।"

मिनटों में ही फर्र-फर्र करती वह महिला-बरात वहाँ जा मौजूद हुई और

'सेनापतनीजी' द्वारा इंगित कोने को देख। 'हैंऽऽऽऽ' शब्द को मंद्र से तारसप्तक तक खींचती हुई, चमककर पीछे हट गईं, लेकिन उस मकान की सबसे शरारती और ढीठ बच्ची मैं!...चुटकियों में दस-दस सीढ़ियाँ कूद, आँगन पार करती हुई उस कूड़े के ढेर के पास जा पहुँची, जहाँ काले चिथड़े पर शरद पूर्णिमा का चाँद अपनी सोलह कलाओं के साथ खिला हुआ था।

श्रीकृष्ण को बालचंद्र मिला कि नहीं, यह तो वे जानें या मेरी माँ की कहानी, पर अगले ही क्षण वह 'छोटा सा चाँद' मेरी गोद में यूँ हुमक रहा था, मानो सदियों से मुझे जानता हो और दूसरों को हर वक्त हड़कानेवाली उसकी गूँगी माँ, जिसे सब 'पगली' कहकर पुकारते थे, मुझे 'दूर-दूर' करने की जगह प्यार भरी आँखों से देखे जा रही थी। मेरे लेखे उस वक्त चारों ओर आनंद का साम्राज्य छाया हुआ था, लेकिन इसके ठीक विपरीत ऊपर हाहाकार मचा हुआ था।

मेरी सारी चाची, ताई, दादी, मौसी आदि एक स्वर में मेरी माँ की भर्त्सना कर रही थीं, जिसका सार कनपुरिया चाची की बोली में यूँ था, "मंजुल की माँ! बच्चे को सिर पर चढ़ाने की भी एक हद होती है। देख लीजिए आपकी बेइंतिहा छूट का नतीजा! आपकी लाडली कैसे, उस पाप की पोटली को सिर पर धरे नाच रही है। बस अब चुम्मा-चाटी ही बाकी है और तो सब 'संपटपाट' हो ही चुका है!"

इतने में ही नीचे उस सारी क्रिया-प्रतिक्रिया से अनजान इस सात साला लड़की ने उस 'पगली' से मिन्नतें कर वह हीरा अपने हाथों में उठाया और उसे जोर से चूम लिया। पूरा सा याद नहीं है कि अभी मेरे होंठ उसके माथे पर ही थे कि बाहर! कि तभी एक झन्नाटेदार थप्पड़ मेरे गाल पर पड़ा। मैं हैरान! जिस माँ ने आज तक मुझे फूल की छड़ी से भी नहीं छुआ था, उसकी पाँचों उँगलियों का उभार मेरे गालों पर, जो हर वक्त मेरी मेधा और कर्मठता की प्रशंसा करते नहीं अघाती थी, उस माँ ने ऐसा किया?

मैं पत्थर सी स्तब्ध! एकटक माँ को देखे जा रही थी कि वे मेरे दाएँ हाथ को जोरों से खींचकर, मुझे घसीटती-सी मकान में घुसी और मुझे कपड़ों समेत ठंडे पानी के फव्वारे के नीचे खड़ा कर दिया।

खैर...कुरुक्षेत्र की युद्धोपरांत शांति जैसे दो-तीन दिन गुजरने के बाद ही 'वही घोड़े, वही मैदान' कहावत को सिद्ध करती हुई मैं! मकान की छत पर हिरणी सी कुलाँचे भरती हुई, मोहल्ले भर के लड़कों की 'गुड्डियों' को 'वह काटा', 'वह मारा' करती हुई पेंच लड़ाती दिखी। दरअसल मैं लड़की नहीं!...बिजली का एक पुँज थी, जिसके शरीर को शरारत की विद्युत-तरंगें हर वक्त तरंगित करती रहती थीं।

बड़े लड़कों की बात-बेबात 'कुटाई-पिटाई' करना जिसका व्यसन था।

बाबूजी को लड़कों से ज्यादा आस्था लड़कियों में थी और मेरे बढ़िया परीक्षा-फलों के कारण वे मुझे कुछ ज्यादा ही प्यार करते थे। वे मेरी शरारतों के खिलाफ दायर की गई सारी याचिकाओं को अपने तर्कों से तुरंत खारिज कर देते थे, और मैं फिर से शेरनी बनकर, अनेकानेक बहानों से बड़े लड़कों की ठुकाई शुरू कर देती थी। माँ मुझे हर वक्त सुनाती रहती, "राम जाने! यह लड़की ससुराल जाकर मुझे कितनी बदनामी दिलाएगी।" और इसके प्रत्युत्तर में मेरा शाश्वत जवाब होता, "माँ! बेफिक्र रहो, मैं विवाह ही नहीं करूँगी।"

उस 'पगली' की बच्ची के 'बाप' को लेकर हमारे मकान की सारी औरतें ढेरों कयास लगाती रहतीं। कोई आश्चर्य नहीं कि वे रात के समय अपने सोते पतियों के चेहरे से उस बच्ची का मिलान भी करती रही हों। उनकी दोपहर-मंडली में रोज एक-न-एक नया नाम उभरता, जैसे दवा की दुकान का कंपाउंडर, होम्योपैथिक डॉक्टर, पनवाड़ी, धोबी और खासकर चौबाइन के उस गोरे पति का! जिसने पगली को अपनी दुकान के गंदे नाले के पास रात भर सोने की इजाजत दे रखी थी, पर पक्का कुछ न हो पाता और मजलिस अगले दिन के लिए टल जाती।

इधर वह लड़की!...तौबा! तौबा! भादों की अमावसी काली रात में जादूगरनी के जादू से पूरे चाँद के उगने की परीकथा को सत्य सिद्ध करती हुई, अपनी खूबसूरती से आकाश-पाताल एक करने लगी और सुंदरता के सारे प्रतिमानों को तोड़ती वह तीन वर्षीया लड़की गली-मोहल्ले की माँओं के दिलों पर साँप सी लोटने लगी।

भगवान् जाने! वह 'पगली' अपनी बेटी को कब क्या खिलाती-पिलाती थी, पर उसकी बेटी का गठन इकहरा होते हुए भी भरा-पूरा था। उसके नाक-नक्श और लावण्य लिये गोरा रंग उसे एक ऐसी सुनहरी आभा से मंडित किए रहते थे कि उसके सामने 'टस्कनी' और कश्मीरी औरतों का सौंदर्य भी मात खा जाए! ऊपर से! हँसते समय उसके गालों में पड़ते गड्ढे तो हम सब बच्चों को नाचने के लिए बाध्य कर देते थे। शुरू-शुरू में मुझे बिगड़ैल मानकर धिक्कारती 'माँएँ' भी अब मुझसे ही नहीं, अपने बच्चों से भी उस बच्ची की खोज-खबर लेने लगी थीं और अपनी 'पड़ोसन-मजलिस' से छिपाकर बच्चों की उतरनें, पुरानी साड़ियाँ, चादरें आदि पगली को देने लगी थीं।

उस मकान के तीस-चालीस छोटे-बड़े बच्चों ने खूब सोच-समझकर उसका नाम रखा 'मोहिनी' और सब-के-सब उस पर नारद की तरह आसक्त हो गए। सुबह स्कूल जाते वक्त हम उसे 'मचका-मचकू' कर दूर तक 'टाटा-बाय-बाय'

करते और स्कूल से लौटते ही, सीधे उसे अपनी पीठ पर लटकाकर छत पर ले जाते। वह बंदी भी अब खूब होशियार हो गई थी; जब अपनी जीत पर हम यह कहते कि 'मोहिनी! ताली बजा' तो वह काला धागा बँधी अपनी गोरी कलाइयों और हथेलियों से तालियाँ बजा-बजाकर हम सबका मन मोह लेती थी।

पर ऊपर बैठा वह नाट्यकार यदि धरती पर ही स्वर्ग उतार दे, तो फिर उसे कौन याद करे?

जाड़े की अँधेरी आधी रात के बाद का समय ठहरकर उस गूँगी की मूक चीखों से ऐसा भरा मानो सारी कायनात दर्द से कराह उठी हो। बंद कंठ से फूटती चीत्कारें! बेबस गूँगी की वह घों-घों आवाज! जब तक बंद दरवाजों को पारकर वहाँ के लोगों तक पहुँचती, उसके पहले ही वह वहशी दरिंदा वहाँ से भाग छूटा था। आदमी के भीतर छिपी उसकी आदमखोर कामुक प्रवृत्ति आज उस नन्ही बच्ची को अपना ग्रास बनाने ही वाली थी कि रक्ताक्त होने के बावजूद पगली के सशक्त प्रतिरोध और खटाखट खुलते दरवाजों ने उस नरपिशाच से मोहिनी को बचा लिया था। आज भी जब उस नृशंस घटना की स्मृति-मात्र तन-मन को सिहरा देती है, तब सहज ही कल्पना की जा सकती है कि उस समय हम बच्चों का क्या हाल हुआ होगा? इस कांड के बाद जब हलवाइन ने पगली को अपनी दुकान के कोने में सोने की जगह दे दी, तब जाकर हमारी बच्चा टोली की रातों की नींद और खुशियाँ लौटीं, और हमारे रात-दिन फिर से मोहिनी रूपी सूर्य के चारों ओर घूमने लगे।

तभी मेरे पिताजी ने दूर मोहल्ले में बिना आँगनवाले मकान में एक फ्लैट ले लिया। उसका साफ-सुथरापन मुझे उस गंदे मोहल्ले के विनिमय में बिल्कुल भी नहीं सुहाया, लेकिन बड़ों की दुनिया में हम बच्चों की संवेदनशीलता को समझने का अवकाश किसे होता है?

मैं रोज स्कूल की टिफिन छुट्टी में, उस मकान के दोस्तों से मोहिनी के हाल-चाल पूछकर, अपने कल्पना-लोक में ही मोहिनी के साथ खेल लेती थी कि मेरी माँ की महत्त्वाकांक्षा ने मुझे एक क्लास ऊपर 'कुदाने' के चक्कर में, एक नए स्कूल में भरती कर दिया। अब मेरे पास मोहिनी की खोज-खबर का कोई जरिया नहीं बचा था।

मोहिनी से संबंधित सूचना-तंत्र को छिन्न-भिन्न हुए एक अरसा हो चुका था कि अचानक माँ ने मुझे एक खबर सुनाई, "ऐ मंजुल! तेरी उस पगली की बेटी के तो भाग्य ही खुल गए। एक ऊँचे खानदान के संतानहीन जज ने उसे गोद ले लिया है।"

"माँ! उसकी माँ कैसी है?"

"अरे भई! अफवाह तो यह है कि बेटी का जाना सुनकर ही उसने खाना-

पीना छोड़ दिया था, पर ये सब मनगढ़ंत किस्से ही होंगे! उस पगली में इतनी बुद्धि थोड़े ही थी कि उसे अपनी बेटी का ऐसा विरह व्यापता?''

माँ के यह कहते ही मेरे मुँह से यकायक निकल गया, ''माँ! तुम कैसी हो? तुम्हें एक गरीब माँ का दु:ख भी, दु:ख नहीं लगता, पर सच बताओ, क्या तुम मेरे जाने के दु:ख में मर सकती हो?''

यह सुनते ही मेरी माँ का मुँह खुला-का-खुला रह गया। उन्होंने मुझे जोरों का एक थप्पड़ मारते हुए कहा, ''बहुत कतरनी सी जबान चलने लगी है। तुम्हें होश भी है कि क्या बक रही हो?''

शायद माँ की बात सही ही रही होगी, पर उस समय मेरे मन में जो हाहाकार मचा हुआ था, क्या उसे मापने का कोई भी मीटर किसी के पास था? मुझे ऐसा लग रहा था मानो मेरे सपनों के देश की परी को कोई राक्षस उठाकर ले गया और उसकी दीन-हीन माँ उसे बचा नहीं पाई! मैं मन-ही-मन अपने माँ-बाप को भी कोस रही थी, जिनके कारण मेरा सोने सा संसार टूट-फूट गया था।

बच्चों की दुनिया का खेल ऐसा ही होता है, जिसमें एक मिट्टी के खिलौने की कीमत हीरे-जवाहरात के भंडार से कहीं ज्यादा होती है।

समय की नदी अभी एकाध वर्ष ही आगे बही होगी कि मेरी स्कूल बस एक नई जगह पर रुकी और प्रथम कक्षा की एक अत्यधिक खूबसूरत लड़की उसमें चढ़ी। बस की सारी लड़कियाँ सम्मोहित सी उसे एकटक देखे जा रही थीं और वह बच्ची भी अपने पूरे चेहरे को 'मनहरती' मुसकान से भरे, बस के कोने में बैठकर, सबको टुकुर-टुकुर देख रही थी। थोड़ी ही देर में, पौन बस की लड़कियाँ उसे घेरे हुए, खड़ी-बैठी थीं और ड्राइवर चिल्लाए जा रहा था, ''अरे! बस का भार गड़बड़ा रहा है! जाओ, सब चुपचाप अपनी-अपनी जगह पर बैठो।'' पर लड़कियाँ थीं कि बहरी सी उसकी चिल्लाहट को अनसुनी करते हुए उस अपरूप सौंदर्य को घेरे हुए निहारे जा रही थीं।

मैं उस प्राइमरी बस की सबसे वरिष्ठ छात्रा थी, इसलिए रौबीली आवाज में बोली, ''चलो! बैठो सब अपनी-अपनी जगह।'' और 'धच्च' से उसके पास बैठती हुई बोली, ''तोमार नाम?''

''तृषा!'' यह सुनते ही मेरी स्थिति ऐसी हो गई, जैसे भरी दोपहर में मेरा खजाना लुट गया हो।

घर लौटते ही जब मैंने अपने से आठ वर्ष बड़े भाई को यह बात बताई, तो वे बोले, ''अरे मूर्खाधिराज! जिन्होंने उसे गोद लिया है, उन्होंने ही उसका यह

नया नामकरण किया होगा। तुम कल उसके पिताजी का नाम और काम पूछकर आना, फिर देखेंगे।''

इस पूरी दुनिया में एकमात्र मेरे ये भाई ही ऐसे थे, जो हम बच्चों की सारी बातों को पूरे मनोयोग से सुनकर, हमें रास्ता सुझाया करते थे। बाकी के बड़े ?...वे ! पूरी कहानी तो दूर, एक शब्द सुनते ही; भागो यहाँ से और जाकर पढ़ो' ब्रह्मास्त्र का प्रयोग कर हमें दफा कर दिया करते थे। खैर, भाई की बातों से आशान्वित होकर, मैं गहरी नींद में सो गई।

सारी रात सुनहरे सपने देखने के बाद, जब मैं सुबह उठी, तो चहकता मन, चिड़िया की तरह ऊँचे आकाश में उड़कर अपने गंतव्य तक पहुँचना चाहता था। उस दिन जीवन में पहली बार मैंने खुद को समय से पहले स्कूल बस के अड्डे पर खड़ा पाया। ड्राइवर मुझे आश्चर्य से घूरे जा रहा था कि दसियों हॉर्न मारने के बाद भी दौड़ती-भागती सी आनेवाली यह मंजुल आज यहाँ अभी से कैसे ?

बहरहाल बस जब यथास्थान पहुँचकर तृषा के लिए रुकी, तो मेरे हाथों के रोम 'सिर्र-सिर्र' करने लगे, पर यह क्या ? वहाँ तृषाजी नदारद थीं। उस समय मेरी बदहाली उस किसान जैसी थी, जिसकी भरी फसल को पाला मार गया हो। दूसरे दिन ड्राइवरजी की मिन्नत करने पर उन्होंने बताया, ''तृषा के पिता किसी बड़े पद पर दिल्ली चले गए हैं।'' यह सुनते ही मैं ऊपर बैठे उस भगवान् को यह उलाहना देते हुए धुआँधार कोसने लगी, ''क्या तुम उन्हें एक दिन बाद बाहर नहीं भेज सकते थे ?''

पृथ्वी अपनी धुरी पर घूमती जा रही थी ! उत्तरायण-दक्षिणायन घट रहे थे। सूरज, चाँद भी उग-डूब रहे थे ! ऋतुएँ भी आ-जा रही थीं, पर मेरे जीवन में मोहिनी उर्फ तृषा रूपी चाँद को शाश्वत ग्रहण लग गया था। क्रमशः इस होनी को स्वीकार कर मैंने भी उसे अपने स्मृति-आकाश से विदा कर दिया।

एक लंबे अरसे के बाद मैं एक दिन बी.ए. का परीक्षा प्रवेशपत्र लाने के लिए उसी बस से कॉलेज जा रही थी कि बारहवीं कक्षा की एक नई लड़की बस में घुसी। बारहवीं कक्षा में प्रवेश पाना तो असंभव सा है, सोचकर मैं उस लड़की को गौर से देखने लगी। न जाने क्यों मुझे लगा कि हो, न हो यह 'वही लड़की' है, पर तभी कॉलेज आ गया और समयाभाव एवं परीक्षा के तनाव के कारण मैंने न तो उससे कोई बात की और न ही किसी से कोई पूछताछ की।

परीक्षा के बाद तहकीकात करने पर पता चला कि वह बोर्ड परीक्षा की तैयारी में जोरों से जुटी हुई है, इसलिए विशेष कक्षाओं में भी नहीं आती। परिचय का धागा फिर से पतला होकर टूटने ही वाला था कि मैंने बतौर अंतिम चेष्टा अपने ड्राइवरजी

की शरण ली। चूँकि मैं बचपन से ही उनको जानती थी, इसलिए अपनी उतावली छिपाए बिना ही मैंने उनसे साफ-साफ पूछ लिया, ''रामचंदरजी! क्या यह लड़की पहले भी इस स्कूल में आई थी?''

''अरे हाँ बचवा! ए ऊ ही जज साहबवाली बिटिया है। बड़ा ही भला बच्चा है। जब बोलता है तो लागत है, जानो कोयलिया कूकत है।''

इतने से मालूमात से मेरे सारे मोहरे अपने खाँचों में फिट बैठ रहे थे, पर उनकी पुष्टि का कोई उपाय नजर नहीं आ रहा था। अंत में मैंने अपनी उत्सुकता को भविष्य के हवाले कर स्वयं को समझा लिया था कि मेरी इतनी बड़ी दुनिया में इस लड़की की ऐसी क्या वजह है, जो मैं हर वक्त उसकी याद से आविष्ट रहती हूँ?

धीरे-धीरे समय की थपकियों से अपने अंतर्मन को समझा-धमकाकर, मैंने स्वयं को उसके सम्मोहन से पूरी तरह मुक्त कर लिया था कि लगभग तीन दशक बाद वही स्थिति फिर आँखों के सामने आ खड़ी हुई और भविष्य की ताक में रखा हुआ जिज्ञासाओं का पिटारा 'खुलूँ-खुलूँ' करने लगा, लेकिन समय की नजाकत और अनन्या के स्वाभिमान की रक्षा करते हुए मैंने सबसे पहले उसके फॉर्म को ठीक से पढ़ा। उस फॉर्म पर पिता का नाम श्री तरुण कांति घोष और संरक्षक का नाम श्री श्यामल सेन लिखा हुआ था। मन हुआ कि पूछूँ, ''क्या ये भूतपूर्व मुख्य न्यायाधीश श्यामल सेन हैं?'' पर मारे संकोच के जीभ जो अटकी, सो अटकी ही रही। परिचय पत्र में माँ का नाम पूछा नहीं जाता, तो अब? हालाँकि 'ढाक के वही तीन पात' कहावत मेरे चरित्र के बिल्कुल विपरीत है, पर अपनी उम्र और प्रतिष्ठा के कारण मैं अपनी इस विकलता को जाहिर भी नहीं कर सकती थी। इसलिए देखते हैं, सोच कर, महाजिद्दी मैं गहराई से उससे संबंधित सारे तथ्यों को बटोरने में लग गई।

सर्वप्रथम मैंने अपने तथ्य-शोध को एक खूबसूरत सा अंदाज देते हुए, अनन्या से कहा, ''अनन्या, तुम्हारा कुलीन व्यवहार, विनम्रता, शीलमय तेज, अप्रतिम मेधा आदि को देखकर लगता है कि तुम्हारी माँ अत्यंत गुणवती और संस्कारशीला महिला होंगी?''

''मैम! इस प्रशंसा के लिए धन्यवाद। पर मेरे जन्म से आज तक मेरी देख-रेख ही नहीं, मेरी हर साँस की निगरानी तक मेरे नानाजी ने ही की है, इसीलिए मैं उन्हें नाना नहीं 'बाबा' कह कर बुलाती हूँ। पता नहीं मैं अपने जीवन में कुछ बन पाऊँगी या नहीं, पर यदि मुझमें रंचमात्र भी अच्छाई है, तो उसका सारा श्रेय उन्हीं को है।''

''और तुम्हारे पिता, वे कौन से काम में इतने व्यस्त रहते हैं, जो उन्हें तुम जैसी प्यारी बेटी के लिए भी समय नहीं रहता?''

''मैम, पापा बहुत ही भले और मेहनती वकील हैं। मुझे पूरा तो नहीं पता, पर सुना है कि वे कम उम्र से ही बाबा को अपना 'फ्रेंड, फिलॉसफर ऐंड गाइड' मानते हैं। बाबा ने माँ का विवाह उनसे करने के बाद, उन दोनों को ही अपना वारिस घोषित कर दिया है।''

अनन्या के इन जवाबों ने मेरी चिर अतृप्त जिज्ञासा, मेरी उद्विग्नता, मेरी उत्सुकता; सबमें ज्वार ला दिया और एक प्रश्न बार-बार मेरे कंठ में आकर अटकने लगा, ''अनन्या! तुम्हारी माँ का नाम क्या है? क्या वे तुम्हारे नाना की दत्तक पुत्री हैं?''

हालाँकि यह कोई बुरा प्रश्न नहीं था, न ही इसमें किसी लांछन की गंध थी! पर भरोसा मुझे अपने ही ईमान पर नहीं था। इस बिना हाड़ की जीभ का क्या ठिकाना! यदि यह कभी किसी कमजोर क्षण में अनन्या को उसके अंधकार भरे अतीत का परिचय दे बैठी, तो क्या यह दीपशिखा सी सौम्य जीवात्मा आहत होकर बुझ नहीं जाएगी? इसलिए मैंने उसी क्षण दृढता से यह संकल्प लिया कि मैं कभी भी इस 'सौभाग्यशाली अभागी' लड़की अनन्या से उसके अतीत के बारे में कुछ नहीं पूछूँगी।

''मैम, आप क्या सोच रही हैं? सच मानिए! आपके ये व्यक्तिगत प्रश्न मुझे बहुत ही अच्छे लग रहे हैं, क्योंकि आज के युग में किसी के भी पास, किसी और के लिए, थोड़ा-सा भी समय कहाँ है? और आप तो! इस ऑफिस की उच्चस्थ!…'' मैंने प्रार्थना मुद्रा में अनन्या की ओर देखते हुए, वाक्य पूरा करने से पहले ही उसे हाथ के इशारे से रोक दिया, पर मेरा रोकना उसके भावों को कैसे रोकता? अब तक तो वह बंगाली परंपरा के अनुसार मेरे दोनों पैरों को अपने दोनों हाथों से छूकर उनकी धूल अपने सिर पर लगा चुकी थी। आदतन उसे 'शुखी थेको!' (सुखी रहो) का आशीर्वाद देते हुए, मैंने अपने अंतर्यामी से याचना की, 'हे प्रभु! तुम सर्वदा इस बच्ची पर अपनी कृपा बनाए रखना। हे परमपिता! तुम पर इस लड़की के अतीत के असीम दु:खों का ऋण है, जिसे चुकाना तुम्हारी नियति है, क्योंकि तुम्हीं ने हम धरती-पुत्रों को असंख्य उदाहरण देकर यह समझाया है कि तुम किसी का भी ऋण बाकी नहीं रखते। चाहे उसके लिए तुम्हें 'बहेलिया' का बाण ही क्यों न खाना पड़े।''

यह तो भगवान् ही जाने कि उसने मेरी अर्जी मंजूर की या नहीं, पर अनन्या ने एक दिन अत्यंत संकोच से, मुझे अपने यहाँ चाय पर आमंत्रित किया। किसी भी दफ्तरी निमंत्रण के लिए मेरी 'न' सर्वविदित थी, पर इस घड़ी के लिए सदियों से प्रतीक्षारत मैं अनायास प्राप्त इस 'सौभाग्य' को कैसे ठुकरा सकती थी?

मखमली हरियाली से घिरे एक बड़े बँगले के बाहर जब मैंने अनन्या को! बड़ी बहन सी लगती उसकी हू-ब-हू कार्बन कॉपी माँ के साथ मेरा इंतजार करते

देखा तो प्रेम और श्रद्धा का ऐसा अनकहा इजहार देखकर मन गद्‌गद हो गया। आश्चर्यजनक है यह तथ्य कि मैं उसकी माँ को देखकर बिल्कुल नहीं चौंकी, बल्कि अपने अंदेशे को सही होते देख, विशेष आह्लाद और ममता से भर गई।

अंदर प्रवेश करते ही एक बड़े से खानदानी बैठक-कमरे में सर्वप्रथम मेरा ध्यान हार चढ़ी हुई एक बड़ी सी तसवीर की ओर गया, जिसे देखकर मैं स्तब्ध रह गई! खूब जाना-पहचाना चेहरा, लेकिन उस पर शालीन सभ्यता की ऐसी पॉलिश कि अपनी याद्दाश्त को अकुंठित माननेवाली, 'मैं घमंडी' पहली बार उस पर से अपना भरोसा खो बैठी।

इतने में ही मेरी स्थिर अटकी नजरें देखकर अनन्या बोल पड़ी, ''मैम! ये मेरी सगी नानीजी हैं। बाबा ने जब माँ को गोद लिया था, उसी वक्त उन्होंने नानीजी को भी कुछ दिनों के लिए एक मानसिक चिकित्सालय में भरती करवा दिया था। मुझे तो याद नहीं है, परंतु माँ बताती है कि मैं उन्हें बहुत प्रिय थी। मेरा दुर्भाग्य है कि मेरे जन्म के दो वर्ष बाद ही उनका निधन हो गया। बाबा आज भी उनकी पुण्यतिथि पर बड़ा दान करते हैं।''

एक 'असंभव' को 'संभव' होता देख मैं भौचक और निर्वाक थी कि तभी मुझे बड़े प्रवेश-द्वार के बीचो-बीच बुद्ध की करुणा अपने में समेटे हुए, ईसा मसीह की एक दिव्य और भव्य आकृति खड़ी दिखी। वह मूर्ति न केवल सुदर्शन व्यक्तित्व की धनी थी, वरन् उसमें से सज्जनता और शिष्टता का सागर भी उमड़ा पड़ रहा था।

आर्ष सूक्ति है कि हम अतीत को सुधार नहीं सकते, लेकिन इस मृत्तिका से बने मुजस्समे ने न केवल अनन्या का अतीत सुधारा था, बल्कि उस पर लगे लांछन के दागों को भी चंदन के टीकों में बदल दिया था, साथ ही उन्होंने अपने कृतित्व से अनन्या जैसी सुसांस्कृतिक और चरित्रवान लड़की गढ़कर सबको यह पूर्वाभास भी करवा दिया था कि वे भविष्य में पृथ्वी पर आनेवाली उसकी संतानों के लिए भी प्रतिश्रुत हैं।

उनके अलौकिक नूर ने वहाँ के संपूर्ण वातावरण को पवित्रता से भर दिया था और उनकी स्नेहिल स्मित मुसकान से मंत्रमुग्ध इस काया को यह भान तक न हुआ कि भगवान् सहित किन्हीं भी चरणों में झुकने में अक्षम मैं कब सम्मोहित सी, अजाने ही उन पैरों पर झुक गई थी; उस स्थिर क्षण में मुझमें ऐसा स्फुरण हुआ मानो साक्षात भगवान् भी उस मनुष्य-देहधारी व्यक्ति का स्थान ग्रहण करने के लिए तरस रहे हैं।

□

उड़ान पिंजरे के परिंदे की

ढेरों-ढेर उपक्रमों को सात तल्लों के दो भवनों में समेटे हुए 'महिला परिषद्' के इस एन.जी.ओ. में सुबह से शाम तक चारों ओर 'मिसेज बाजोरिया, मिसेज बाजोरिया!' की गुहार मची रहती है। यह पुकार चाहे नि:शुल्क हिंदी माध्यम के विद्यार्थियों की हो या न्यूनतम फीस पर पढ़नेवाले अंग्रेजी माध्यम के छात्रों की या कि 'मिड-डे मिल' की रमाबाई की, या 'लैब संचालिका' मिसेज आहूजा की; इन आवाजों को सुनकर लगता, मानो सबकी परेशानियों का एकमात्र जवाब मिसेज बाजोरिया ही हैं। यह दृश्य देख-सुनकर मेरी समझ में आ गया था कि इस संस्था की जिन उपलब्धियों से प्रभावित होकर मैं यहाँ काम करने आई थी, उन सबके पीछे सिर्फ एक ही व्यक्ति है, सुधा बाजोरिया, लेकिन जब मैं उससे पहली बार मिली, तो उसके गोल-मटोल शरीर, भोली हँसी और सादे पहनावे के कारण, वह मुझे एकदम औसत महिला लगी। उसे देखकर उसके गुणों का अंदाजा लगाना तो दूर, बताने पर भी विश्वास नहीं होता था कि वह इस कदर जहीन और कमेरी है।

फिर भी, पता नहीं क्यों, परिषद् में काम करते वक्त मेरी आँखें घूम-फिरकर सुधा पर ही जा टिकतीं और उसे गौर से देखती हुई मैं इस बात पर दंग होती रहती कि कैसे वह अपने नाटे-भारी शरीर को तेजी से उठाती हुई, इधर-उधर दौड़ाती रहती है। जिस तरह वह अपने दोनों हाथों को तेज रफ्तार देकर चतुर्भुज की तरह ढेरों कामों को पलक झपकाते सलटा देती थी, वह नाकाबिले यकीन था। सच कहूँ तो उसके हुनरों की मुरीद होने के बावजूद मैं उससे मन-ही-मन यह सोचकर रश्क भी करती थी कि आखिर यह साधारण सी औरत इतना सब कैसे कर लेती है ? अंत में मैंने खुद को यह दिलासा देकर संतोष किया कि हो-न-हो, इसके घर में नौकरों की पलटन और दरवाजे पर गाड़ियों की कतार होगी। बच्चे विदेश में पढ़ते होंगे और पतिदेव व्यापारिक दौरों पर पूरे विश्व का भ्रमण करते रहते होंगे;

इसीलिए यह देवी सुबह से रात तक परिषद् में रहकर मन लगाने के साथ-साथ अपनी प्रसिद्धि का पोटला भी बढ़ाती रहती हैं। 'आम के आम गुठली के दाम' की तरह ही इनका समय भी यहाँ कट जाता है और दुनिया इन्हें 'फाऊ' में ही 'छोटी मदर टेरेसा' पुकारने लगती है।

कौतूहलवश मैंने परिषद् की संस्थापक अध्यक्षा कमलाबेन से सुधा की बाबत चर्चा की। इसके पहले कि मैं उन्हें अपने अनुमानों से अवगत कराती, उसका नाम लेते ही वे बेसाख्ता कहने लगीं, "सच कह रही हैं आप! सुधा अद्वितीय है। वह इस संस्था में अट्ठाईस वर्षों से संयुक्त मंत्री है, पर आज तक उसने न तो कभी किसी की शिकायत की और न ही कोई फरमाइश। यहाँ तक कि हम लोगों ने जब भी उसे मंत्री और अध्यक्ष बनाना चाहा, उसने हर बार यह कहकर 'न' कर दी कि उसके पति को 'पद लोभ' से घृणा है।"

कमलाबेन के इस उत्तर से मुझे संतुष्टि कैसे होती ? मैं तो सुधा की आलोचना सुनना चाहती थी, प्रशंसा नहीं। इसलिए थोड़ी देर बाद मैंने सुधा की पीठ पर मुँह बिचकाती हुई पद्मा को जा घेरा और उससे एक सीधा प्रश्न पूछा, "पद्माजी! क्या मिसेज बाजोरिया सचमुच ही साधु हैं या साधु सा सजती हैं, मुझे तो लगता है जैसे ज्यादा झाग भरे गिलास में दूध कम रहता है, वही हाल इनका भी है। ठीक कह रही हूँ न?" मेरे अनुमान के विपरीत पद्माजी के फेंककर दिए गए जवाब ने मुझे आकाश से धरती नहीं, रसातल में ले जा पटका, फजीहत हुई सो अलग। उन्होंने मुझे ऊपर से नीचे तक घूरते हुए कहा, "क्या आपका दिमाग खराब है, जो आपने सुधा पर साधु सजने की तोहमत लगाई ? वह तो देवी है, देवी! और वह भी जगद्धात्री। लेना राई-रत्ती नहीं और दे डालना सबकुछ! बस यही अजपा जाप प्रतिपल उसकी साँसों में चलता रहता है। आप ही देख लीजिए, सुबह से शाम तक यहाँ भाड़ झोंकती रहती है, पर क्या मजाल, जो पानी छोड़कर यहाँ की चाय भी पी ले। कहती है,"संस्था बेटी समान होती है, उसके घर का कैसे खाऊँ?" वह अपना टिफिन साथ लाती है और जाते वक्त बस स्टॉप पर चाय पी लेती है। एक मिनट पहले की ही बात है, मैंने उससे अनुरोध किया कि वह मेरे साथ चाय पी ले, तो 'नट कर धरी' गई। उस वक्त तो मुझे उस पर बहुत गुस्सा आया, पर मुझे पता है कि यह उसका अहंकार नहीं, उसका स्वाभिमानी कवच है। जब हम घर जाते वक्त उसे अपने साथ गाड़ी में ले जाना चाहते हैं, तो वह बहुत ही विनम्रता से बाई बहनजी! बेन जी! आदि कहते हुए हमें मना कर देती है। उसके इन सिद्धांतों ने उसके चारों ओर एक ऐसा आभा-मंडल रच दिया है, जिसकी निर्मल उजास से

उसका पूरा व्यक्तित्व दमकता रहता है। कंचनजी! आपने ध्यान दिया कि देखने में अति साधारण होने के बावजूद उसमें, सबको अपनी ओर खींचता सा एक गहन आकर्षण है। यह और कुछ नहीं, उसकी भलमनसाहत, ईमानदारी, सेवा, त्याग और करुणा की ही मूर्तिमंत अभिव्यक्ति है।''

महाभारत गाथा की तरह पद्मा का सुधापुराण चलता ही जा रहा था, पर मुझ-सी तार्किक और अविश्वासी आत्मा का मन उसमें कैसे रमता? इसलिए इस राँग नंबर की लाइन को छोड़, मैंने सोचा, क्यों न मैं सीधे सुधा से ही बात करके, अपने मन की 'झाँक' मिटा लूँ। दरअसल मैं स्वयं को परम विदुषी, सर्वगुण संपन्न एवं अतुलनीय मानती थी, इसलिए इस नाकाबिले-गौर महिला का ऐसा गुणगान मुझसे बरदाश्त नहीं हो रहा था, पर मुझे क्या पता था कि उसका व्यक्तित्व एक ऐसा आईना होगा, जिसमें झाँकते ही मेरा दंभ किरच-किरच हो जाएगा।

तेजी से बाईं तरफ की सीढ़ी उतरती सुधा को मैंने हाँफते हुए जा पकड़ा और जैसे ही उसकी ओर बढ़ी, वह केवल रुक ही नहीं गई, बल्कि उसने आगे बढ़कर मुझे यूँ गले लगा लिया, जैसे हम इस जन्म की नहीं, मनंवंतरों की बिछड़ी सहेलियाँ हों। इस आलिंगन में शहद के लबालब भरे छत्ते सा ममत्व टपक रहा था। उसके इस अप्रत्याशित व्यवहार से मैं इस कदर चौंकी कि कुछ क्षणों तक पत्थर की मूरत-सी उसे टकटकी बाँधे देखती ही रह गई। शायद उस वक्त मेरी पलकें भी नहीं झपक रही थीं, क्योंकि सुधा ने मसखरी के स्वर में कहा, ''कंचनजी! क्या आपने कोई भूत देख लिया है?'' उसकी इस उक्ति से मुझे खासी शर्मिंदगी महसूस हुई और उस पर लीपापोती करने के लिए मेरे मुँह से बरबस निकल गया, ''सुधा! यह तो तुम्हारी शख्सियत का कमाल है।'' कहते ही मुझे लग गया था कि मेरे कहने में या तो कुछ तंज था या मैं कुछ ज्यादा ही बोल गई थी, पर इन सब क्षुद्रताओं से बेखबर सुधा ने एकदम सहजता से उत्तर दिया, ''यह आपका बड़प्पन और मेरे प्रति विशेष प्रेम है, कंचनजी! वरना सच पूछें, तो कहाँ आप और कहाँ मैं। आपके व्यक्तित्व और कृतित्त्व के सामने मेरी हैसियत ही क्या है?''

उसके ये उद्गार दुनियावी ढोंग से परे, एकदम सच्चे मन से कहे गए थे और उनमें किसी भी प्रकार का कोई लोकाचार या दिखावा नहीं था। उस उदारमना के इस वक्तव्य ने मुझे निर्वाक् कर दिया और मैं सोचने लगी कि मैं नहीं, सुधा ही असली ज्ञानी है, जिसने 'विद्या ददाति विनयम्' को सिद्ध कर लिया है।

एक दिन दोपहर को जब सब कार्यकर्त्री महिलाएँ अपने-अपने टिफिन से खाना लेकर एक-दूसरी की मनुहार करती हुई हँस-बोल रही थीं, तब अचानक मुझे

एहसास हुआ कि सुधा वहाँ नहीं थी। उसकी अनुपस्थिति के बारे में पूछने पर प्रभा ने बताया, "चूँकि वह डायटिंग करती है, इसलिए दोपहर का खाना नहीं खाती है।"

"पर वह है कहाँ" का उत्तर मिला, "शायद वजन घटाने के लिए बगलवाले पार्क में चक्कर काट रही होगी।" यह सुनते ही जब मैं तेजी से पार्क के पास पहुँची तो मैंने सुधा को पार्क के अंदर जाते देखा। मैंने कुछ दूरी से पेड़ की ओट से देखा कि सुधा एक काठ की बेंच पर बैठकर, एक छोटे-से पैकेट से सैंडविच निकालकर खा रही है। मुझे देखकर वह कुछ झिझकी, फिर बोली, "माफ कीजिएगा और सैंडविच न होने के कारण अभद्रता के बावजूद मैं अकेली ही खा रही हूँ।"

जब मैंने पूछा, "सुधा! क्या एक सैंडविच इतने बड़े शरीर के लिए काफी है, तुम भी औरों की तरह अपना टिफिन साथ क्यों नहीं लाती?" का जवाब सुधा ने विवशता-भरे स्वर में यह दिया, "कंचनजी! बच्चों और पति का नाश्ता और टिफिन आदि बनाते-बनाते घड़ी भाग छूटती है, इसलिए मैं कटी ब्रेड में खीरे-टमाटर के कुछ टुकड़े रखकर ले आती हूँ। वैसे भी खुद के लिए किससे जहमत होती है?" अर्थात् इसके यहाँ नौकर भी नहीं है। बावजूद संकोच के मैंने अंतत: उससे पूछ ही लिया, "सुधा! तुम्हारा फ्लैट तो यहाँ के कीमती फ्लैटों में से एक है, फिर तुम्हारे यहाँ रुपए-पैसे की इतनी किल्लत क्यों रहती है?"

सुधा का उत्तर था, "पहली बात तो यह कि यह फ्लैट पहले का खरीदा हुआ है और दूसरी यह कि उन्हें पसंद नहीं है कि मैं नौकर-चाकर रखकर, 'आलस की गठरी' बन जाऊँ। बस यही वजह है कि नौकर नाम के आदमजाद का, हमारे यहाँ कोई ठौर-ठिकाना नहीं है।"

लोकोक्ति है कि 'नापसंदगी से उपजा प्रेम प्रगाढ़ होता है', शायद इसीलिए मैं भी सुधा को जरूरत से ज्यादा चाहने लगी और पूरी तरह उसकी भक्त हो गई।

सुधा के बेहद सुंदर और अत्यंत मेधावी बच्चों से मैं मिल चुकी थी। उनसे बातचीत कर मुझे यह भी पता चल गया था कि उन दोनों ने ही अपनी अधिकतर पढ़ाई छात्रवृत्ति के बल पर की है।

जब मैंने सुधा के सामने उनकी खूबसूरती और मेधा की बड़ाई की, तो सुधा ने अभिमान से कहा, "ये लोग अपने पिता पर हैं, इसलिए ऐसे हैं। अच्छा हुआ जो ये मुझ पर नहीं हुए।"

मैंने हैरानगी और गुस्से से सुधा को कहा, "बको मत, तुम्हारा हृदय और कर्म ऐसे खरे सोने से हैं, जिनके सामने सारी दुनिया की चमक फीकी है।"

लेकिन सुधा में मेरे अति मोह ने मुझे एक बड़ी मुसीबत में फँसा दिया।

अनजाने ही मैं उसकी धर्ममाता बन बैठी और उसके करीब आते सारे हाथों को संदिग्ध दृष्टि से जाँचने-परखने लगी। आश्चर्य की बात है कि इन हाथों में मुझे सुधा के पति के हाथ भी नजर आते थे; सुधा का तीस वर्षों से ज्वॉइंट सेक्रेटरी पद पर मात्र इसलिए बने रहना कि उसके पति को 'पद लोभ' से घृणा थी और एम.ए. के रिजल्ट वाले दिन औरों की खुशी पर सुधा की कल्पनातीत प्रतिक्रिया मेरी आँखों के आगे अड़कर खड़ी रहती थी, ''मुझे अच्छी तरह याद है, महिला परिषद् की प्रमुख मिसेज शीरीन चोकसी का उसे पुकारते हुए वहाँ आकर कहना, ''शुड्डा बेन! यूनिवर्सिटी थी हमणा खबर आवी छे के, एम.ए. मा तमारा फर्स्ट क्लास आव्या छै। अने आपणे स्कॉलरशिप पण मलेशे'' और रुक्मिणी मौसी का यह वाक्य, ''सुधा बाई! मन करै है कि थोरै ऊपर सारी दुनियाँ वार देऊँ'', साथ ही रेणुका चक्रवर्ती के ये शब्द, ''ओरे बाबा आमार तो कंठ अवरुद्ध होच्छे, जानेन! आपनी फर्स्टक्लास पेए छेन?'' आदि प्रफुल्ल उक्तियों के बीच सुधा का उदासीनता से सिर झुकाए बैठे रहना और फिर हाथ जोड़कर यह निवेदन करना कि कृपाकर आप सब इस खबर को भी मेरे पति से उसी तरह गुप्त रखें जैसे आज तक मेरी सारी सफलताओं की सूचनाओं को रखती आई हैं, क्योंकि आप लोगों को तो पता ही है कि मेरे पति किसी भी डिग्री और पद को उपलब्धि नहीं, अभिशाप मानते हैं। आशा है आप सब मेरी स्थिति समझकर हमेशा की तरह मेरा साथ देंगी।''

कहकर उसने अपने मुँह और कपड़ों को ऐसे झाड़ा; मानो जीवन की सारी बुराई को परे खिसकाकर वह फिर से पाक-साफ सुधा बन गई हो! तत्क्षण ही वह एकदम तटस्थता से मेरी ओर मुड़कर बोली, ''चलिए कंचनजी! थोड़ा सा साइंस लैब का काम देख लें।'' सुधा को इतनी बड़ी खुशखबरी! बिना किसी उत्साह के स्वीकारते देखकर मैं हैरान थी और उसके पति के प्रति मेरा संदेह बढ़ता जा रहा था।

सुधा के बारे में तफतीश करने पर पता चला कि अधूरी बी.ए. सुधा ने बी.ए. और बी.टी. प्राइवेट करने के बाद एम.ए. की प्राइवेट परीक्षा भी दे दी थी। सुधा को इस गहन पढ़ाई के लिए समय कैसे मिला? पूछने पर पता चला कि बस और ट्रेन के अलावा देर रात और जल्दी सुबह के ताने-बानों में उसने अपनी पढ़ाई की पूरी चदरिया बीन ली थी।

मैंने मन-ही-मन सुधा को 'सैल्यूट' किया, लेकिन उसने अपने पति के बारे में जो महान् बातें कहीं थीं, पता नहीं क्यों, मुझे उन पर जरा भी विश्वास नहीं हो रहा था। इसलिए एक रविवार को यह पता चलने पर कि सुधा का पति शहर में ही है, मैं उसके घर जा पहुँची।

पहले तो मेरे उस असूचित आगमन से सुधा खुश होने की बजाय घबराकर 'ऊक-चूक' हो गई। बाद में स्थिति सँभालने की गरज से उसने मुझे औपचारिक-सा नमस्कार किया और अपने पति से बोली, ''जी, ये कंचनजी हैं।'' यह सुनते ही वह छह फुटिया गोरा-चिट्टा पुरुष अशोक मेरी ओर मुड़ा और अत्यधिक विनयी स्वर में बोला, ''इन्हें कौन नहीं जानता? इनके बारे में तो अकसर ही अखबारों और पत्रिकाओं में छपता रहता है।''

पता नहीं उसके मन में मेरे लिए क्या भाव था, पर उसके व्यवहार और शक्ल पर तो विनम्रता और मिठास का सात परतोंवाला मुलम्मा चढ़ा हुआ था।

मेरी तीखी नजर से सुधा के घर का अंदरूनी हाल छिपा नहीं रहा और उस 'बिन मालिक के घर' जैसे वातावरण ने मुझे एक रहस्यमय गंध से भर दिया।

अशोक का अतिशय मृदुल व्यवहार मुझे बांग्ला मुहावरे 'अति भक्ति चोर का लक्षण' की याद दिला रहा था और मुझे उसकी हर क्रिया में सुधा के स्वभाव के एकदम विपरीत बेईमानी-ही-बेईमानी नजर आ रही थी। अंतर्मन में ये प्रश्न लगातार उठ रहे थे कि आखिर अशोक सुधा को कोई पद क्यों नहीं लेने देता, क्यों वह उसकी डिग्रियों और नाम के सख्त खिलाफ है?

अजाने ही 'इसका क्या कारण है' की माला चौबीसों घंटे मेरे दिमाग में फिरने लगी और इस प्रश्न ने मुझे बेहद बेचैन कर दिया। जब मुझे किसी भी तरह शांति नहीं मिली तो मैंने अपने मित्र पाठकजी को सारी बातें बताते हुए अनुरोध किया कि वे इसकी तह में जाकर सच्चाई का पता लगाएँ।

पाठकजी ने एक जासूस की तरह गहराई से खोज-बीन करवाकर जो बताया, वह यह था, ''अशोक को छोटी उम्र से ही इश्कबाजी का चस्का था, जो बढ़ती उम्र के साथ सामंतवादी ऐय्याशी में बदल गया। पता यह भी चला कि उसकी कामुकता की कोई इंतिहा नहीं थी। एक बार वह घर की कमसिन नौकरानी सक्कू बाई के साथ रँगे हाथ पकड़ा भी गया था, परंतु उसने भोली सुधा को बातों के मल्हारे देकर पटा लिया और वापस सुर्खुरू होकर मनमाना जीवन जीने लगा।

पाठकजी ने मुझे इसके अलावा भी एक नहीं, दो चौंकानेवाली खबरें दीं, एक तो यह कि अशोक के दौरे व्यापार के लिए नहीं, बल्कि एक खूबसूरत तमाशा नर्तकी मालिनी के पास जाने के होते हैं। उस चतुर-सुजान अशोक का एकमात्र व्यवसाय तो बुजुर्गों की जमा की हुई बड़ी पूँजी का ब्याज भर उपजाना मात्र है, जिसके लिए उसे शहर से बाहर क्या, घर से भी हिलने की जरूरत नहीं है। पता यह भी चला कि उसने मालिनी से शादी कर ली है और उससे उसे एक बच्चा भी है, जो एक

अच्छे बोर्डिंग स्कूल में पढ़ता है।

दूसरी खबर यह थी कि अशोक ने सक्कू बाई पर चरित्रहीनता का आरोप लगाकर उसे घर से निकालने और उसकी खोली को पाँच सितारा सुविधाओं से लैस करने के बाद सक्कू बाई को अपनी रक्षिता की तरह रख लिया है। सक्कू बाई को उसकी शौकीन रंगीनमिजाजियों का अच्छी तरह पता है, पर उसे इन सब बातों से कोई फर्क नहीं पड़ता। विभिन्न घरों में झाड़ू-बुहारी करते हुए, उसका पाला रोज ही दुष्ट पुरुषों से पड़ता था, इसलिए उस स्थिति से अलग अब वह मात्र एक ही पुरुष की भोग्या थी और मौज से अपना जीवनयापन कर रही थी।

ये सारी सूचनाएँ अविश्वसनीय होते हुए भी साक्ष्यों की रोशनी में सत्यापित थीं। इन जानकारियों से साक्षात्कार होते ही मुझे अपने प्रश्नों के उत्तर मिल गए कि अशोक सुधा को कोई पद क्यों नहीं लेने देता, क्यों वह नहीं चाहता कि सुधा पढ़-लिखकर आगे बढ़े। इसलिए वह सुधा के 'कमरूप' को अपना औजार बनाकर, किसी-न-किसी बहाने से उस पर आक्रमण करता रहता है, सुधा के मन में उसकी ईमानदारी के प्रति कोई संदेह नहीं उपजे, वह चौबीसों घंटे इस बात की चौकसी करता रहता है कि सुधा का नाम या फोटो कहीं किसी अखबार या पत्रिका में न छप जाए। उसके ये ढोंग कि, 'समाजसेवक को पद का लोभ क्यों होना चाहिए ?, डिग्री बेकार की चीज है' आदि इसलिए हैं कि यदि सुधा की शोहरत की कोई छोटी सी चिरकुट भी मालिनी तक पहुँच गई तो उसका मरण दिन आ जाएगा। मालिनी कोई सुधा तो थी नहीं कि उसे बहानों से टाला जा सकता, वह तो घाट-घाट का पानी पी हुई एक नाचनेवाली थी, जिसने सुखी गृहस्थी के लिए ही, भरी जवानी में, धन की तिजोरी को ठोकर मारकर अपने जीवन की दिशा बदली थी।

इन सारे सुबूतों के बावजूद मेरी यह हिम्मत नहीं हो रही थी कि मैं सुधा के सामने अशोक की बदगुमानियों का पर्दाफाश करूँ, क्योंकि मुझे डर था कि इससे सुधा के जीवन पर जैसा भयंकर वज्रपात होगा, उसे वह नन्ही सी जान झेल नहीं पाएगी। मुझमें इतनी हिम्मत नहीं थी कि मैं अकेले यह जोखिम उठा पाती, इसलिए मैंने सोच-समझकर सुधा के दोनों बच्चों को अपना साझीदार बनाया और हम लोगों ने सुधा से सारी हकीकत बयाँ कर दी।

जैसा कि 'धारा' हुआ था, अशोक की कीर्ति-गाथा सुनते ही सुधा वहीं धम्म से जमीन पर बैठ गई। घुटनों में घुसा उसका सिर पागलों की तरह इधर से उधर हो रहा था और हम तीनों सब्र किए हुए उसे हल्का होने का अवकाश दे रहे थे।

बाद में अशोक के लिए सुधा की सारी माफियों को नकारते हुए, हम लोगों ने

पहले तो अशोक से रू-ब-रू बात करने की कोशिश की, पर जब वह हेकड़ी से भरा हुआ, उल्टे-सीधे जवाब पकड़ाता रहा, तब उसके बेटा-बेटी भी उससे चिढ़ गए और उन्होंने उसे पूरी तरह छोड़ने का निर्णय कर लिया।

सारी घटनाओं के मद्देनजर हमने सबसे पहले वकील का एक नोटिस अशोक को भिजवाया, जिसे शायद उसने फाड़ फेंका होगा, क्योंकि उसका कोई भी उत्तर या फोन नहीं आया। जब बतौर आगे की काररवाई के लिए हमने उसे पुलिस के हाथों सम्मन भिजवाया, तब उसे स्थिति की गंभीरता का अंदाजा हुआ और उसके वकील ने हमसे बातचीत शुरू की। हम लोगों ने जब अशोक के वकील के सामने सारे प्रमाण रखे, तो उन्हें जाँच-परखकर उन्होंने अशोक को उसकी अवश्यंभावी हार से अवगत कराते हुए, सुधा को तलाक के एवज में अशोक की सारी चल-अचल संपत्ति का मालिक घोषित करवा दिया।

आश्चर्यजनक ढंग से सुधा ने बिना कोई रोना-धोना मचाए, यह कहते हुए सबकुछ स्वीकार कर लिया, "जो मेरा था ही नहीं, उसे पकड़कर रखने से क्या फायदा?"

लंबे समय से एक बड़ी संस्था का काम पूर्ण एकाग्रता और तेजस्विता से करती सुधा को अपने 'ब्याज-बट्टे' की कमाई को सँभालने में क्या वक्त लगता? उसने एक व्यावहारिक बजट बनाकर बच्चों को उच्च शिक्षा के लिए विदेश भेज दिया और अपनी जिंदगी को पूरे उत्साह एवं स्वतंत्रता से जीने लगी। उसने महिला परिषद् के युगों से प्रतीक्षित पदों को सँभालने के साथ-साथ पी-एच.डी कर ली और मिसेज चोकसी के रिक्त प्रिंसिपल पद को भी गौरवान्वित कर दिया।

सुधा की असीम ऊर्जा अवसर पाते ही अनेकानेक रूपों में व्यक्त होने लगी। श्रम को ही विश्राम मानती सुधा ने परिषद् के पासवाले कॉलेज में पार्ट टाइम पढ़ाना शुरू कर दिया और अल्प समय में ही अपनी मेहनत के कारण वहाँ अत्यंत लोकप्रिय हो गई। वह रोज सुबह उठने की आदी तो थी ही और घर में पति और बच्चे न होने के कारण जल्दी उसे किसी की हाजिरी भी नहीं देनी पड़ती थी। उसका सारा घरेलू काम 'छुट्टी बाई' निबटा देती थी, इसलिए सुबह उठते ही वह कॉलेज में जो पाठ पढ़ाना होता, उसे अच्छी तरह तैयार कर लेती थी। उसने पढ़ाने की भी एक रोचक शैली ईजाद कर ली थी। जब वह उबाऊ कोर्स को कहानी की कहन शैली में ढालकर पढ़ाती तो विद्यार्थी क्लास खत्म होने पर भी उसका पीछा नहीं छोड़ते थे। उसकी गुणवत्ता से प्रभावित होकर कॉलेज की प्रिंसिपल ने उसे अन्य कई कक्षाओं का दायित्व भी दे दिया। सुधा आरंभ से ही परिषद् स्कूल के अतिरिक्त भी गरीब

तबके के लिए कुछ करना चाहती थी। उसका मानना था कि गरीब बच्चे सरकारी और अन्य संस्थाओं के कारण स्कूल की पढ़ाई तो किसी तरह कर लेते हैं, पर उनके लिए निःशुल्क कॉलेज की पढ़ाई का सर्वथा अभाव है। सुधा का हृदय गरीब मेधावी छात्रों की यह असमर्थता देखकर बहुत उद्विग्न रहता था।

इस समस्या के किंचित् समाधान के लिए उसने महिला परिषद् के ट्रस्टियों से निवेदन कर यह अनुमति ले ली कि वह उच्च कक्षाओं के कक्षों में शाम के समय कॉलेज की पढ़ाई शुरू कर सकती है।

उसने अपनी दस सहमना मित्रों के साथ मिलकर एक संगठन 'उच्च शिक्षा अभियान' बनाया और वे सब रात-दिन कॉलेज के लिए उत्तम शिक्षा के संसाधन जुटाने में लग गईं।

सुधा ने सबसे पहले अपने कॉलेज के शिक्षकों से अनुरोध किया कि वे न्यूनतम तनख्वाह में उन कक्षाओं में पढ़ाने की कृपा करें। आश्चर्यजनक रूप से कुछेक प्रोफेसरों ने न केवल तनख्वाह लेने से इनकार कर दिया, बल्कि वे अपनी जेब से वहाँ सहायता भी करने लगे। इस पक्ष के सँभलते ही सुधा ने अपने कॉलेज के छात्रों से अपील की कि वे अपनी पास की हुई पुस्तकों का दान कर इस सारस्वत यज्ञ में समिधा अर्पित करें। सुधा के प्रति श्रद्धा और प्रेम से भरे छात्रों ने वहाँ पुस्तकों के साथ ही कॉपियाँ, कलम एवं अन्य नाना प्रकार की जिंस का अंबार खड़ा कर दिया। कुछ छात्रों ने तो आगे बढ़कर अपने कम पहने हुए बढ़िया कपड़े भी अच्छी तरह पैक कर सुधा के भंडार में दे दिए और देखते-ही-देखते इस निःशुल्क कॉलेज ने विशेष प्रतिष्ठा प्राप्त कर ली।

छात्रों की संख्या बढ़ती जा रही थी, इसलिए सुधा ने अपने कॉलेज के बोर्ड से प्रार्थना कर, उनसे भी शाम को गरीब बच्चों के लिए कक्ष माँग लिये। वह अपना यह वादा अच्छी तरह निभाती थी कि अगले दिन सुबह कक्षाएँ पहले से भी ज्यादा साफ-सुथरी होंगी।

जरूरतमंद छात्रों की बाढ़ के सामने सुधा और उसके मित्रों के संसाधन कम पड़ रहे थे, कारण कि वे लोग एक क्षण के लिए रुकते नहीं थे और मुफस्सिल में भी अपने पैर फैलाते जा रहे थे। अचरज की बात है कि उन्हें अर्थाभाव होते ही चमत्कार की तरह कोई-न-कोई भली आत्मा उनके यहाँ बड़ा दान भेज देती थी। इन घटनाओं से ऐसा लगता था गोया ऊपर बैठा वह परमपिता हर वक्त उनका ध्यान रखता है।

सुधा के बेटा-बेटी भी डॉक्टर और सॉफ्टवेयर इंजीनियर बनकर अमेरिका

से उसे निरंतर बड़ी राशि भेंट करते रहते थे, लेकिन सुधा की कर्म-पिपासा ऐसी थी कि तृप्त होने का नाम ही नहीं ले रही थी। हालत यह हो गई थी कि अब सुधा को हर क्षण यह लगने लगा था कि उसके पास समय कम और काम बहुत ज्यादा हैं। वह इस अभियान को स्थायित्व देना चाहती थी, पर कैसे? इस विराट् प्रश्न का उत्तर उसे ढूँढ़े नहीं मिल रहा था कि अचानक यह सूक्ति कि, 'यदि कोई मनुष्य पूर्ण त्याग और समर्पण से किसी सद्कार्य को कार्यान्वित करना चाहे, तो पूरी कायनात उसका साथ देने को उठ खड़ी होती है' सुधा के जीवन में फलित हो गई और ढेरों-ढेर वर्षों के बाद अचानक सुधा की सास ने उसे बुला भेजा।

सुधा के ससुरालवाले उस जमाने के करोड़पति थे, जब सोने का भाव पच्चीस रुपए तोला था। उस समय यह बात जगत-ख्यात थी कि उनके यहाँ बरात की ज्योनार सोने की थालियों में परोसकर जिमाई जाती है और उनके यहाँ 'सरतखानों' (तहखानों) में सोना-चाँदी ठुँसा पड़ा है।

सुधा इस आकस्मिक बुलाहट का कारण समझने में पूर्णतः असमर्थ थी, क्योंकि सुधा की रूपवती सास अपने कामदेव से इकलौते पुत्र के साथ अप्सरा की जगह सुधा जैसी अतिसाधारण बहू को स्वीकार नहीं कर सकी थीं, इसलिए नाराजगी के इजहार-स्वरूप वे उसके विवाह के बाद से ही देस की हवेली में जाकर रहने लगी थीं। देखने में सुंदर होने के कारण वे सुधा के बच्चों को तो यथासमय बुलाकर उनका लाड़ लड़ा लेती थीं, पर उनके प्रेम क्षेत्र में सुधा का प्रवेश पूर्णतः वर्जित था।

कौतूहल और घबराहट से भरी सुधा जब अपने माथे का पसीना पोंछती हुई अपनी सास के सामने पहुँची, तो जड़ीभूत हो गई। वह दंग थी आज कि उसकी पत्थरदिल सास प्रेम के झरने सी झरती हुई उसे आपाद-मस्तक सराबोर करने को लालायित थीं।

सुधा से ढेरों माफियाँ माँगने के बाद, उन्होंने उसे अपनी चाभियों का भारी गुच्छा देते हुए कहा, "बींदणी! मेरे पर या कृपा कर।" जब सुधा ने चौंककर प्रश्नवाचक मुद्रा में उनकी ओर देखा, तो अवाक् रह गई। उनका पूरा चेहरा पश्चात्ताप के आँसुओं से भरा हुआ था और वे टूटे-फूटे शब्दों में सुधा से अनुरोध कर रही थीं कि वह उनके सारे धन को सद्कार्यों में लगा दे।

सुधा ने उनके अकूत खजाने का अद्भुत सदुपयोग किया। उसने अपनी जन्मजात समझदारी से पहले तो बैंकों की सहभागिता से कुछेक जमीनें खरीदीं और फिर सरकारी ग्रांट से उन पर निःशुल्क कॉलेज बनाने में जुट गई।

सुधा ने अपने पुरखों की करोड़ों की राशि का 'कॉरपस' बना दिया, जिसमें

उसके पीहरवालों ने भी बड़ा दान दिया।

कई बार धन की बहुतायत भी संस्था को मार डालती है, इसलिए उसने नामी-गिरामी अर्थवेत्ताओं से सलाह कर, प्रत्येक कॉलेज का एक स्वतंत्र ट्रस्ट एवं बोर्ड बनाया, जिसकी पहली शर्त थी, आर्थिक आत्मनिर्भरता। इन सभी ट्रस्टों और बोर्डों के एक-एक प्रतिनिधि को मूल ट्रस्ट का ट्रस्टी बनाया गया, जो अपने कॉलेज की किसी आपातकालीन जरूरत के लिए 'कॉरपस' से आर्थिक मदद की गुजारिश कर सकता था। किसी भी प्रस्ताव के पारित होने के लिए पचास न्यासियों में से कम-से-कम तीस न्यासियों की मंजूरी आवश्यक थी। इसी तरह के नियम-कानूनों से चाक-चौबंद यह 'उच्च शिक्षा अभियान' वर्तमान में भी अहर्निश कार्यरत है और अपने सच्चेपन का प्रकाश चतुर्दिक् फैला रहा है। इसे न तो कभी कार्यकर्ताओं का अभाव हुआ और न ही विद्वज्जनों का।

सुधा के अहं-शून्य तन और मन इतने मृदुल और कोमल थे कि उसके संपर्क में आया प्रत्येक प्राणी उसका ही होकर रह जाता था। बावजूद अपने विस्तृत कार्यक्षेत्र के; सुधा पहले की तरह ही महिला परिषद् को सँभालती रही। उसके अनुसार ऊँचाइयों की ओर ले जाती डगर के लिए वही तो उसका प्रस्थान बिंदु था।

यदि आज भी कोई महिला परिषद् को देखने जाए, तो उसे वहाँ की दीवारों से, सीढ़ियों से और दिग्दिगंतरों से मिसेज बाजोरिया, मिसेज बाजोरिया! गूँजता सुनाई पड़ेगा, साथ ही दिखेगा पुकार के उत्तर में तेजी से चलती एक नन्हे कद की, आदमकद मनसूबोंवाली महिला का चारों ओर प्रतिबिंबित होता अक्स!

□

बंद पिंजरे खोलतीं रतन बाईसा

"तापोती, एकटू शोनो (जरा सुनना)" पुकारते हुए मैंने पासवाले फ्लैट की महरी ताप्ती को अपने पास बुलाकर पूछा, "ताप्ती! गंगा और तुम एक ट्रेन से ही आती हो। पिछले पच्चीस वर्षों में कभी भी 'नागा' (गैरहाजिर) न करनेवाली गंगा का पंद्रह दिनों से कोई अता-पता नहीं है। मोबाइल, लैंडलाइन की तो छोड़ो, मैंने एक आदमी को भी उसके यहाँ भेजा था, पर उस घर के एक बाशिंदे ने कहा, "यहाँ कोई गंगा-फंगा नहीं रहती, किसी ने तुम्हें गलत पता दिया है।" ताप्ती, गंगा हमें गलत पता देगी, यह बात यकीन से परे है, लेकिन ज्यादा 'खोदा-खादी' करने से उसके पड़ोसी उस पर शक करते, इसलिए हम खास जाँच-पड़ताल नहीं कर पाए, पर तुम तो उसी मोहल्ले की हो, जरा गंगा से मिलकर, अपने मोबाइल पर उससे मेरी बात करवा दो।"

मेरी बात के उत्तर में ताप्ती ने बहुत ही रूखेपन से कहा, "माँजी, मैं गंगा के मोहल्ले की नहीं हूँ। रोज एक ही ट्रेन से कलकत्ता आने के कारण उससे देखा-देखी जरूर हो जाती है। वह जहाँ से रेल खुलती है, वहाँ से आती है और मैं बीच रास्ते में चढ़ती हूँ, भला मैं उसके बारे में क्या बता सकती हूँ?"

ताप्ती के इन उद्‌गारों से मैं अवाक् थी, क्योंकि मैंने अकसर ही इन दोनों को सगी बहनों की तरह गलबहियाँ डाले, खुसुर-फुसुर करते देखा है, पर गरीब आदमी का झूठ किस दर्द और मजबूरी से उपजता है, यह हम समझ ही नहीं सकते।

ताप्ती की टालमटोल से मेरा संदेह और गहरा हो गया। मैं आश्वस्त हो गई थी कि कहीं कोई गड़बड़ जरूर है, पर मैंने ताप्ती के स्वाभिमान की रक्षा करते हुए उससे सिर्फ इतना ही कहा, "तुम्हारी बात एकदम ठीक है। मात्र ट्रेन की देखा-देखी में कोई किसी का दोस्त थोड़े ही हो जाता है, पर ताप्ती, क्या बताऊँ, कल से मेरा जी घबराया हुआ है, क्योंकि ऐन हमारी नाक के नीचे एक औरत के साथ

ऐसा अमानुषिक अत्याचार हुआ है कि मैं बता नहीं सकती। दु:ख इस बात का है कि हमारा सारा 'सोशलवर्कपना' धरा रह गया और एक अच्छे घर की बहू अपनी जान से हाथ धो बैठी।''

''माँजी! क्या आप उसी पार्कवाली औरत की बात कर रही हैं, जिसका चीखना-चिल्लाना आपको और मेरी मेमसाब को शाम की सैर के वक्त सुनाई पड़ता था? आप लोगों ने तो उसे बचा लिया था, फिर आप कौन सी औरत के मरने का जिक्र कर रही हैं?''

ताप्ती के प्रश्न बहुत ज्यादा नहीं थे, पर यदि आपका तन-मन ग्लानि के दर्द से भरा हो, तो प्रशंसा भी तीखी चुभन और दर्द पैदा कर देती है। दरअसल मुझे और सुमन को यह मुगालता है कि हम उत्पीड़ित स्त्रियों का उद्धार करते हैं, पर एकाध बार बड़ी मुसीबत में फँस जाने के कारण, अब हम बहुत ही सोच-समझकर किसी 'अड़ंगे' में हाथ डालते हैं और इसी 'अति-सावधानी' के कारण हमसे यह चूक हो गई थी।

इतनी 'उलझी-पुलझी' कैफियत को परे सरकाकर यदि ताप्ती के उस प्रश्न का सीधा उत्तर दिया जाए, तो वह यूँ है, मैं और सुमन मकानों से घिरे एक पार्क में हर शाम चक्कर काटते हैं। एक दिन अचानक, पार्क से सटे हुए एक फ्लैट से हमें चीखने-चिल्लाने और रोने-पीटने की आवाजें सुनाई पड़ीं। हमारी सालों की 'सेहत-समाधि' में यह पहला खलल था और चूँकि दूसरे चक्कर के बाद वे आवाजें भी तिरोहित हो गई थीं, इसलिए हमने यह मान लिया कि यह अवश्य ही किसी 'हिंदी सीरियल' का मामला होगा। थोड़ी देर बाद जब सुमन ने पूछा कि पुष्पा! क्या तुम्हें सिसकियाँ सुनाई दे रही हैं? तो मैंने उसका मजाक उड़ाते हुए कहा, ''लगता है तुम्हारे कान बजने लगे हैं सुमन, आओ घर चलें।''

खैर, इसके पहले कि वे आवाजें हमारे जेहन से पूरी तरह दफा होतीं, एकाध दिन बाद ही वीभत्स आवाजों की एक पूरी 'सी.डी.' हमारे कानों को भेदने लगी, और सुमन की लांछन भरी आँखों का गूढ़ार्थ समझकर, मैंने तुरंत पार्क के चौकीदार से अनुरोध किया कि वह यथाशीघ्र उस फ्लैट के मालिक के बारे में हमें बताए।

अतीत में हमने दो-चार बार उस चौकीदार की समस्याओं का समाधान किया था, इसलिए उसके मन में हमारे लिए एक आदर भाव था। अत: उसने दूसरे ही दिन आकर हमें बताया, ''मेमसाब! वे लोग काफी पैसेवाले हैं और वह पूरा मकान उन्हीं का है। वे लोग मुझे कुछ गड़बड़ टाइप के लगे। अगर आप उनके यहाँ जाने की सोच रही हैं, तो जरा सँभलकर जाइएगा।''

मैंने उस नेपाली चौकीदार को शाबाशी देते हुए कहा, ''बहादुर! तुम बेफिक्र रहो, हम पूरा हिसाब-किताब बैठाकर ही उनके यहाँ जाएँगे।''

हमें उनके पास-पड़ोस से पता चला कि उस घर में एक अत्यंत कठोर प्रौढ़ पुरुष (बाप) और एक अधपगला सा जवान (बेटा) रहता है। महिलाओं में एक बड़ी उम्र की महा बदमाश सास और गरीब घर की एक खूबसूरत बहू है, क्योंकि उनके बेटे का अच्छा संबंध हो नहीं रहा था, इसलिए उन्हें 'झक' मारकर यह बहू लानी पड़ी थी। मजबूरी में आई हुई बहू, यूँ भी किस्मत में दुःख ही लिखाकर लाती है, ऊपर से राक्षस ससुर, कर्कशा सास और बददिमाग कामुक पति के मेल ने तो उस बेचारी की पूरी जन्मपत्री ही काली स्याही से पोत दी थी, पर विधि का विधान भी विचित्र है। उस गंदे कीचड़ में उस नसीबमारी बहू ने एक खूबसूरत सी कुमुदिनी खिला दी, लेकिन यह सौभाग्य उस बहू पर दुर्भाग्य बनकर टूटा, क्योंकि उन लोगों के लिए बेटी का एकमात्र अर्थ था पैसों का बड़ा खरचा। बेटी के जन्म के बाद से तो वह असुर परिवार, उस बहू पर और भी लोमहर्षक अत्याचार करने लगा, क्योंकि उनकी मंशा यह थी कि या तो वह अपनी बेटी सहित गंगा में डूब मरे या कहीं भाग जाए। वे बीच-बीच में लालची ओझा को बुलाकर, भूत-प्रेत के बहाने उस पर अमानुषिक शारीरिक अत्याचार भी करवाने लगे। बात-बेबात उसकी 'धमाधम-धुनाई' कर देना तो एक तरह से उनका व्यसन ही था।

बेचारी बहू! भरपेट खाना खाने में भी असमर्थ अपने माँ-बाप से अपनी मर्मांतक पीड़ा का इजहार भी नहीं कर सकती थी। इसलिए कोई और चारा न देखकर उसने एकाध बार आत्महत्या करने की कोशिश भी की, पर मरना क्या इतना आसान होता है और फिर वह फूल सी नन्ही जान, क्या उसका मोहपाश काट पाना उसके वश में था?

मैं वर्तमान को बिसराकर स्मृतिलोक में विचरण करती हुई, ताप्ती को यह कहानी सुनाए जा रही थी कि ताप्ती की आवाज आई, ''चलिए, आप लोगों के कारण वह बेचारी दुःखों से मुक्त हो गई।''

'हैंऽ! मुक्त हो गई' सुनते ही मुझे लगा जैसे किसी ने मेरे कानों में पिघला सीसा डाल दिया हो। मेरे मरे से हाव-भाव देखकर ताप्ती ने पूछा, ''माँजी, आप ऐसी पीली क्यों पड़ गईं, क्या आप लोग उसकी रक्षा नहीं कर पाईं?''

''ताप्ती! हम बिना समय नष्ट किए उनके यहाँ जा पहुँचे, पर वे ठहरे ऐसे 'मोटे-चिकने घड़े' कि उन पर हमारे रोबदाब का असर पड़ना तो दूर, उन्होंने हमें ऐसी-ऐसी गालियाँ दीं, जैसी हमने आज तक न पढ़ी, न सुनी थीं। फिर भी हम

दोनों 'जब्बर' महिलाएँ साहस जुटाकर चौकीदार से बोलीं, ''बहादुर! इनसे कहो कि हम लोग इनकी बहू से मिलना चाहते हैं।''

''बेचारा बहादुर! जो उन 'राक्षसी विभूतियों' को देखकर ही डर से मरा जा रहा था, कुछ बोल पाता, इसके पहले ही घर के सेठ अपने 'झेद' (बड़ा सा पेट) सहित आगे आए और उन्होंने एक ऐसा झन्नाटेदार थप्पड़ उसे मारा कि वह जमीन पर जा गिरा। हम भौचक! इस 'न भूतो न भविष्यति' दृश्य को साक्षात् घटता देखकर हतप्रभ रह गए। उनकी इस बेजा हरकत ने हमें भी अपनी शराफत को ताक पर रखने को मजबूर कर दिया था, इसलिए हम लोगों ने सुमन की 'धाकड़' माँ रतन बाईसा का आह्वान किया और नुक्कड़वाले थाने में जा धमके।

''इस थाने में रतन बाईसा की ऐसी प्रतिष्ठा थी, मानो वे साक्षात् लक्ष्मी-सरस्वती-दुर्गा सबकुछ हों। वे जब सप्तम सुर में किसी को 'दक्कालतीं' (डाँटती), तो उनके सामने 'अल्लाह जिलाई बाई' का सात मंजिल पार जाता गला भी फीका पड़ जाता था। आजादी के लिए जेल गई हुई रतन बाईसा का अभी भी स्थानीय एवं केंद्र, दोनों राजनीतिक क्षेत्रों में दबदबा था। उन्हीं के मकान में नाम मात्र किराए पर हमारे इलाके के विधायक का कार्यालय होने के कारण इस इलाके में उनका भारी रसूख था।

''एक तो रतन बाईसा का जोरदार व्यक्तित्व, ऊपर से उनके संचित कर्म और प्रतिष्ठित परिवार की आनुवंशिकी आदि मिलकर उनके कीर्ति रूपी सोने को हर वक्त चमकाए रखती थी। रतन बाईसा अभी थाने पहुँची नहीं थीं, इसलिए उस थाने का ओ.सी. सारी बातें विस्तार से सुनने के बाद भी, हील-हवाले कर रहा था।

''उससे हमारी बहसबाजी अभी चल ही रही थी कि थाने में एक लयात्मक, पर कठोर स्वर गूँजा, ''शोत्त बाबू! आपनी?'' (सत्य बाबू! आप?) यह आवाज क्या आई, बेचारे ओ.सी. की तो 'धुजनी' (कँपकँपी) छूटने लगी और वहाँ एक गहरा सन्नाटा छा गया। कुछ क्षणों बाद उसे भंग करता हुआ एक मिमियाता सा स्वर सुनाई पड़ा, ''माँ! आपनी? मागो! ए बारे मोरेछी।'' (माँ! आप? हे भगवान्! आज तो मरा।)

''शोत्त बाबू! मरण-फरण पीछे देखा जाएगा, अभी चलिए हमारे साथ और आगे से ध्यान रखिएगा कि यह महिला एक लेखिका और आई.ए.एस. की बीवी ही नहीं, समाज का भला चाहनेवाली मेरी बेटी भी है! खयाल रहे कि आगे से इसका जरा सा भी समय नष्ट न हो।''

''हम सब तुरंत ही एक महिला पुलिस को साथ लेकर वापस उस घर में

गए, पर आश्चर्य! वहाँ उस औरत का कोई नामोनिशाँ नहीं था, यहाँ तक कि उसके कपड़े-लत्ते, जूते, बच्ची का सामान आदि सबकुछ गायब था। बहुत ढूँढ़ने पर हमें उस घर के एक कोने में उस महिला की एक तुड़ी-मुड़ी सी फोटो का गोला मिला, जिसे हमने खींच-तानकर पुलिस को यह कहते हुए सँभला दिया कि वे उसे खोजने की कोशिश करें, पर दुर्भाग्य से आज तक उसका कोई पता नहीं चला है।''

यह किस्सा सुनते ही ताप्ती के अंदर खलबली मच गई। उसने झटके से उठते हुए घिघियाए स्वर में कहा, ''माँजी! मैंने आपसे झूठ कहा था। सच तो यह है कि मैं और गंगा अच्छी सहेली हैं और मैं गंगा का घर भी अच्छी तरह जानती हूँ। माँजी! प्लीज उठिए और तुरंत चलिए, पता नहीं वह अब तक जिंदा भी है या नहीं?'' उसकी हड़बड़ी से काफी कुछ समझते हुए हमने सफलता के 'सबसे बड़े गुर' रतन बाईसा की शरण ली और मंजु को साथ लेकर गंगा के घर की ओर चल पड़े। रास्ते में रतन बाईसा ने थाने से दो महिला कॉन्स्टेबल और एक इंस्पेक्टर को यह कहते हुए साथ ले लिया कि जब वे यह कह रहे हैं कि 'यहाँ कोई गंगा-फंगा नहीं रहती', तो साफ है कि वहाँ सीधी उँगली से घी नहीं निकलेगा।

भविष्यद्रष्टा माताजी का फरमाया हुआ फरमान अक्षरशः सच साबित हुआ। काफी धक्कामुक्की के बाद, हम मुश्किल से उस घर में घुस पाए, पर वहाँ भी उसी पिछले दृश्य की पुनरावृत्ति हुई। दो कमरे के उस 'टापरे' (घर) में गंगा का कोई अता-पता नहीं था। हम अभी पुलिस से उन पर केस करने की चर्चा कर ही रहे थे कि रतन बाईसा का ध्यान गंगा के 'घरू-खेत' में रखे हुए 'गोलों'(धान रखने की बड़ी चीज) की ओर गया। उन्होंने तुरंत दहाड़कर महिला पुलिस से कहा, ''दीदी! जरा उलटिए इन गोलों को।'' वे लोग 'ऐं! ऐं' करते हुए उन्हें रोकने को आगे बढ़े, पर तब तक तो! एक में से गंगा का नग्न अवतरण हो चुका था। रतन बाईसा ने तत्क्षण अपनी शॉल उसके शरीर पर डाली और पूरी ताकत से खींचकर एक ऐसा झापड़ उसके पति को मारा कि वह हट्टा-कट्टा जवान मुँह के बल जमीन पर जा गिरा। बाईसा का दूसरा करारा थप्पड़, पिता के सहधर्मा बड़े बेटे को पड़ने ही वाला था कि हमने मिन्नतें करते हुए उनका हाथ पकड़ लिया।

मनुष्य कितना पाशविक हो सकता है, कितना नीचे गिर सकता है, इसकी जिंदा मिसाल, गंगा का शरीर था। उनके घातक प्रहारों के कारण वह बड़े-बड़े लाल-काले चकत्तों से पूरा भरा हुआ था। उसके टूटे दाँत और बालों की विचित्र हालत देखकर लग रहा था कि उन्हें जोरों से खींच-खींचकर गंगा को भयंकर झटके खिलाए गए हैं, जिसकी वजह से वे ऊट-पटाँग ढंग से टूट गए थे। उसकी

दर्दनाक हालत देखकर बाईसा ने कहा, ''यह सब तो बाहरी चोटें हैं, अभी तो भीतरी डॉक्टरी जाँच में देखना, क्या कुछ नहीं निकलेगा!''

हम सब इस घटना से सनाका सा खाए हुए थे कि माताजी की वही कड़कदार आवाज फिर गूँजी, ''इंस्पेक्टर साहब! इन दुष्टों के शरीर पर से सारे ऊनी कपड़े उतारकर रख लीजिए और किसी भी तरह इन लोगों को 'दुर्धर्ष अपराधियों' की कोठरी में डालने की 'बिध' (प्रबंध) बैठाइए।''

''मैं ऐसा कैसे कर सकता हूँ!'' सुनते ही माताजी ने उस इंस्पेक्टर को खा जानेवाली नजरों से घूरकर कहा, ''इंस्पेक्टर महाशय! क्या मैं आपको बेवकूफ नजर आती हूँ, जो आप ऐसी बातें कर रहे हैं? हमारे साथ जो यह 'जवान लड़का' आया है न! यह मेरा पोता और कलकत्ते का नामी-गिरामी वकील है। इस मामले में यह आपकी मदद करेगा।'' फिर उन्होंने अजय की ओर उन्मुख होकर कहा, ''अजय! इन दुष्टों पर जितनी भी दफाएँ लगवा सको, लगवाना और इनके बड़े बेटे-बहू के लिए भी बड़ी-से-बड़ी सजा की तजवीज करना। ये सब एक नंबर के नमकहराम बच्चे हैं, जो गंगा की कमाई और उद्यम से प्राप्त मकान पर कब्जा किए बैठे हैं, अब जब वह अशक्त होने के कारण खास कमा नहीं पाती, तो इन कमीनों ने अपने बाप के साथ मिलकर इसका यह हश्र कर दिया है! बेटा, ध्यान रखना, इन हत्यारों में से कोई भी बचने न पाए। वरना तुम मेरा 'सुभाव' तो जानते ही हो, मैं तुम्हें भी नहीं बख्शूँगी।'' अजय ने आदर और प्यार से बाईसा का कंधा हिलाकर कहा, ''जाणूँ हूँ, दादी सा जाणूँ हूँ।'' (जानता हूँ, दादीजी! जानता हूँ।)

''गंगा, तुम सारे अत्याचारों की कहानी थानेदारजी को विस्तार से लिखवा दो, ताकि इन महिषासुरों को कठोर-से-कठोर सजा दी जा सके।''

बाईसा की इस उक्ति से सभी उपस्थित लोगों के चेहरे पर एक स्मित-मुसकान खिंच गई, क्योंकि बंगाल की जमीन और उस पर खड़ी यह शतरूपा देवी रतन बाईसा क्या किसी महिषासुर-मर्दिनी से कम थीं!

घटनाओं के तेज प्रवाह से अलग एक ओर खड़ी मैं सोच रही थी कि पच्चीस-तीस साल से रेल की आवाजाही में खाती-सोती गंगा ने मात्र अपने हाड़ ही नहीं, अपने सारे अंग-प्रत्यंग इन लोगों के लिए घिस दिए और क्यों आज वही परिवार उसकी जान लेने पर तुला हुआ है? मेरे इस अनुत्तरित प्रश्न का उत्तर रतन बाईसा की ठोस काररवाई ने दे दिया। उनकी अनुभवी आँखों ने गंगा के बिना कहे ही काफी कुछ समझ लिया था, इसलिए काम को आगे बढ़ाने के लिए वे एक प्रश्नोत्तरी पर पुलिस के सामने गंगा से 'हाँ, ना' का ठप्पा लगवा रही थीं, ''गंगा! तुम सुबह साढ़े

तीन बजे की रेल से पुष्पा के यहाँ पहुँचकर उसके सारे काम निबटाने के बाद, पास के एक विधुर डॉक्टर के यहाँ खाना बनाने से लेकर उनके पूरे घर और बच्चों तक का सारा काम करती थी?''

''हाँ।''

''इसके बाद तुम श्रीमती सीकरी के यहाँ दोनों समय का खाना पकाकर, फ्लैट और कपड़े साफ कर वापस पुष्पा के यहाँ शाम का सारा काम करने चली जाती थी?''

''जी।''

''तुम्हारा यही 'रूटीन' डॉक्टर साहब के यहाँ भी था?''

''हाँ जी।''

इन प्रश्नों के उत्तर में गंगा की गरदन स्प्रिंगवाली गुड़िया की तरह 'हामी' में हिलती और रतन बाईसा अपना नया पुराण शुरू कर देतीं, ''देर रात तक काम खत्म कर, डॉ. साहब की अनुमति से एक 'पोलीथीन' की थैली में थोड़ा सा भात और दाल लेकर भागती हुई तुम किसी तरह रात साढ़े ग्यारह बजे की रेल पकड़ लेती थी और रेल के तीन घंटों के सफर में से पाँच मिनट चावल निगलने में और बाकी का समय सीट पर ऊँघते हुए बिताकर घर पहुँचते ही घर की सफाई, बरतन माँजना और खाना पकाना आदि सब एक साथ इस तरह शुरू कर देती थी, मानो तुम कोई चतुर्भुजा देवी हो। हाँ या न?''

गंगा की 'हाँ' की प्रतीक्षा के बिना ही रतन बाईसा आगे बढ़ गईं, ''यह सब करते-कराते जब तुम्हें रात के तीन बज जाते थे, तब तुम चूल्हे पर चाय चढ़ाकर, गिरती-पड़ती सी नहाने घुसती और गीले बदन पर साड़ी लपेटकर, बाएँ हाथ से थोड़ी सी चाय सुड़कती हुई, इन असुरों का ताजा नाश्ता बनाने के साथ-साथ रसोईघर की सफाई भी कर डालती और फिर तेजी से प्लेटफॉर्म छोड़ती ट्रेन को पकड़कर डिब्बे के एक कोने में धँस जाती। साथ लाई कागज में लिपटी सूखी रोटी को पानी में भिगोकर खाने के बाद, तुम अपने सारे अंगों को सिकोड़ एक गठरी सी बनकर गहरी नींद में सो जाती। धन्यवाद उस भगवान् का कि तुम्हारा गंतव्य स्टेशन अंतिम था, इसलिए सहयात्रियों की पुकार से जागकर तुम फुरती से स्टेशन पर कूदती और पुष्पा के घर की ओर दौड़ना शुरू कर देती। यही था न तुम्हारा पूरा 'टाइम टेबल' गंगा?''

गंगा ने कातर आँखों से चारों ओर देखते हुए जब धीमे से 'हाँ' कहा, तो रतन बाईसा ने तड़पकर कहा, ''गंगा, तुम क्यों इन अर्थ-पिशाचों के लिए इस तरह रात-दिन मरती-पड़ती रही और आज ये पापी! इस उम्र में तुम पर चरित्रहीन होने का

लांछन लगा रहे हैं? और ये ही कमीने तुम्हारी जवानी के दिनों में, तुम्हारे कमाए धन को भकोसते हुए, कभी पलटकर भी तुमसे यह नहीं पूछते थे कि तुम पूरे दिन कहाँ थी, किसके साथ अय्याशी करके तुम इतना पैसा कमा लाती हो। आज जब तुम बूढ़ी हो रही हो और तुम्हारे 'हाण' (ताकत) थक रहे हैं, तब ये बेहया-बेशर्म अपनी पार्वती-स्वरूपा माँ पर दूसरों की शय्याशायिनी होने का आरोप लगा रहे हैं? ये तुम पर इतने अमानुषिक अत्याचार करते रहे और तुम बेवकूफ! परिवार की इज्जत के लिए चुप रही! ठीक?'' और इस बार गंगा की दर्द भरी मूक आँखों ने गरदन हिलाए बिना ही 'हामी' भर दी।

अब क्या था? उग्र चंडिका बनी हुई, उन छह फुटिया हट्टी-कट्टी रतनदेवी ने बिना आगा-पीछा देखे, उन बाप-बेटों को धड़ाधड़, दाएँ-बाएँ और सामने-पीछे थप्पड़-घूँसे आदि मारने शुरू कर दिए। उनका चेहरा मारे क्रोध के लाल हो रहा था और उन्हें देखकर लग रहा था कि आज उनका रक्त-चाप जरूर ही उनके सिर में ऊँचा चढ़ गया है।

इस अप्रत्याशित अभिव्यक्ति से घबराए हुए पुलिसवाले और हम उलटे उस 'विपद्तारिणी' से उन हैवानों की रक्षा करने में जुट गए। अजय 'बाईसा! (आप) कानून हाथ मै मत्ता (मत) लेओ!' कहकर उन्हें समझाते हुए बरजने लगा। ''काँई' (क्या) कानून?'' और एक धड़ाक घूँसा पति के सिर पर ''कानून, कानून! तुम्हारा, यह 'बालन जोग्गा' (फूँक देने लायक) कानून! तब कहाँ 'बल' (जल) गया था, जब ये सब मिलकर इस 'गरीबधण' पर नृशंसतम अत्याचार कर रहे थे?'' कहते हुए रतन बाईसा! बातों का मजा लेते हुए मोहल्लेवालों की ओर मुड़ीं और बोलीं, ''दूसरों का घर जलाकर रोशनी करनेवालों के नाटक मैंने खूब देखे हैं। शर्म आनी चाहिए आप सबको, जो आप लोग मुफ्त में अपने हाथ की 'खाज' (खुजली) मिटाने और गंगा की कमाई से हुई जलन को ठंडी करने के लिए इन निशाचरों के साथी बनकर इस गरीबणी को सताते थे। यदि आप लोगों में कुछ भी हया बाकी हो, तो जाइए, जाकर चुल्लू भर पानी में डूब मरिए और इंस्पेक्टर साहब! आप गंगा के घरवालों से तो जीवनपर्यंत जेल में चक्की पिसवाइए ही, इनके इन तरफदारों को भी मत छोड़िएगा। जुल्म में साथ देने के जुर्म में, आप इन सब पर भी कड़ा जुर्माना लगवाइएगा और 'इज्जत हतक' के अंतर्गत इनसे गंगा को मुआवजा भी दिलवाइएगा।''

''अजय! इसके बड़े बेटेवाला मकान अभी भी गंगा के नाम पर ही है, साथ ही यह घर और बगल का खेत भी इसके बाप द्वारा प्रदत्त 'स्त्री-धन' के अंतर्गत गंगा

के ही हैं। तुम इन सबको अच्छे दामों में बिकवाकर किसी आरामदायक वृद्धाश्रम में गंगा के रहने की व्यवस्था कर देना। याद रखना, इस पुण्य के बदले तुम्हें एक भी पैसा नहीं लेना है, क्योंकि पैसा तो सहज ही कमाया जा सकता है, पर पुण्य कमाने का अवसर कभी-कभार ही मिलता है।''

अभी हम आह्लादित होकर अपनी प्रसन्नता व्यक्त कर ही रहे थे कि बाईसा की आवाज फिर गरजी, ''हे इंस्पेक्टर साहब! इस काम को निबटाते ही उस 'मारवाड़ी बहू' को भी ढूँढ़ना शुरू कीजिए। मेरा पक्का विश्वास है कि वह किसी भी हालत में मर नहीं सकती, क्योंकि उसके अंधकारपूर्ण जीवन में बेटी रूपी दीपशिखा जल रही है। मैं अच्छी तरह जानती हूँ कि यदि आप लोग चाहें, तो एक परिंदा तक आप लोगों की नजरों से बच नहीं सकता, फिर वह तो हाड़-मांस की जीती-जागती हुई एक जवान महिला है। वैसे मैं विधायक साहब से भी दरख्वास्त करूँगी, पर आशा करती हूँ कि आप मुझे निराश नहीं करेंगे और यथाशीघ्र ही कोई शुभ सूचना देंगे।

''अजय, तुम आज की सारी कारखाई संपन्न होते ही घर आकर मुझे सारी 'बिगत' (लेखा-जोखा) बता देना।''

इन सारे निर्देशों के बाद उन्होंने मुझे और सुमन को हल्का सा धकेलते हुए कहा, ''चलो, गाड़ी में बैठो, रास्ते में मुझे तुम लोगों की खबर लेनी है।'' उनकी इस धमकी से मेरे और सुमन के तो प्राण ही निकल गए और हम सोचने लगे कि लूटने आए थे शाबाशी और मिल रही है डाँट-फटकार, पर अब उपाय भी क्या है? सोचती हुई मैं गाड़ी में आगे की सीट पर बैठने लगी, तो रतन बाईसा ने डपटकर कहा, ''ऐ पुष्पा! पीच्छ बैठ, अट्ठ मेर्र क्हन्नै (ऐ पुष्पा, पीछे बैठ। यहाँ मेरे पास।)।''

''मर गए!'' भुनभुनाती हुई, जब मैं उनके बगल की सीट पर बैठी, तो उनका मृदुल हाथ अपने सिर और पीठ पर महसूस कर चौंक गई! हैं! ये कठोरमना महिला, भीतर से इतनी कोमल और ममत्व भरी हैं? मेरे चेहरे पर अचरज भरा भाव इतना सघन था कि बाईसा ने मुझे खींचकर अपने से चिपका लिया और कहा, ''बावली! (पगली)! मेरा यह क्रोध भरा स्वरूप मेरा 'स्थायी' नहीं, 'संचारी' भाव है, जिसका प्रयोग मैं बतौर बढ़िया अभिनेता करती रहती हूँ। हर स्त्री की तरह मेरे हृदय में भी माँ के प्रेमिल भाव भरे पड़े हैं, पर जब हम लोग अपने घर से निकलकर सामाजिक कामों की जमीन पर पैर रखते हैं, तब हमें कठोर धूप और तेज बारिश से अपना बचाव स्वयं ही करना पड़ता है। इतना ही नहीं, यदि हमें सफलता प्राप्त करनी होती है, तो हमारे लिए मान-अपमान आदि की भी कोई अहमियत नहीं होती। हमारी तैयारी तो यहाँ तक रहती है कि यदि कोई हमारे मुँह पर थूक भी देता है, तो हम

उसे अनदेखा करते हुए रूमाल से पोंछकर आगे बढ़ जाते हैं, क्योंकि हमारा लक्ष्य साम-दाम-दंड-भेद से मंजिल तक पहुँचना होता है, अपने सम्मान की रक्षा करना नहीं। सब जानते हैं कि अच्छे कामों के परिणामस्वरूप सम्मान तो खुद ही दौड़कर कर्ता तक आ जाता है।''

''माँ! हम तुम्हारे जैसे कैसे हो सकते हैं? तुम तो जहाँ जाती हो, लोग-बाग 'हड़क' (डर) कर उठ खड़े होते हैं और तुम्हारी डाँट का भी बुरा नहीं मानते, पर यदि हम ऐसा करें, तो वे हमें ही दो-चार डंडे मारकर भगा देंगे।''

अपनी बेटी का यह वक्तव्य सुनकर रतन बाईसा ने झुँझलाहट भरे स्वर में कहा, ''सुमन बेटा! समझ में नहीं आ रहा कि तुम पढ़ी-लिखी होकर भी ऐसी मूर्खतापूर्ण बातें कैसे कर सकती हो? आज मैंने जो रुतबा और मुकाम हासिल किया है, वह मेरी चालीस वर्षों की तपस्या का फल है और जानती हो कि मेरे कामों में कभी किसी का सहारा तो दूर की बात है, उनमें भाँजी ही ज्यादा मारी गई है, पर यदि मन में अपने काम के प्रति श्रद्धा और समर्पण हो, तो कंटकाकीर्ण जमीन पर भी फूल उग आते हैं। हाँ! आरंभिक दिनों में कई बार इस तरह की जमीन एकाध रक्त की बूँद या दो-चार डंडों की माँग भी कर सकती है।

''पुष्पा! बुरा मत मानना, पर एयरकंडीशंड कमरे में बैठकर जीवन की सच्चाई से रू-ब-रू होना कठिन है। मैं यह नहीं कहती कि तुम लोग जबरदस्ती कठिनाइयों को निमंत्रण दो, पर यदि वे आ ही जाएँ, तो डरो मत, अनचाहे ही सही, पर कभी भी पीछे मत हटना, खुद को पूरी तरह झोंक देना उसमें, तभी तुम लोग कुछ सिद्ध कर पाओगी।''

सुमन और मैं, खिसियाना सा चेहरा बनाए उन्हें लगातार देखते हुए रोंदले से हो रहे थे कि उनकी प्यार भरी चपत हमारे सिरों पर पड़ी, ''अरे मूर्खों! बातों-ही-बातों में, मैं यह तो भूल ही गई थी कि आज तुम लोग दसवीं कक्षा की परीक्षा दे रही हो, एम.ए. की नहीं; इसलिए अब तुम्हें मैट्रिक स्तर का भाषण दूँगी। ऐ लड़कियो, ध्यान से सुनो! आज का जमाना तुम लोगों के साथ है, अर्थात् तुम्हारे घरवाले, समाज और सरकार, सबके सब तुम्हारी सहायता करने को तत्पर हैं। आज के युग की सबसे बड़ी माँग 'गति' है, इसलिए कोई भी योजना बनाते ही उसे हाथों-हाथ कार्यान्वित कर डालो। सद्कर्मों की राह में यदि तुम्हें कभी कोई शारीरिक या मानसिक यंत्रणा सहनी भी पड़ जाए, तो क्या खास बात है, सोचकर तुम लोग आगे बढ़ते जाना, क्योंकि ऐसे दुष्कर कार्यों की सफलता पर जो अनुभूति होती है, वह साधारण सुख नहीं, एक ऐसा आनंद होता है, जो सदियों तक हमारी

आत्मा को महकाए रखता है।

"बच्चो! आज सबकुछ ठीक-ठाक हो जाने के बावजूद, मैं तुम लोगों को एक उलाहना जरूर दूँगी कि यदि तुम लोगों ने कांता (पार्कवाली बहू) के 'केस' को ढंग से कार्यान्वित किया होता, तो वह यूँ गायब नहीं हो सकती थी।"

यह सुनते ही हम दोनों के रुआँसे स्वर एक साथ फूट पड़े, "क्याऽ, क्याऽऽ? क्या कह रही हैं माँ बाईसा, आपने इतनी बड़ी बात कैसे कह दी?" और इन शब्दों के साथ ही हमारी आँखें भी पानी से 'टलटल' करने लगीं।

"सुमन-पुष्पा! यदि तुम लोग मेरे सुझाव का बुरा मानकर यूँ 'जी' घुटाओगी, तो मैं तुम लोगों को कुछ सिखाऊँगी कैसे? कहने को तो तुम लोग कहती हो कि तुम दोनों मेरी बड़ी भक्त हो, पर जरा सा डाँटते ही तुम लोग 'थोबड़ा सुजा' (मुँह फुला) लेती हो, पर याद रखना, मैं भी ठहरी रतन बाई! महाजिद्दियों की माँ! इसलिए तुम लोगों की सारी नाराजगी को नजरअंदाज करती हुई मैं हमेशा तुम लोगों को तुम्हारी गलती बताती ही रहूँगी। अब 'रूसना-रासना' (रूठना) छोड़ो और मैं तुम लोगों को घटना के दृष्टांत से जो समझाऊँगी, उसे मन से सुनो।

"उस रोने-पीटने को सुनते ही मैं, उस मकान में घुसकर, जोरों से गाड़ी का हॉर्न बजाती और अधिकार से वहाँ के चौकीदार को कहती, "जाओ, जाकर अपने मालिक से कहो कि गोयनका हाउस से, 'बींदणीजी लोग' (बड़े घर की मारवाड़ी बहुएँ) आई हैं।" इसके साथ ही पहले से समझाए हुए अपने ड्राइवर को इशारा कर देती कि वह पास के थाने से किसी टटपुँजिए से सिपाही को कुछ पैसे देकर ले आए। इतने काम को मैं 'आधा गढ़ जीत लेना' मानती हूँ, क्योंकि ऐसे बदमाश लोग, भीतर-ही-भीतर बहुत डरपोक होते हैं। इधर मैं घर के अंदर घुसती हुई रौब से उनसे कहती, "भाई साहब! आपका चौकीदार बहुत ही बदतमीज है। इसे 'आपसरी' (बराबरी) वालों की बहू-बेटियों से बात तक करने का शऊर नहीं है। इसके बाद भी यदि वे मुझे रोकने की कोशिश करते, तो मैं उन्हें धकियाती हुई अपने गंतव्य अर्थात् पार्क से सटे हुए कमरे में घुस जाती। इसी बीच सिपाही के आ जाने से वे लोग 'औसान चूक' (हतप्रभ) होकर बुरी तरह घबरा जाते और मेरा पलड़ा भारी हो जाता। सौभाग्यवश, यदि वे आवाजें!···मात्र मेरा भ्रम सिद्ध होतीं तो भी मैं बिना झेंपे, उन सबको धन्यवाद देती हुई, बाहर आकर सिपाही के हाथ में एक नोट थमाकर उसे विदा कर देती।

"लेकिन मेरा अपना अनुभव है कि जब हमें अपनी अंत:प्रज्ञा से कुछ खराब लगता है, तो वह नब्बे प्रतिशत तो बुरा ही निकलता है। रही बात कभी एक-आध

गलत अंदेशा हो जाने की, तो दुनिया में क्या सभी कुछ 'फूल प्रूफ' होता है? हाँ! एक बात अपने अंतर की गहराई तक उतार लेना कि इन कामों का प्रथम उसूल है 'डरे तो मरे', इसलिए साहस का पल्ला कभी मत छोड़ना।''

रतन बाईसा की दलीलों और तर्कों में इतना वजन था कि उनसे हमारा मन हल्का हो गया। सुमन ने बात बदलने के लिए गंगावाली कहानी को आगे बढ़ाते हुए पूछा, ''माँ! यह बताएँ कि आपको गंगा की पूरी कहानी कैसे पता चली?''

''अरे भई! तुम लोगों ने देखा नहीं, घर से चलते वक्त मैंने ताप्ती को अपनी गाड़ी में बिठा लिया था और फिर मैंने उस लंबे रास्ते में उसके पेट से सारी बातें निकलवा लीं। देवियो! तुम लोग बेफिक्र रहो, अब तुम्हारी गंगा को कोई कष्ट नहीं होगा।''

जब किसी को मुँहमाँगी मुराद मिलने लगती है, तो उसका लोभ बढ़ता ही जाता है, वैसे ही हम दोनों को जब रतन बाईसा सरीखी 'चिंतामणि' मिल गई थीं, तो हमारी इच्छाओं-आकांक्षाओं का वारापार कैसे रहता? इसलिए सुमन ने उनके आँचल की कोर को छोटे बच्चे की तरह मरोड़ते हुए कहा, ''माँ! कांता, बीरो काँई हुस्सी (उसका क्या होगा)?''

बाईसा ने आकाश की ओर हाथ उठाकर कहा, ''बींरै दरबार में अरदास तो कर्‌री है, अब बीरी मरजी (भगवान् के दरबार में अर्जी तो पेश कर दी है, अब उसकी इच्छा)।''

करीब हफ्ते भर बाद गंगा ने हमें बताया कि उसके दोनों घर और खेत अच्छे दामों में बिक गए हैं और अजय ने पूना में सुविधाओं से सज्जित वृद्धाश्रम में एक 'स्टूडियो' (एक कमरे का फ्लैट) उसके लिए खरीद दिया है। यह बताते हुए उसने कम-से-कम सात बार रतन बाईसा का नाम ले-लेकर जमीन की मिट्‌टी अपने माथे से लगाई होगी! मानो रतन बाईसा अगोचर भगवान् की तरह वहाँ उपस्थित हों। उसके तन और मन आनंद से छलके जा रहे थे, जिसे देखकर हम दोनों भी उस भाव-गंगा में तिरने लगे थे।

समय की गाड़ी अपनी पटरी पर ठीक-ठाक चल रही थी, लेकिन 'कांता की 'फाँस' हमारे हृदय-स्थल में कसकती रहती थी। तभी अचानक, एक दिन रतन बाईसा का यह पत्र आता है—

''चि. पुष्पा एवं सुमन! ढेरों आशीष। मैं यहाँ ठीक हूँ और चारों ओर के कामों में उलझी पड़ी हूँ, पर तुम लोगों का एक कर्ज चुकाना था, इसलिए यह चिट्‌ठी लिख रही हूँ।''

''मुझे अंदाजा है कि तुम दोनों नौसिखिया होते हुए भी पूरे मन से समाज का काम करना चाहती हो, इसलिए यदि किसी भी वजह से तुम लोगों का उत्साह भंग हो गया, तो समाज की बड़ी हानि होगी। यही कारण है कि उस दिन से मुझे एक क्षण भी 'जक' (शांति) नहीं पड़ी और मैंने दिल्ली तक हड़कंप मचाकर, सड़क पर भीख माँगती कांता को 'खुजवा' (खोज) ही लिया। वह कहाँ मिली की 'पंचायती' (खुर्दबीनी) छोड़कर आगे की बात सुनो, मैंने कांता को पहले दिन से ही समझा दिया है कि यहाँ उसे सहानुभूति का नहीं, कर्मठता का आसरा लेना होगा और उसे दिन में कम-से-कम सोलह घंटों का एक 'टाइम टेबल' बनाकर कठोर परिश्रम करना होगा। मैं केवल कढ़ाई-सिलाई आदि से पेट पालने के पक्ष में नहीं हूँ, क्योंकि वैसे तो पशु-पक्षी भी अपना और अपनी संतान का पेट पाल ही लेते हैं, लेकिन बुद्धि नाम की चीज केवल मनुष्य के पास है और मनुष्य बुद्धि का विकास शिक्षा से ही कर सकता है। अपने व्यक्तित्व के समग्र विस्तार के लिए मनुष्य का शिक्षित होना जरूरी है। शिक्षा से ही व्यक्ति विवेकशील बनता है और विवेक जाग्रत् मनुष्य ही स्वयं का और समाज का उन्नयन कर सकता है। किसी भी मनुष्य की जीवंतता का एकमात्र साक्ष्य उसकी उच्चतर मूल्यों को पाने की अभीप्सा है। इसलिए उसे रात-दिन एक करके उच्चतम शिक्षा प्राप्त करनी ही होगी। बीकानेर के कॉलेज और विश्वविद्यालय में उसे पहले पढ़ना होगा और फिर उचित लियाकत हासिल करने के बाद वहाँ पढ़ाना भी होगा। आरंभ में यदि वह चाहे, तो पढ़ाई से बचे हुए समय में अपने हस्त-शिल्प से थोड़ी-बहुत कमाई भी कर सकती है।

''लड़कियो! मैंने कांता को यह भी बताया कि नगरसेठ ससुर की इकलौती बहू होने के कारण, मैंने परिवार से प्राप्त सारी संपत्ति, स्त्रियों के विकास के लिए, महिला स्कूल-कॉलेज, अस्पताल आदि खोलने में लगा दी है। इन कृतियों के कारण अब बीकानेर में हमारी अच्छी साख हो गई है, जिसका लाभ उसे स्वत: ही मिलता रहेगा।

''मैंने उससे साफ-साफ यह भी कह दिया है, कांता! तुम देखने में सुंदर हो, इसलिए लालची भँवरों की पंक्तियाँ तुम पर मँडराएँगी, पर तुम उनसे हमेशा एक दूरी बनाए रखना। यह सोचकर कि बेटी को बाप का नाम मिल जाएगा, तुम विवाह करने में जल्दबाजी मत करना, क्योंकि अकसर बच्चे को बाप तो मिलता नहीं, पर माँ का पाला किसी 'दु:शासन' से जरूर पड़ जाता है। बच्चो! मैंने ये सारी बातें कांता को अच्छी तरह रटवा दी हैं। मेरा विश्वास है कि कर्मठता, निष्ठा, प्रेम, समझदारी, अनुशासन और सजगता आदि अन्य सिद्धांत तो वह अपनी जीवन यात्रा

में यहाँ रहते हुए स्वयं ही सीख लेगी।

''प्रभु से प्रार्थना है कि तुम लोग धैर्यवान बनो और कोई भी निर्णय भावावेश में नहीं, सच्चाई के कठोर धरातल पर स्थित होकर लो।

''यदि तुम लोग इसी प्रकार सच्चे मन से काम करती रहोगी, तो तुम लोग मुझसे भी बहुत आगे निकल सकती हो, क्योंकि आज समय तुम्हारे साथ है, तुम्हें सिर्फ उसका सही ढंग से उपयोग करना आना चाहिए। बहुत-बहुत प्यार। तुम लोगों की ही, रतन''

मैं और सुमन! बाईसा की चिट्ठी पढ़कर कुछ देर तक तो एकदम चुपचाप बैठे रहे, फिर यह कहते हुए तेजी से उठ खड़े हुए कि जल्दी चलो, समय भागा जा रहा है। इसके पहले कि हम अपनी धीमी गति के कारण पिछड़ जाएँ, हमें दौड़कर उसे अपनी मुट्ठी में पकड़ लेना है। प्रार्थना करनी है प्रभु से कि वह हमारे रास्तों के विचलनों से हमें सतर्क करता रहे और हमारे अंतर्मन को अपनी कृपा से इतना प्रकाशित कर दे कि हम बाहर के अंधकार से अप्रभावित रहें। हम सदा सत्य मार्ग के पथिक बनें और घृणा-द्वेष आदि भावनाएँ कभी भी हमारे 'स्व' की परिधि में प्रवेश न करें। हम भी बाईसा की तरह स्वयं समर्थ होकर, 'अप्प दीपो भव' होने का प्रयास करें।

□

रागातीत राग

छोटी उम्र से ही प्रियंवदाजी की दीवानी होने के कारण, मैं अपनी आँखों में खुर्दबीनी दूरबीन लगाए उन्हें दूर से भी गहरी नजरों से देखती रहती थी और उनके लिखे को अपनी दसों इंद्रियों से पीकर, सूँघकर, खाकर, पचाकर अपने जीवन को रसमय बनाती रहती थी।

पता नहीं क्यों, वे मुझे अपनी प्रिय लेखिका इस्मत चुगताई का आधुनिक संस्करण लगती थीं। यूँ तो अपने जमाने में इस्मत आपा ने भी रूढ़ सामाजिक मूल्यों के पैरोकारों को कम चुनौतियाँ नहीं दी थीं, पर ये महारानीजी, ये तो उनसे भी दस गुना आगे बढ़कर अपने महिला-पात्रों से भी अनाप-शनाप गालियाँ दिलवाने का शौक रखती हैं। ऊपर से तुर्रा यह तर्क कि यदि जीवन में गाली है, तो साहित्य में क्यों नहीं? सो जनाब! उनके ऐसे ही मुँह पर फेंककर बोले हुए जुमलों के कारण मेरी चाहत उनके प्रति और भी बढ़ जाती थी।

कश्मीरी रंगत की जापानी गुड़िया सी मोहक प्रियंवदाजी सहज ही सबको अपनी ओर आकर्षित कर लेती थीं, हालाँकि उनके लेखन में जरा भी जनानापन नहीं है और न ही किसी किस्म की गलदश्रु भावुकता, पर उनके व्यक्तित्व में सदा से ही एक सलज्ज रमणी के मनोहारी रूप की छटा थी।

जब वे अपने स्वनिर्मित अनूठे परिधान को सलीके से समेटकर चलतीं, तो अच्छे-अच्छे सक्सेनाओं, माथुरों और सहायों के दिल धड़कने लगते, पर वे थीं कि उन्हें एक मीठा सा झाला देकर यूँ आगे बढ़ जातीं, मानो घड़ी, दो घड़ी से ज्यादा अटकना उनकी फितरत को मुआफिक न आता हो। वे अपनी नन्ही सी जान में प्रेम का पूरा सागर इतनी एहतियात से सँभाले रखतीं कि क्या मजाल, जो उसकी एक बूँद भी इधर-उधर छलक जाए। उनका व्यवहार? ऐसा प्यारा, मानो सुगंधित फूलों का बगीचा, पर तन और मन पर मनों वजन का ऐसा ताला जड़ा हुआ कि जिसकी

कुंजी लाख ढूँढ़ने पर भी कोई न ढूँढ़ पाए। ऐसे में भला वे समाज के स्थापित मूल्यों के कारण अपने हाथों में विवाह की बेड़ियाँ कैसे डाल लेतीं, कैसे उनका नाम आगे ले जानेवाला कोई प्राणी इस धरती पर आता? यह बात इतर है कि वे दुनिया के सारे बच्चों को इतनी शिद्दत से प्यार करें कि स्वयं के सम्मानोत्सव में भी देश के सर्वोच्च अध्यक्ष राष्ट्रपति महोदय से सपाट-शब्दों में विपन्न बच्चों को अच्छी परवरिश देने की अपील कर बैठें।

न केवल उनके सहकर्मियों में, बल्कि हम घनिष्ठ मित्रों की टोली में भी अकसर यह चर्चा होती रहती कि आखिर क्यों प्रियंवदाजी न तो किसी लिव-इन रिलेशनशिप को अपनाती हैं और न ही कोई बच्चा गोद लेती हैं? एक दिन जैसे ही हमारी गोष्ठी में यह चर्चा शुरू हुई, बिंदास देवयानी ने अपने कंधे चढ़ाते हुए कहा, "भई, इसमें ऐसी क्या खास बात है! जब मुझ जैसी एक औसत सी लड़की भी सारे तालाबों में झक मारने के बावजूद अपने चालीस वर्षों में एक भी तीर नहीं मार पाई, तो वे तो एक खास हस्ती हैं। दरअसल इस तरह की मन:स्थिति की सही हकीकत यह है कि एक उम्र के बाद हमारी आदतें इतनी सख्त हो जाती हैं कि फूलों के गहने भी हमें बंधन लगने लगते हैं और किसी की गरदन का हल्का सा खम भी हमारी बरदाश्त के बाहर होता है। हमें किसी का प्यार भरा सुझाव भी एक तरह की बंदिश या सिरदर्द मालूम देता है।"

उस बंदी ने चूँकि अपने ही उदाहरण से सबूतों की पेशकश कर दी थी, इसलिए उस वक्त इस विषय का पटाक्षेप हो गया।

पर यदि प्रियंवदाजी अपना अध्याय हमें इतनी जल्दी बंद करने देतीं, तो फिर वे अनूठी प्रियंवदाजी कैसे होतीं? जिंदगी के उठान पर तो औसत आदमी तक अपनी पुस्तक बंद नहीं करने देता। तो वे तो ठहरीं ही एक अजूबा।

किस्सा लगभग तीन दशक पहले का है। हम दस-बारह मित्र डॉ. हरदेव बाहरी के गुरुत्व में हिंदी के पहले बाल-कोश का काम पूरी गंभीरता से कर रहे थे। एक दिन अचानक हमारे दल के वरिष्ठतम सदस्य ने ऐलान किया कि प्रियंवदाजी के सभी चहेते ध्यान से सुनें! आज आपकी अधिष्ठात्री देवी प्रियंवदाजी ने एक नया करतब कर दिखाया है। कल शाम उन्होंने विवाह किया और आज सुबह कोर्ट खुलते ही तलाक माँग लिया। जैसे विवाह, विवाह न होकर कोई हल्का-फुल्का मजाक हो। उनकी इस हरकत से मुझे बहुत चोट पहुँची है। (भीतर से वे भी प्रियंवदाजी के भक्त जो ठहरे।) जीवन को अपनी शर्तों पर जीने का अर्थ यह तो नहीं कि हम अपनी सदियों पुरानी परंपराओं और संस्कारों का ऐसा मखौल उड़ाएँ? उत्तेजना से

भरे अपने ये भावोद्‌गार खत्म करते ही उन्होंने आँखें मूँद लीं और सिर को सामने की मेज पर रखकर अपने हाथों में घुसा लिया।

यह खबर सुनकर हम सभी अविश्वास भरी नजरों से एक-दूसरे को देखते हुए सुन्न से हो गए, पर इस बात पर विश्वास करने के सिवा कोई और चारा भी नहीं था। इसकी एक सीधी-सादी वजह यह थी कि जिन्होंने हमें यह सूचना दी थी, उनकी सत्यवादिता सर्वसिद्ध थी। बावजूद इसके कि उनकी पसंद-नापसंद बेहद सख्त थी, उन्हें आज तक किसी के लिए, कभी भी कोई अमर्यादित बात कहते या सुनते नहीं देखा गया था। उनकी शिष्टता और गंभीरता ऐसी आला दरजे की थी कि हम सब उनकी उपस्थिति में आपादमस्तक शालीनता का चोला ओढ़े रहते। खबर के पुख्तापन के कारण यह तो तय माना गया कि उद्धृत घटना सही है।

इस सदमे से भौचक हमारी टोली ने आँखों-ही-आँखों में एक-दूसरे को कोड किया और वहाँ से खिसककर कैफे में कॉफी के प्याले को घेरकर चुप्पा से बैठ गए।

कुछ देर बाद, जब वह सन्नाटा भारी पड़ने लगा, तो उस मौन को भेदकर मानसी बोली, ''अरे मूर्खों! इसमें ऐसी क्या खास बात है, जो हम सब मरे से मुँह लटकाए बैठे हैं, यदि हमने उनके लेखन को ध्यान से पढ़ा है तो उसमें छिपे दर्शन को हम कैसे बिसरा बैठे? साधारण सी बात है कि उन्होंने एक प्रयोग किया और जैसे ही उन्हें उसकी व्यर्थता का एहसास हुआ तो उन्होंने उस चूक को सुधारने के लिए उसे तिलांजलि दे दी। मेरी समझ में नहीं आ रहा कि इसमें ऐसी क्या अनहोनी हो गई, जो सब इतनी हाय-तौबा मचा रहे हैं?'' मानसी की बात में दम था, इसलिए मैंने एक बार फिर से प्रियंवदाजी की रचनाओं को पढ़ना शुरू कर दिया।

इस निर्णय से मुझे बहुत लाभ हुआ, क्योंकि जिस लेखन को मैंने पहले मात्र रुचिकर और मनभावन मानकर पढ़ा था, वही आज मेरे सामने दर्शन की परत-दर-परत खोल रहा था, यहाँ तक कि नाकुछ कद की एक नन्ही सी किताब राजा परीक्षित की उद्धारक 'महान भागवत' पर भी भारी पड़ रही थी। आश्चर्यजनक ढंग से यह पुस्तक एक ऐसी अनूठी तर्ज की बंदिश में बँधी है, जिससे मैं आज तक रू-ब-रू न हुई थी। यह न उपन्यासिका है, न लंबी कहानी, न नाटक, बल्कि इन तीनों के गुणों से भरपूर एक ऐसी सशक्त कृति है, जो हमें मृत्यु से जूझते हुए जीवन को पूर्णता से जीने का हौसला देती है। इसकी नायिका मौत से आँखें नहीं चुराती, बल्कि उसकी आँखों में आँखें डालकर उसे चुनौती देती है। वह मृत्यु भय को पूर्णत: नकार कर अपनी निर्भीक जिजीविषा से उसका वरण करती है। वह अपनी मृत्यु का उत्सव मनाती हुई उसे पूरे आह्लाद से एक अनोखे अंदाज में अंगीकार करती है।

उसके संपूर्ण आचार-व्यवहार में वैरागियों सी नीरस उदासीनता का नामोनिशाँ तक नहीं है, बल्कि वह तो अपनी सारी ज्ञानेंद्रियों और कर्मेंद्रियों को दुनिया के रसों में डुबो-डुबोकर, चटखारे लेती हुई, तमाम सुखों में रचती-बसती मृत्यु की यात्रा तय करती है। वह अपने हर क्षण को एक पूरी जिंदगी की तरह जीती है और इसीलिए मृत्यु से मिलने के पहले वह अनगिनत खूबसूरत जिंदगियाँ जी चुकी होती है। वह प्रत्येक पल हमें यही समझाती है कि जिंदगी की गहराई को दुनिया के मजों में ही आकंठ डूबकर समझा जा सकता है, नकारकर नहीं और तृप्ति की यह संपूर्णता ही मनुष्य को समाधि अवस्था में पहुँचा सकती है।

मैं दंग हूँ कि एक टुइयाँ सी किताब क्योंकर अपने एक-एक हर्फ में सत्य की धधकती अग्नि समेटे बैठी है, पर शायद इसीलिए प्रियंवदाजी को एक काबिल लेखिका माना जाता है।

वैसे दर्शन, गहराई, अनोखापन आदि सब अपनी जगह ठीक सही, पर मैं अपने इस मन का क्या करूँ जो छिदे रिकॉर्ड की तरह बार-बार एक ही जगह पर आकर अटक जाता है। इसे बहुत समझाया कि हर प्रश्न का उत्तर नहीं होता, पर प्रियंवदाजी के प्रति मेरी सदियों पुरानी चाहत के कारण इसे किसी भी तरह 'कल' नहीं पड़ रही थी।

वैसे उम्र के कई दशक पार कर लेने के बाद भी मैं उनसे अपनी बालसुलभ शैली में बातचीत कर लिया करती हूँ, पर एक 'सीधा सा प्रश्न' कि क्या आपने कभी किसी पुरुष से प्रेम किया है, मेरी जीभ से फिसल-फिसल जाता था। आज लगता है कि इस सारे विघ्न की जड़ वह ऊपरवाला था, जिसकी मंशा थी कि मैं प्रेम का वह रूप देखूँ, जो आज तक के चराचर जगत् का अदेखा और अबूझा है। तभी तो···

उस वक्त मुझे खुशबूदार चाय के प्याले की भाप में भी वही शाश्वत प्रश्न लिखा दिख रहा था कि प्रियंवदाजी की आवाज सुनाई पड़ी, "श्री जी से मिलोगी?" क्या, क्या?···भगवान् की उपस्थिति और अनुपस्थिति जैसे ही संजीदा शको-शुबहों में उलझी मैं यह आमंत्रण सुनकर ऐसी चौंकी, मानो किसी पापी को चित्रगुप्त की गलती से स्वर्ग प्रवेश की अनुमति मिल गई हो।

हड़बड़ाहट में चाय की मेज को थर्राते हुए, मेरे उठने को देखकर वे हल्का सा हँसकर बोलीं, "आराम से! आराम से। कोई कहीं भागा नहीं जा रहा।" पर वे कैसे समझतीं (शायद समझती भी हों) मेरी उस बेकली को, जो अपनी चिर-अभीप्सित अभिलाषा पूरी होते देख कुलाँचे भरती हुई, अपने गंतव्य की ओर रवाना हो चुकी थी।

कमरे में घुसते ही दिखा, एक अत्यंत सुदर्शन व्यक्ति' शय्याशायी है और प्रियंवदाजी बहुत ही कोमलता से उनकी बाँह पर अपनी नरम उँगलियाँ फेरकर, प्यार पगे धीमे स्वर में कुछ कह रही हैं। उन्होंने मेरा हाथ उनके उस हाथ में थमा दिया, जिसकी गिरफ्त में आते ही, मुझ जैसी पत्थर-जीव में भी एक स्निग्ध ऊष्मा व्याप गई।

इस काया ने आज तक केवल शब्दों में ही 'भक्ति को प्रेम का उत्कृष्टतम रूप' पढ़ा था और भक्ति में 'स्व' के तिरोहित होने के उपनिषदी किस्सों को सुना था, पर जीवन में मेरा सामना कभी उस अमूर्त भाव के मूर्त चमत्कार से होगा, यह मेरे लिए कल्पनातीत था। इसलिए जब मैंने रूहानी प्रेम के नूर से भरे, उस प्रभामंडल में प्रवेश किया, तो ठिठकी-की-ठिठकी रह गई। भक्ति वहाँ एक वायवीय वस्तु सी हल्की और झीनी होकर सर्वत्र बिखरी हुई थी। ऐसा प्रतीत हो रहा था जैसे उस आलोक छाया से लिपटकर एक जीवात्मा के स्थूल शरीर का ससीम चोला गलकर असीम में जा मिला है। ससीम का असीम होना और एक नन्ही बूँद का पूर्ण समुद्र हो जाना सिनेमा के परदे पर चलते किसी दृश्य सा साफ दिखाई पड़ रहा था। उस पूरे परिवेश के कण-कण में अलौकिक प्रेम प्रतिध्वनित हो रहा था और बिना किसी के उचारे ही शाश्वत मंत्रों के अनहद नाद का गुंजार वहाँ व्याप्त था।

मेरी सारी इंद्रियाँ अपनी पूरी संवेदना से उसे आत्मसात् कर लेना चाहती थीं, पर क्या लौकिकता कभी अलौकिकता को अपने में समा सकती है? उस विराट् को पाना तो दूर, क्या उसे छू पाना भी मुझ सी घोर भौतिकवादी जीवात्मा के लिए संभव था? उस दृश्य से विस्मित होकर मैं सोच रही थी कि कैसे एक शिला सी कठोर शख्सियत पानी का झरना और शुभ्र आकाश बनकर अपनी निर्मल आभा से किसी वातावरण को इतनी शुभ्र पवित्रता से भर सकती है।

जब मैंने अपनी दृष्टि को पूरी तरह प्रियंवदाजी पर केंद्रित किया, तो मुझे महसूस हुआ कि वे एक विशाल झील सी, अपने निकटतम प्रपात को निरंतर अभयदान दे रही थीं और मैं दंग थी कि उनके इन कामों में न तो कुछ किए का अहंकार था और न ही समर्पण की कोई दीनता। उनके व्यवहार में केवल स्वयं और दूसरे के स्वाभिमान की पूर्ण रक्षा करने का समभाव और दायित्वबोध ही परिलक्षित था। वहाँ 'पूर्णमदः पूर्णमिदं' की तरह ही, न देने से कुछ घट रहा था और न ही पाने से कुछ बढ़ रहा था। वहाँ ऐसा महसूस हो रहा था जैसे 'लेन-देन' शब्द ही यहाँ बेमानी हो गया है।

मौन भरे उस अनोखे क्षण में मैंने उन दोनों के बीच की अनकहे ही कही

गई पूरी 'प्रेम-गीता' पढ़ ली थी और बहुत ही शिद्दत से महसूस कर रही थी कि शायद प्रेम गूँगे का गुड़ ही होता है, जो आपके अजाने ही आपके रोम-रोम में प्रवेश कर आपकी आत्मा तक पहुँच जाता है, पर यह पुण्य उसी बड़भागे को मिलता है, जिसने इसके तप के ताप से स्वयं को सिद्ध किया है।

मित्रों-रिश्तेदारों से जानकारी लेने पर पता चला कि ये दोनों पूर्णतः भिन्न स्वभाव के प्रकृति और पुरुष हैं, इसलिए सुखी हैं। दोनों ही स्वयं में शिव और शक्ति दोनों को समेटे अर्द्धनारीश्वर स्वयंभू हैं। व्यक्ति की पूर्ण स्वतंत्रता के सच्चे पक्षधर होने की वजह से इन दोनों ने एक मजाजी अंदाज को भी हकीकी सच्चाई बना दिया है।

मुझे यह जानकर जरा भी अचरज नहीं हुआ कि वे भद्र पुरुष लंबे अरसे से अशक्त और बीमार हैं और अब उनकी स्मरणशक्ति क्रमशः कम होती जा रही है। सुनने में यह भी आया कि इन सारे परिवर्तनों के बावजूद हठधर्मी प्रियंवदाजी उस दिव्य प्रेम से सराबोर, वहीं-की-वहीं अटल खड़ी हैं।

प्रियंवदाजी शायद उस दार्शनिक की कट्टर अनुयायी हैं, जिसकी सूक्तियाँ जगत्-ख्यात हैं। "अनश्वर से सभी नश्वरों को एक मुहलत मिलती है, यहाँ रहने और रुकने की और जब इस गतिशील यात्रा का समापन होगा, तो मुमकिन है कि तुम भी किसी प्रहरी की निगाह से उस अकेली सड़क के मोड़ को देख सको और उन्हें गरिमामय प्यार दे सको, जिन्हें गरमाहट और स्नेह की जरूरत है। जहाँ 'स्व' का ही राग-अनुराग नहीं, उन शाश्वत मूल्यों का आग्रह और संघर्ष भी है, जिन्हें मनुष्य बचाना चाहता है।"

□

अँधेरे भेदती रजिया

"आऽपाऽऽऽ!" की लहर के साथ दो नरम सी हथेलियों ने जब कसकर मेरी आँखें मूँदीं, तो उन पर कोहनी तक हाथ फेरने के बावजूद समझ नहीं आ रहा था कि ये जवान हाथ और रेशम सा गला, आखिर है किसका?

"जाहिदा? ऊ हूँ, रूबीना? न! न! सकीना?" फर्क मीलों का! कहाँ यह नफासत भरा मीठा स्वर और कहाँ उनके खुरदरे कामकाजी गले का रूखापन! फिर यह कौन हो सकती है?···सोच-सोचकर थक जाने के बाद मैंने युवा भाषा में ही कहा, "ओ.के. गिव अप! गिव अप!···अब तो छोड़ो महारानी, मेरी कैद आँखों को!"

मेरे हुक्म के साथ ही फूलों की लचकती डाल सी रजिया अपनी हँसी की ज योत्स्ना से वातावरण को आलोकित करते हुए सामने आ खड़ी हुई।

"अरे रजिया तू? मुझसे मिलने इतनी दूर क्यों आई देवी! तुझे तो मेरा रूटीन पता ही है, मैं बुधवार और जुम्मे को यहाँ आती हूँ और शनि, मंगल और बृहस्पति, तुम्हारे घर के पासवाले मदरसे में बिना नागा जाती हूँ, फिर तुमने इतनी दूर आने की जहमत क्यों उठाई? वैसे तुम्हारे चेहरे के उतावलेपन से लग रहा है कि तुम कोई बड़ी खबर सुनाने आई हो। क्या भाईजान ने तुम्हारे और रिजवान के रिश्ते के लिए इजाजत दे दी?"

'साधारण बातों को परे हटाइए' की मुद्रा में रजिया ने अपने दाएँ हाथ से वहाँ की हवा को एक ओर सरकाते हुए, दुपट्टे के नीचे से लैपटॉप निकालकर मेरी मेज पर धर दिया।

लैपटॉप के स्क्रीन को देखते ही मैं समझ गई कि इसे देखकर ही रजिया के पैरों में ऐसे घुँघरू बँध गए होंगे कि वह नाचती-नाचती मेरे पास आ पहुँची होगी। सच कहा जाए तो वाकई, वह नजारा ही कुछ ऐसा था कि मुझ जैसी उम्रदराज को भी थिरकने के लिए बाध्य कर रहा था। रजिया ने 'सैट' के हजारों परीक्षार्थियों में

चौदहवाँ स्थान हासिल किया था। मैं अपनी आँखें रगड़-रगड़कर दो-तीन बार, उन आँकड़ों को घूर रही थी, पर रजियाजी थीं कि चौदहवें पायदान पर अड़ी बैठी थीं। आज तक मेरी पहचान के संसार में किसी ने भी यह दर्जा हासिल नहीं किया था, इसलिए मेरा यूँ अवाक् रह जाना लाजिमी था।

ठहरी धड़कन के लौटते ही मैं अपनी उम्र को ठोकर मारती हुई धड़फड़ाकर उठी और मैंने रजिया को जोरों से चिपका लिया। मेरे कोश में जितने आशीर्वाद थे, उन्हें उस पर लुटाकर, जब मैं वापस अपनी कुरसी में धँसी, तो यूँ हाँफ रही थी मानो मीलों दौड़ लगाकर आई हूँ।

"आपा! आपा! आपकी खुशी का ज्वार आपके मन ही नहीं, तन की भी सारी हदें पार कर गया है। वैसे यह तो होना ही था, क्योंकि सब जानते हैं कि मेरी इस कामयाबी की एकमात्र हकदार आप ही हैं। आपा! यकीन कीजिए कि अगर आपने हम लोगों के अँधेरे जीवन में पढ़ाई का दीया न जलाया होता, तो मैं और मेरी हमनवा कई लड़कियाँ 'निरक्षर भट्टाचारजी' ही रहतीं। ओफ्फ! कितनी लड़ाइयाँ लड़ी हैं आपने हमारे लिए! कुरआन शरीफ के सही हवाले दे-देकर, कितनी मेहनत से आपने मुझे एक-एक सीढ़ी पर चढ़ना सिखाया है। क्या मैं कभी सात जनमों में भी वह सब भूल सकती हूँ? आपा! दिल पर काबू लाइए, क्योंकि असली जादू अभी बाकी है!" कहते हुए उसने मुझे विदेशों की बड़ी-बड़ी यूनिवर्सिटियों से आए हुए वे निमंत्रण दिखाने शुरू किए, जिनमें वे लोग रजिया को न केवल छात्रवृत्ति दे रहे थे, बल्कि वहाँ खाना-रहना और आना-जाना भी मुफ़्त था। एकाध विश्वविद्यालय के शिक्षक ने तो उसका लेख पढ़कर उससे प्रार्थना तक की थी कि वह उनके यहाँ ही आ ही जाए। भारतीय होने के कारण यदि वह चाहेगी, तो उसके साथ एक कमरा उसके माँ-पिता को भी मुहैया करवा दिया जाएगा।

यदि आपका बोया बीज अंकुरित होकर पौधा और फिर फूलों से भरा पेड़ बनकर चतुर्दिक् खुशबू फैलाने लगे! तो कार्यसिद्धि का जो आनंद आपको होता है, क्या आप उसे लफ्जों में बयान कर सकते हैं? भीतर-ही-भीतर उस आनंद-रस से 'छक' कर मेरी विचारणा रजिया के भविष्य की रूपरेखा आँकने में जुट गई। हमने ताबड़तोड़ आए उन निमंत्रण पत्रों की खुर्दबीनी जाँच शुरू की और उसमें से तीन यूनिवर्सिटियाँ छाँट लीं। अब उन तीनों को श्रेष्ठता की कसौटी पर कसने का सिलसिला शुरू हुआ और अंत में चारों ओर से पूछताछ करने के बाद हमने सर्वश्रेष्ठ को 'हाँ' लिख भेजी। अपनी उँगलियों को आर-पार फँसाए हम एक ओर उस अल्लाह ताला से दुआ किए जा रहे थे और दूसरी ओर नंबर दो की यूनिवर्सिटी

के लिए चिट्ठी भी तैयार कर रहे थे।

उस दिन हमें उस लैपटॉप के तार सीधे उस ऊपर बैठे अल्लाह से जुड़े लग रहे थे और हम उन्हें लगातार रिश्वत-पर-रिश्वत दिए जा रहे थे कि अचानक उस पूरे महिला केंद्र में खुशी की तरंगें उठने लगीं! रजिया का दाखिला अमेरिका की नंबर वन यूनिवर्सिटी में हो गया था!

मेरे विस्तृत परिचय-क्षेत्र में रजिया अनोखी थी। 'गरीब' और 'पिछड़ों' के साक्षरता अभियान के तहत जब वह काफी छोटी थी, तभी मेरा परिचय उसके परिवार से हुआ था। मैंने इस अभियान के अंतर्गत ही एक 'मुसलिम महिला केंद्र' भी खोल लिया था, क्योंकि मेरा मानना था कि मुसलिम महिलाओं को साक्षर करने की सर्वाधिक आवश्यकता है। पिछड़े मुसलिम समाज में कुरान के गलत हवालों से औरतों को बेइंतिहा दबाकर रखा जाता था और उनके अंग्रेजी पढ़ने को गुनाह माना जाता था। मुल्लाओं ने यह प्रचार कर रखा था कि यदि मुसलिम औरतें पढ़ाई करेंगी, तो उन्हें निश्चित ही दोजख की आग में भूना जाएगा।

एक सच्चे और शरीफ मौलवी साहब की मदद से हमने उन भोली औरतों को यकीन दिलाया कि यह उन्हें आगे न बढ़ने देने की पुरुष वर्ग की साजिश है! इसलिए वे बेफिक्र होकर पढ़-लिख सकती हैं। इस पहल में जरीन ने मेरा सबसे ज्यादा हौसला बढ़ाया था। जरीन रजिया की अमेरिकावासी बुआ थी, जिसने हमें उन महिलाओं की बुनियादी बारीक कुंठाओं से रू-ब-रू करवाकर उनके दिलों में जमे हौल के बारे में बताया। वह बहुत ही खुले विचारों की तरक्की-पसंद महिला थी और रजिया की काबिलियत की वजह से उसे बहुत प्यार करती थी। रजिया की अम्मी जीनत को जरीन फूटी आँखों नहीं सुहाती थीं, क्योंकि वे हर वक्त इसी खौफ से मरी जाती थीं कि कहीं जरीन रजिया को उनके दकियानूसी रीति-रिवाजों के खिलाफ भड़का न दे।

रजिया बहुत ही विनम्र और मीठी थी, पर उसकी बला की खूबसूरती, उसकी नफासत, उसका जहीन दिमाग, उसका लंबा छरहरा कद, उसकी राजसी चाल-ढाल, नपे-तुले तौर-तरीके और जवानी! सब मिलाकर उसे इतना आकर्षणीय बना देते थे कि उसका खयाल आते ही जीनत बेगम का कलेजा दुगुनी रफ्तार से धड़कने लगता। जाहिदा और सकीना तो उसे हमेशा 'मलिका-ए-आजम रजिया सुलतान' कहकर छेड़ती रहती थीं। उनकी छेड़ से रजिया का चेहरा और सारा बदन उस गुलाबी फूल की मानिंद हो जाता, जिसकी पँखुड़ी के खुलते ही उस पर ओस की बूँदों और भौंरों ने साथ-साथ हमला कर दिया हो। उसकी रेशम सी नरम और उजली

त्वचा से झाँकता वह गुलाबीपन अपनी कांति से आसपास के चराचर प्राणियों को चुंबक की तरह अपनी ओर खींच लेता था।

जीनत बेगम के वहम को ख्वाहमख्वाह दोष न देकर यह जानना जरूरी है कि आखिर क्यों वे अपनी ऐसी अनुपमेय बेटी के रूप से खौफजदा रहती थीं। दरअसल, सैयद परिवारों में उसके जोड़ का दूलहा मिलना असंभव सा था। ऊपर से उनका परिवार हिंदुस्तान के सैयद परिवारों में सबसे ज्यादा पैसेवाला भी था। यदि वे लोग अपनी बिरादरी में किसी कम पैसेवाले के यहाँ भी संबंध करने का मन बनाते, तो वहाँ ऐसी बदहाली थी कि न सूरत, न सीरत, पर मिजाज ऐसे कि आसमान के पार जाएँ। झक मारकर जब पाकिस्तान में दो-चार सैयदी लड़कों की टोह ली गई, तो वे भी रजिया के सामने एकदम 'गावदी' लगे। अपने से कमतर खानदान में निकाह करने से बिरादरी में नाक कटने का भय था और उनकी बिरादरी एवं हैसियत का दूलहा मिलना एक तरह से नामुमकिन था।

हाँ! रजिया में एक कमी जरूर थी (यदि उसे कमी कहा जाए तो) कि उसकी कनपटी के पास चाँद की तरह ही, एक हल्के भूरे रंग का दाग था। कहते हैं, कभी-कभार जन्म के समय 'ओलनाल' छू जाने से ऐसे दाग हो जाते हैं, जो किसी भी तरह मिटाए नंहीं मिटते, हालाँकि आज के युग में यह एक निहायत ही बेमानी सी बात है, पर बहाना तो गलत समय पर छींक आने का भी बनाया जा सकता है।

रजिया के 'सैट' के बढ़िया नतीजे, विदेशी विश्वविद्यालयों के अनाप-शनाप बुलावे और मेरे दिखाए सपनों ने जीनत बेगम के दिमाग में बेहद हलचल पैदा कर दी थी। वे हर वक्त बौखलाई रहतीं और वजह-बेवजह रजिया पर खफा होती रहती थीं। उनका गुलाम मन रजिया के आजादीवाले परों को अपने मजहब की कैंची से काटने को बेताब था, जिसका कुछ-कुछ अंदाजा मुझे भी था।

यूनिवर्सिटी के भेजे निःशुल्क टिकट पर मैंने जी-तोड़ मेहनत कर रजिया का पासपोर्ट और वीजा बनवा लिया, पर हुआ क्या? जब मैं उसका टिकट और वीजा लेकर उसके घर पहुँची, तो रजिया का कोई अता-पता नहीं था। चूँकि उस दिन हमारा मिलना तय था, इसलिए मैं चकित थी कि उस जैसी गंभीर लड़की ने यह लापरवाही कैसे की? फिर यह सोचकर कि वह आसपास कुछ लाने गई होगी, मैंने जीनत बेगम से पूछा, "भाभी जान! रजिया कहाँ है?"

उनका जवाब किसी भी मनुष्य को केवल निर्वाक् नहीं, बल्कि पत्थर सा स्तंभित करने को काफी था। उन्होंने एकदम रूखे स्वर में मुझे टका सा जवाब पकड़ा दिया, "अपनी ससुराल गई है।"

''ससुराल, कहाँ, किनके यहाँ, निकाह कब हुआ, क्या आपने रिजवान को कुबूल कर लिया ?''

''भई कोमल! इतनी ढेर सी बकवास करके हमारा सिर न खाओ। खाड़ी से उसके करीम चचाजान (अत्यधिक धनाढ्य) आए थे, वे ही उसका निकाह करवाने उसे अपने साथ ले गए।''

''भाभीजान! आपने न दूलहे को देखा-परखा और न ही उसके घरवालों को। बस धकेल दिया बेटी को आँख मूँदकर, किसी हरम के अंधे कुएँ में! कैसी माँ हैं आप ? देखिएगा, आपको जिंदगी भर रातों को नींद नहीं आएगी और आप पर खुदा का कहर बरसेगा।''

जीवन में आज पहली बार न जाने कहाँ से मेरे मुँह से लगातार बद्दुआएँ निकल रही थीं कि उस दृश्य में रजिया के अब्बा युसूफ भाई अपने ढेरों सहमना रिश्तेदारों को साथ लिये आ धमके और मेरा घेराव कर, मुझे जान से मारने की धमकी देने लगे। भला हो हमारे संरक्षक पुलिस कमिश्नर कृष्णेंदु दा का कि सकीना की जरा सी सूचना पर वे खुद हमारी राहत के लिए वहाँ आ पहुँचे, लेकिन यह देखकर मेरे आश्चर्य का कोई ठिकाना नहीं रहा, जब उन्होंने न तो उन लोगों से कोई खास दरियाफ्त की और न ही उन लोगों को गिरफ्तार करने की मेरी दरख्वास्त पर ही ध्यान दिया। इतना ही नहीं, उन्होंने हमें ही अपने साथ बाहर आ जाने को कहा। हमारे साथ बाहर आने के बाद वे अपने कान पकड़ते हुए बोले, ''खोमा कोरो, पर यह मेरे अधिकार में नहीं है। यदि मैं उन्हें हल्का सा हाथ भी लगा देता, तो वे इसे 'अल्पसंख्यकों के हितों पर हमला' की संज्ञा देकर, आज ही एक बड़ा राजनीतिक बवाल खड़ा कर देते, जो बढ़कर सांप्रदायिक दंगों का रूप भी ले सकता था। सच मानो हम चाहकर भी इन मामलों में कुछ नहीं कर सकते, क्योंकि हमारे हाथ कानून की बेड़ियों से जकड़े हुए हैं।''

कृष्णेंदु दा की संवेदनशीलता से सुपरिचित मैं उन्हें दोष तो किस मुँह से देती, पर राजनीति से परहेज करनेवाला मेरा मानस आज बार-बार अतीत में लौटकर यह खोज रहा था कि किसने इस तरह के बेहूदा कानून बनाए हैं। आखिर एक ही देश के नागरिकों के लिए अलहदा-अलहदा कानून कैसे हो सकते हैं ?

समय बीत रहा था, पर रजिया का कोई अता-पता नहीं था। राम जाने उसे धरती खा गई थी या आसमान लील गया था, जो हमें उस 'बच्ची' का कोई भी समाचार कहीं से भी नहीं मिल रहा था। मैंने रजिया की अमेरिकावाली फूफी को भी टटोलने की कोशिश की, लेकिन उनका फोन भी 'नो-रिप्लाई' होता रहा। इसकी

एक वजह उनका वापस लौट जाना भी हो सकता है, सोचकर मैंने बेशर्मी से जीनत भाभीजान को यह कहते हुए फोन किया कि मैं अमेरिका जानेवाली हूँ, इसलिए यदि किसी जान-पहचानवाले का फोन या पता पास में हो, तो सुविधा रहेगी, मेहरबानी कर वे मुझे जरीन का नंबर दे दें, पर उस चतुर माँ ने तुरंत सफेद झूठ बोल दिया, ''कोमल! यकीन मानो, मेरे पास उसके नंबर नहीं हैं।''

''भाभीजान! युसूफ भाई से...'' कहते, न कहते उधर से लाइन काट दी गई थी।

बेटी न होने के कारण मैंने अपने सारे सपने उस चार साल की रजिया में ही बो दिए थे। मैं उन बीजों से फूटते अँखुए और उस पौधे के विकास के प्रत्येक पल की साक्षी हूँ। न केवल उसकी पढ़ाई-लिखाई के निर्णय, बल्कि आज के युग के अनुरूप उसे तराशने में मैंने किसी सधे हुए संगतराश सी ही मेहनत की थी। अनगढ़े हीरे को कोहेनूर बनाना क्या सरल होता है?

किसी बूढ़े माली का खुशबूदार फूलों से महकता प्रिय पौधा, छेनी और हथौड़ी से छिली उँगलियोंवाले संगतराश की अनुपम मूर्ति, उम्रदराज जौहरी का कोहिनूर, यदि लुट जाए, तो उनकी जो 'गत' होती है, कुछ-कुछ वैसी ही हालत मेरी भी हो रही थी।

मुझे रह-रहकर 'बाजार' सिनेमा में नायिका का 'पर-कटी कबूतरी' की तरह जमीन पर लोटकर दर्द से छटपटाना और जीन सैसन की उपन्यास-त्रयी की 'प्रिंसेस' में चित्रित हरम के नारकीय दृश्य दर्द और जुगुप्सा से भर रहे थे।

दर्द को लगातार सहना कठिन होता है, इसलिए ऊपरवाले को दो-चार गालियाँ देकर मैंने मन पर पत्थर रख लिया था, लेकिन स्मृतियाँ! उनकी अपनी जिदें होती हैं, इसलिए वे अकसर ही मेरे ऐकांतिक क्षणों में कौंधकर मुझे व्याकुल कर देतीं और मेरा हृदय रजिया की याद से कराह उठता।

हालाँकि समय का मरहम अपना काम कर रहा था, पर जख्म भर जाने पर भी उसका दाग तो रह ही जाता है!

मेरे जीवन से रजिया को विदा हुए लगभग सातेक वर्ष हो गए थे। यह अरसा उसकी यादों को धुँधला तो कर चुका था, पर पूरी तरह मिटा नहीं पाया था कि मैनहट्टन (न्यूयॉर्क) के बड़े हॉल के बाहर एक कुरसी पर बैठी मैं उन कागजों को तरतीबवार सजा रही थी, जिन्हें आज दोपहर मैं एक खास अंतरराष्ट्रीय संगोष्ठी में पढ़नेवाली थी कि इतिहास के पन्ने फड़फड़ाए और जीवंत होकर मेरे वर्तमान में आ खड़े हुए।

किसी की 'नरम–नाजुक' उँगलियों ने मेरी आँखें मूँद रखी थीं, जिन पर हाथ फेरकर कोहनियों तक पहुँची हुईं मेरी हथेलियाँ कुछ भी नहीं भाँप पा रही थीं। न्यूयॉर्क के सारे परिचितों के नाम लेकर जब मैं थक गई, तो मैंने झुँझलाए स्वर में कहा, ''कौन है भई? मजाक छोड़ो और सामने आ…'' मेरा वाक्य अधूरा ही था कि मेरी आँखें छोड़ने के साथ ही एक चिरपरिचित मीठा स्वर गूँजा, ''आऽऽ पाऽऽ!'' अपने कानों पर भरोसा न करते हुए मैंने आँखों का सहारा लिया और उम्र का लिहाज किए बिना सारे कागजों को जमीन पर इधर–उधर उड़ाते हुए झटके से उठकर पीछे मुड़ी और संसार के 'प्रथम और अंतिम आश्चर्य' को देखकर चिल्ला उठी, ''रजियाऽऽ! माशा अल्लाह, तू जिंदा है?''

''नहीं आपा! यह मेरा भूत है, जो आपको खाने आया है, हूँ हूँ मानुष गंध'' मैंने रजिया के मुँह पर हाथ धरते हुए, उसे इतने जोर से चिपका लिया कि रजिया ने फिर मसखरी की, ''आपा! गई मैं तो!…गईऽऽऽ! मेरी सारी हड्डियाँ गईं!''

जैसे गाय अपने बिछड़े बछड़े को चाटती है, उसी ललक से मैं उसके चेहरे, गरदन, कान, हाथ–पैर, पीठ, सब पर हाथ फिराने लगी। अंधे को आँखें मिलने के आनंद की तरह ही आज मेरे आनंद का कोई पारावार नहीं था।

हमारे ऊँचे स्वरों को सुनकर मेरे और साथी वहाँ दौड़ते से आए और हमारी भीगी आँखें और उमगते चेहरों को देखकर बिना कुछ कहे–सुने ही अभिभूत हो गए!

मैंने तुरंत जाकर रजिस्ट्रार महोदय से अनुरोध किया कि यदि वे मेरा पर्चा आगामी सत्र के लिए स्थगित कर दें, तो बहुत मेहरबानी होगी। जब उन्होंने बिना किसी हील–हवाले के इसे स्वीकार कर लिया, तो मैं दौड़ती सी रजिया को लिये हुए अपने कमरे में जा घुसी।

रजिया मेरी उद्विग्नता और उतावलेपन को समझ रही थी, इसलिए उसने धीरज भरे शब्दों में आहिस्ता–आहिस्ता बताया, ''आपा! मैं आपको वीजावाले दिन से आज तक की पूरी कहानी सुना देती हूँ, क्योंकि यदि आप प्रश्न पूछेंगी, तो बात बेसिरे से शुरू होकर अंधी गलियों में भटक जाएगी।''

अरे वाह! यह लड़की तो जहाँ खड़ी थी, वहाँ से भी बहुत आगे बढ़ गई है! सोचकर मैंने फिर से हुमुक कर पहले तो रजिया को मचमचाकर प्यार किया, फिर कहा, ''पर पहले केवल दो प्रश्न प्लीज! खाली दो प्रश्न!'' रजिया की गरदन हामी में हिलते ही मैंने पूछा, ''रजिया! तुमने मुझे यहाँ ढूँढ़ा कैसे और दूसरा, तुम्हारे चेहरे का वह दाग कहाँ गया?''

रजिया ने एकदम शांति से उत्तर दिया, ''आपा! अमेरिका पहुँचते ही मैंने सबसे

पहले आपसे संपर्क करना चाहा, पर पुराना 'लैपटॉप' न होने के कारण याद्दाश्त पर आधारित आपकी इ-मेल आई.डी. गड़बड़ा गई थी और मेरी समझ से आप लगभग दो महीनों से विदेश में हैं, क्योंकि आपका हिंदुस्तानी फोन घर पर होने के कारण बंद पड़ा है। कई जगह टक्कर मारने के बाद इत्तफाक से जब सकीना आंटी की लाइन मिली और उन्होंने बताया कि आप फलाँ तारीख को यहाँ होंगी, तो फिर भला मुझे कौन रोकता? मैं 'परों' पर उड़ती हुई, आपके पास आ गई और हाँ दाग! तो आपा, आप तो जानती ही हैं कि मैं बदमाश नंबर वन हूँ, इसलिए उस कमीने शेख से निकाहवाले दिन मैंने अपने दागवाले हिस्से को हल्का जलाकर जख्मी कर लिया। सब जानते हैं कि शारजाह में एक-से-एक उम्दा विदेशी डॉक्टर भरे पड़े हैं, इसलिए वे शेख साहब के हुक्म से जब मेरे इस घाव का इलाज कर रहे थे, तो मैंने उनसे गुजारिश की कि यदि वे प्लास्टिक सर्जरी से मेरा यह दाग मिटाकर मुझ गरीब की मदद कर दें, तो अल्लाह ताला उन पर करम करेगा। इस पर उन्होंने हाथ झटकते हुए कहा, "नो बिग डील" और मेरा दाग छू-मंतर हो गया।

"अब आप मेरी आपबीती सुनिए, एक नंबर के हरामी (माफ करें) करीम चाचा ने पहले तो खुद मेरी अस्मत लूटनी चाही, फिर उनके बेटों और दोस्तों ने, पर जब मैं किसी के काबू में नहीं आई, तो उन्होंने मुझे एक खूब पैसेवाले शेख के हरम के लिए बेच दिया। बख्शीश खुदा की कि उस शेख को न केवल कमसिनों की, बल्कि बहुत ही कच्ची उम्र की लड़कियों की आदत थी। मसला तो उसने मुझे भी, पर जब उसे मजा नहीं आया, तब उस दरिंदे ने अपना गुस्सा दिखाने और मुझे दुःखी करने के लिए मेरी मौजूदगी में ही उन छोटी-छोटी लड़कियों को बुलाया और उन पर झपट्टा मारते हुए उनके कोमल जिस्मों में अपने नृशंस नाखून और दाँत गड़ा दिए। उनकी हृदय विदारक चीखें सुनकर वह राक्षस और भी मदोन्मत्त हो उठता था और नरभक्षी शेर की तरह उन्हें अपने शिकंजे में जकड़ लेता था। आपा! वे 'रि…रि…' करते स्वर आज भी मुझे सिर से पैर तक सिहरा देते हैं।"

मेरे पास खबर थी कि उनमें से बहुत सी बच्चियाँ तो ऐसे बेरहम बलात्कार के समय मर भी जाती हैं, इसलिए मैंने उन वीभत्स दृश्यों को छोटा करने की गरज से बीच में ही पूछ लिया, "तुम वहाँ से भागी कैसे?"

"हाँ! यह बहुत ही मस्त किस्सा है। सबसे पहले, मैंने दोपहर के उनींदे समय में चिलमनें हटा-हटाकर उन लड़कियों को ढूँढ़ा, जो मेरी जुबान समझती थीं। उनसे थोड़ी दोस्ती होने पर मैंने उनके साथ मिलकर एक 'फूलप्रूफ प्लान' बनाया और उसके हिसाब से हमने पहले तो अपने आकाओं का मन लुभाकर उनसे

ढेरों जेवरात ऐंठ लिये और फिर चारों ओर नजरें घुमाकर किसी लोभी-गद्दार को ढूँढ़ना शुरू किया। आपा! हम यह सारा काम इतने आहिस्ता-आहिस्ता कर रहे थे कि एक घंटे के काम को महीना भर लग जाता था। अंत में तीन सालों तक लगातार घिस-घिस कर हमने पत्थर पर रस्सी के निशान डाल ही लिये और हम नौ लड़कियाँ अलग-अलग रातों को वहाँ से भागकर अपने तस्कर के बताए हुए 'आबूधाबी' वाले अड्डे पर पहुँच ही गईं। उसने हमें हमारे पासपोर्ट, वीजा आदि वहाँ दिलवा तो दिए थे, पर उसकी हिदायत के अनुसार, हमने पहले कई इसलामी देशों की यात्रा की, और फिर अमेरिका आए।

''आपा! मैंने आपको सारी बातें 'अबरीज्ड फॉर्म' (संक्षेप) में बताई हैं, क्योंकि इस छह साल के दर्द और संघर्ष ने मुझे एक बात पुख्ता तौर पर समझा दी है कि खुशी को बार-बार याद करो और दुःख को भूले से भी कभी खुद में मत झाँकने दो। आपा! आपको यह जानकर अच्छा लगेगा कि मैंने यहाँ आते ही सबसे पहले रिजवान को मेरी सारी डिग्रियों सहित यहाँ आने का निमंत्रण दे दिया है। आश्चर्यजनक ढंग से उसने भी इसी बीच खासी डिग्रियाँ हासिल कर ली हैं और उनके साथ ही एक बड़ी नौकरी भी।

''आपा! मैं आपको यह तो बताना ही भूल गई कि हम नौओं भागी हुई लड़कियों ने एक संगठन बनाया है, जिसके अंतर्गत हम खाड़ी में फँसी लड़कियों को आजादी मुहैया कराने की कोशिश करते हैं। चूँकि अभी हमारे पास बहुत पैसे और साधन नहीं हैं, इसलिए हम यह काम बड़े पैमाने पर नहीं कर पा रहे हैं, पर आपा मुझे रोज उगते इस नए सूरज पर, इस आकाश पर, इस हवा पर, इस धरती पर और इस पर बसनेवाले बाशिंदों पर बेइंतिहा भरोसा है; भरोसा है आपके दिलाए अहसास पर कि अच्छा काम करते वक्त रास्ते में कुछ काँटें और रोड़े भी आएँगे, पर यदि उनसे डरे बिना कोई बंदा आगे बढ़ता जाएगा, तो फिर खुदा की भी हिम्मत नहीं है कि उसे कामयाबी के हिमालय की फतह से रोक सके। आपने पूरे यकीन से हमें यह भरोसा भी दिलाया है कि 'यदि तुम लोग अपने आपको पूरी तरह अच्छे कामों को सौंप दोगी, तो ऊपर बैठे उस 'मौला' की क्या औकात, जो वह दौड़ा नहीं चला आएगा?' तो बस आपा उन्हीं भरोसों पर हमने इस आग में हाथ डाला है।''

रजिया के इस 'बड़े सोच' ने मुझे आह्लादित कर मेरी हिम्मत बढ़ा दी थी, इसलिए मेरे मुँह से बेसाख्ता निकल गया, ''रजिया बच्चे! अब यूसुफ भाई और भाभी जान को भी माफी दे दो न।''

''आपा, आपकी शागिर्द हूँ, इसलिए इस भलमनसाहत से इत्तफाक रखती

हूँ। पर आपा! पहले मैं यहाँ अच्छी तरह से पैर जमा लूँ, फिर यह सब सोचूँगी। अभी मुझमें इतनी ताब नहीं है कि अपनी ज़िंदगी के खुरदरे रास्ते को समतल बनाए बिना और मुसीबतों को न्योता दे दूँ, पर यकीन मानिए, कुछ लायक होते ही मैं उन्हें जरूर बुला लूँगी।''

आपा! यदि साधारण समझ के औसत आदमियों को एक जहीनतरीन इनसान माफी न दे सके तो उसकी समझ, किसी जाहिल की समझ से बेहतर कैसे मानी जाएगी ? जाहिल आदमी तो फिर भी काबिले-माफी है, पर यदि कोई तहजीबयाफ़्ता यह गलती करे, तो उसे तो उस रहमदिल परवरदिगार के दरबार में भी माफी नहीं मिलेगी। ''आपा! आप बेफिक्र रहें, मैं आपके नमक को लजाऊँगी नहीं। मेरा रोम-रोम आपका कर्जदार है। आपकी दी हुई हिम्मत की बदौलत ही आज मैं यहाँ खड़ी हूँ। मेरे लिए आपकी मंशा उस ऊपरवाले के हुक्म से भी बढ़कर है। देखिएगा, कुछ ही दिनों में आप उनके बारे में यह खुशखबरी सुन लेंगी।''

हमें पता ही नहीं था कि अजाने ही मेरी और रजिया की आँखों से आँसू बहे जा रहे हैं। हम दोनों ने शरमाते हुए उन्हें अपनी कोहनियों से पोंछा और एक-दूसरे से यूँ चिपक गए जैसे कई जन्मों से बिछड़ी हुई माँ-बेटी हों।

रजिया ने अपने कहे का मान रखते हुए, तीन-चार महीने बाद ही जीनत भाभी और यूसुफ भाई को अपने पास बुला लिया।

संगोष्ठी खत्म होने के बाद मैं भारत लौटी ही थी कि सारे अखबारों, टी.वी., रेडियो आदि पर नारे की तरह एक ही नाम गूँजता सुनाई पड़ा, मलाला यूसुफजई! मलाला यूसुफजई! मलाला जैसे मसले से मेरे दिल का करीबी रिश्ता होने के कारण मैंने अपने सारे कामों को ताक पर रखकर, सबसे पहले उसकी किताब उठाई और यह देखकर विस्मय से भर गई कि वह उस गिलहरी जैसी है, जिसने श्रीराम की मदद लंका का पुल बनाने में इसलिए की थी कि वे सीता को मुक्त करा सकें। ध्यान देने की बात है कि मलाला के अब्बू रजिया के अब्बू से एकदम उलटे थे। वे एक जाग्रत् इनसान थे, पर क्या उन्हें जगाने में रजिया जैसी लड़कियों के बलिदान की कोई भूमिका नहीं थी, जब एक छोटा सा कंकड़ तक नदी में लहर पैदा कर सकता है, तो इन हिम्मतवर लड़कियों के छोटे-छोटे पत्थरों ने क्या 'आजादी का एक पुल' नहीं रच-बुन दिया था, क्या सूर्य की इन किरणों ने जुल्मों के घटाटोप अँधेरे में छेद कर रोशनी नहीं भरी होगी ? मेरा मानना है, कहीं-न-कहीं कोई-न-कोई फर्क जरूर पड़ा होगा!

□

राज्यपाल ऐसा?

बाबूजी! स्कूल के ऑफिस में एक फोटो है, उद्घाटन के समय का। जिसके नीचे लिखा है 'गवर्नर एच.सी. मुखर्जी–1954'। बाबूजी यह कैसे घटा कि आपने एक गवर्नर से स्कूल का उद्घाटन करवाया?'

प्रश्नकर्ता थी मैं और जवाब माँग रही थी श्री सीतारामजी सेकसरिया से, जो सेकसरियाजी स्वतंत्रता सेनानी थे और मन–प्राण से गांधीजी को समर्पित थे। पराधीन और स्वाधीन भारत में वे निरंतर अनेकानेक सामाजिक कार्यों में जुटे रहे, लेकिन उन्हें राजनीति में दूर–दराज तक भी रुचि नहीं थी, बल्कि उसके प्रति उनमें एक अवहेलना का भाव था। वे किसी राज्यपाल से उद्घाटन करवाएँगे, यह मैं सपने में भी नहीं सोच सकती थी।

हालाँकि राज्यपालजी की वेशभूषा उनके चेहरे पर खिला बच्चों सा स्मित हास्य, एक विस्मय विमुग्धता आदि सब उनके पद के विरुद्ध लग रहे थे। खादी के सफेद मोटे कुरते, धोती और दुपट्टे में सजा उनका रूप ऐसा लग रहा था, मानो कोई विद्वान् अपनी निश्छल निर्मल हँसी से सबको सिंचित कर रहा हो। काली एंबेसेडर गाड़ी के दरवाजे पर खड़े वे झुककर सबका अभिवादन कर रहे थे। उनकी गवर्नर की उपाधि और उनका ऐसा वर्तन आपस में मेल नहीं खा रहा था।

बाबूजी ने चौंककर पूछा, 'क्या तुम प्रो. हरेंद्र कुमार मुखर्जी के बारे में पूछ रही हो?'

मैंने कहा, 'शायद!' (क्योंकि उस समय कई व्यक्ति अंग्रेजी में कुमार 'सी' से भी लिखते थे)।

बाबूजी ठहरे धीर–गंभीर, जमाना देखे हुए एक अनुभवी आदमी। मेरी मंशा समझने में उन्हें क्या देर लगती? कुछ देर चुप रहकर वे बोले, ''तुम्हें एक घटना सुनाता हूँ।''

मैं अपने प्रश्न के उत्तर के लिए अड़ने ही वाली थी कि उन्होंने कहना शुरू कर दिया—

जाड़े की शाम का झुटपुटा था और हम लोग बरामदे में बैठे चाय पी ही रहे थे कि अहाते में एक टैक्सी घुसी और छज्जे के नीचेवाले दरवाजे पर जाकर खड़ी हो गई। हम लोगों ने यह सोचकर कि कोई पड़ोसी के यहाँ आया होगा, उधर ध्यान नहीं दिया। दो-चार मिनट बाद दरवाजे पर हल्की थपथपाहट के साथ सुनाई पड़ा, 'सीतारामजी ! सीतारामजी !'

अपना नाम सुनते ही मैं हड़बड़ाकर उठा और दरवाजे तक पहुँचकर देखा कि एक दुबले-पतले वृद्ध सज्जन, एक हाथ में बालटी और 'बल देकर मोड़ी हुई धोती' लिये खड़े हैं। उनके निकट ही उम्र में उनसे कुछ कम एक नौकरनुमा व्यक्ति; हाथ में एक ढाई फुटिया 'बुगचा' (टीन का छोटा बक्सा) लिये था। धीमी रोशनी और उनके पूरे परिवेश ने मुझे ऊहापोह में डाल दिया।

मैं सोचने लगा, 'कौन हैं ये ?' जिस आत्मीयता से ये मेरा नाम ले रहे हैं, लगते तो कोई करीबी हैं, पर आजकल के लोग कई बार हमें मूर्ख बनाकर घातक भी हो जाते हैं। मैं अभी इस दुविधा में ही था कि आवाज आई, ''सीताराम बाबू ! आमि होरेंद्र ! होरेंद्रा।''

''हैं ? अरे !···क्या ?'' अपने आप पर शर्मिंदा होता हुआ मैं आगे बढ़ा और आश्चर्य और अविश्वास से बोल पड़ा, ''आपनी, आपनी ? प्रोफेसर होरेंद्रा कुमार शाहेब ? हाठात् ऐखाने ? (आप, प्रोफेसर साहब अचानक यहाँ ?)। आमाके खोबर दिले आमिई आपानार काछे चोले जेताम (मुझे खबर देते तो मैं ही आपके पास चला जाता)।''

''शीताराम बाबू ! आपनी कोथाय जेतेन ? आमि तो आज थेके रिटायर होए गेछी। ओई बाड़ी ते तो आर थाका जाबे ना; कोथाय जाबो ? भाबते-भाबते आपनार काछे ऐशेछी। आमार जोन्ये एकटा भाड़ार घोर जोगाड़ कोरे दीन।'' (आप कहाँ आते ? मैं तो आज से रिटायर हो गया हूँ। अब उस मकान में तो रहा नहीं जा सकता। कहाँ जाऊँ, सोचते-सोचते आपके पास आया हूँ। एक किराए के कमरे का प्रबंध करवा दीजिए।

बाबूजी अवाक् ! अतथत ! क्या सच ! एक गवर्नर उनके दरवाजे पर खड़ा, उनसे अपने लिए किराए का एक कमरा लेने को कह रहा है। कल तक जिसकी गाड़ी निकलने पर पूरा शहर थम जाता था, आज वही एक बालटी, लोटा और बुगची लिये उनसे अपने सिर के लिए छत माँग रहा है !

वे अचकचाकर बोले, "हरेंद्र बाबू! आइए, अंदर आइए। बैठकर बात करते हैं।"

टैक्सी का किराया चुकाकर अंदर घुसते हुए हरेंद्र बाबू ने अपने नौकर का परिचय करवाया, "होरी! 'ऐई आमार होरी। छोटो बेला थेके आमार काछे आछे।...एखोनो ओ थाकते चाय। आमि तो बोल्लाम तोमार अशुविधा होबे, किंतु सुनछे ना?" (यह मेरा हरि है। बचपन से ही मेरे साथ है। बहुतेरा कहा कि तुम्हें तकलीफ होगी, पर कुछ सुनता ही नहीं है)

बाबूजी ने उनकी ओर चाय की प्याली बढ़ाई और बड़ी मिठास से पूछने लगे, "हरेंद्र बाबू, आपके पास तो आपके पुरखों का एक बड़ा मकान भी था, दो मंजिला!...पार्क सर्कस (मध्य कलकत्ता) में, उसका क्या हुआ?"

सद्य: निवर्तित गवर्नर महाशय ने बताया कि वे इतने बड़े मकान का क्या करते? अत: उसमें ढेरों गरीब बच्चे पढ़ने आने लगे। जब वे 'गवर्नर हाउस' में रहने चले गए तो वे बच्चे ही उसमें बस गए। चूँकि उनकी जरूरत अधिक थी, अत: उन्होंने वह पूरा मकान ही उस मोहल्ले के गरीब लोगों को दे दिया।

बाबूजी कहने लगे, "पर हरेंद्र बाबू! आप तो कई बड़े-बड़े पदों पर रहे। पहले जब आप विश्वविद्यालय में पढ़ाते थे, तब भी आपको मोटी तनख्वाह मिलती थी। उसके बाद आप प्रथम कॉन्स्टीटुएंट असैंबली के सदस्य चुने गए!...पहली लोक परिषद् के भी आप माननीय सदस्य रहे!...आप अंतरिम संसद् (मेक शिफ्ट पार्लियामेंट) के सर्वेसर्वा (आज के संसद् अध्यक्ष) भी थे। भारत का संविधान, जो 26 जनवरी, 1950 में पारित हुआ, उसे बनाने में भी आपकी अहम् भूमिका थी।...स्वतंत्र भारत की प्रथम संसद् में राष्ट्रपति डॉ. राजेंद्र प्रसाद और प्रधानमंत्री जवाहरलाल नेहरू ने आपको संसद् का उपाध्यक्ष चुना। उसी समय डॉ. विधानचंद्र राय, प्रफुल्ल चंद्र सेन आदि ने राजेंद्र बाबू और नेहरूजी से आपको बंगाल का राज्यपाल बना देने की दरख्वास्त की। मैंने तो यह भी सुना है कि आपने उस समय के प्रदेश कांग्रेस अध्यक्ष श्री अतुल्य घोष से कहा, 'भाई! मुझे यह विराट् घर क्यों देते हो, मैं इतने बड़े घर का क्या करूँगा?' "

शायद बाबूजी उनके तात्कालिक कष्ट से बहुत ही प्रभावित थे; इसलिए उन्होंने साफ-साफ ही पूछ लिया, "अच्छा! हरेंद्र बाबू अपना घर दान करने के बाद आपने कोई छोटा-मोटा मकान या फ्लैट क्यों नहीं खरीद लिया? आपमें तो कभी भी कोई गलत आदत या फिजूलखर्ची तो थी नहीं, तो फिर आपने आपके जमा पैसों से कोई अच्छा सा फ्लैट क्यों नहीं खरीद लिया?"

जमींदारी वंश के 'जमा पैसों' का यह प्रसंग राज्यपाल महोदय के जीवन में कई बार आया होगा, पर इसी संदर्भ में एक घटना पर प्रकाश डाला कलकत्ते के प्रख्यात बैरिस्टर और पूर्व संसद् सदस्य श्री असीम कृष्ण दत्त ने।

असीम दा अपनी जवानी में युवा कांग्रेस के उत्साही कार्यकर्ता थे। उनकी तीन-चार पीढ़ियाँ बैरिस्टरी और राजनीति में पूरे रौब के साथ सक्रिय रही थीं। अत: छोटी उम्र में ही वे बड़े लोगों में उठने-बैठने लगे थे। हरेंद्र बाबू की आर्थिक स्थिति की मीमांसा करते हुए उन्होंने दार्जिलिंग में घटी एक घटना का जिक्र किया—

'गरमी का मौसम था। दार्जिलिंग का अभिराम गवर्नर हाउस; राशि-राशि फूलों से लदा, चारों ओर से घिरी पहाड़ियों की गोद में चहक रहा था। गवर्नर महोदय की उपस्थिति उसके सौंदर्य में और भी वृद्धि कर रही थी कि तभी खबर आई कि 'प्रधानमंत्री जवाहरलाल नेहरू दार्जिलिंग आ रहे हैं।''

असीम दा ने कहा, ''नेहरूजी मात्र हमारे प्रधानमंत्री ही नहीं थे, वे उस समय के एक ऐसे 'नायक' थे, जिनके आगे किसी भी देश का, किसी भी क्षेत्र का, कोई भी 'नायक' टिक नहीं सकता था। वे भारत की जनता के हृदय और आँखों के तारे थे। यहाँ का जन-मानस उनकी आँखों से ही सपने देखता था और उनकी आँखों से ही सोता था।''

नेहरूजी की लोकप्रियता के साथ-साथ उनकी रईसी के चर्चे भी लोगों की जुबान पर थे, यहाँ तक कि यह वृथा कहावत कि नेहरूजी के कपड़े पेरिस (फ्रांस) से धुलकर आते थे; जनता-जनार्दन की रोजमर्रा की बतकही का हिस्सा थी। ऐसे नेहरू आ रहे थे, गवर्नर प्रो. डॉ. हरेंद्र कुमार मुखर्जी के बँगले (गवर्नर हाउस) में भोजन करने। हे भगवान्! क्या करेंगे बेचारे मुखर्जी मोशाय?

बंगाल के प्रमुख नेतागण और कार्यकर्ता नेहरूजी की अगवानी में दार्जिलिंग जा पहुँचे। अब क्या था? ऐसी गहमागहमी मची मानो 'देवी दुर्गा' का अवतरण होनेवाला हो।

उस दिन सुबह 12.30 बजे से ही गण्यमान्य अतिथि गवर्नर हाउस आने लगे। मखमली घास पर कनातें खिंची हुई थीं। एक ओर हरा यूनीफार्म पहने लाल और काली कैप लगाए 'गोरखा बैंड' धुनें बजा रहा था, तो दूसरी ओर बिल्ले लगाए हुए कार्यकर्ता अतिथियों को यथास्थान बैठा रहे थे। घास के ही थोड़े ऊँचे मंचनुमा स्थान पर खास-खास नक्षत्र जगमगा रहे थे। उनके पास ही कुछ निचाई पर श्री अतुल्य घोष, श्री पी.सी. सेन आदि नामी-गिरामी नेता बैठे थे। भोज आरंभ होने ही वाला था कि नेहरूजी तेजी से चलकर अतुल्य घोष के पास आए और क्षुब्ध कंठ

से बोले, ''अतुल्य बाबू! क्या आपके गवर्नर साहब इतने गरीब हैं कि अपनी स्त्री के लिए ढंग का एक ब्लाउज भी नहीं खरीद सकते? देखिए जरा उधर, आप लोग कुछ तो ध्यान रखा कीजिए।''

दूसरे दिन सुबह गवर्नर प्रो. साहब के साथ अनौपचारिक नाश्ता करते वक्त (असीम दा भी वहाँ थे) घोष बाबू ने इस बात का जिक्र किया।

प्रो. हरेंद्र मुखर्जी एक दोस्त की तरह जोरों से हँसकर बोले, ''मानना पड़ेगा कि नेहरूजी की नजर तीखी है। मैं आज तक मानता था कि एक सौंदर्यप्रेमी होने के नाते उन्हें सिर्फ रूपवती स्त्री ही दिखती होगी, पर उन्होंने तो 'बंगबाला' (बंगबाला मुखर्जी संथाल जाति की आदिवासी महिला थीं) को भी देख लिया। अत: साबित होता है कि उनकी पैनी नजर महिला पर तो पड़ेगी ही।''

फिर समस्या का समाधान करते हुए उन्होंने कहा, ''रही मेरी पत्नी के उस फटे ब्लाउज मोटी सूती खादी की साड़ी और सस्ते से शॉल की बात तो घोष बाबू! न तो उसे इसकी परवाह है, न ही उसके पति को। इसलिए नेहरूजी का दर्द लाइलाज है।''

जब मैंने भी उनकी मोटी तनख्वाहों की बात उठाई, तो असीम दा ने बताया कि यूनिवर्सिटी काल से ही उन्होंने गरीब छात्रों को छात्रवृत्ति देने का एक ट्रस्ट बना दिया था। उन्हें जब भी, जो भी, जैसी भी, तनख्वाह मिली, उसमें से मात्र पाँच सौ रुपए ही वे अपने खर्च के लिए लेते थे और ताउम्र वे ऐसा ही करते रहे।

कुछ दिनों तक उन्हें अपने यहाँ रखकर सीतारामजी ने उन्हें 100/- रुपए प्रति माह का एक कमरा दिलवा दिया और वे अपने हरि और साजो-सामान के साथ वहाँ रहने चले गए।

काफी देर तक एक मौन मेरे और बाबूजी के बीच खड़ा रहा। मेरे साधारण से प्रश्न का उत्तर ऐसा असाधारण होगा, यह कल्पनातीत था।

मित्रो! क्या आपने भी कहीं पढ़ा है 'राज्य' का यह अर्थ, 'जो प्रजा से, प्रजा की भलाई के लिए बना हो, वह राज्य होता है'

'शायद यह परिभाषा प्रो. हरेंद्र मुखर्जी जैसे राज्यपाल ही बनाते हैं।'

□

लावण्यदेवी

"शुनले कि कोरलेन लावण्यदेवी? निजेर शोनार शोंशारे, आगुन लागिए दिलेन!"

यह आक्षेप सुनकर मुझे लगा जैसे किसी ने मुझ पर गर्म तेल के छींटे डाल दिए हों। मैंने तिलमिला कर कहा, "यह निहायत ही गलत और बेकार की बात है। अरे, वे लावण्यदेवी, जिन्होंने तिल-तिलकर; स्वयं को होमकर; अपनी इतनी सुंदर दुनिया सजाई थी; वे उसे नष्ट करने का बायस बनेंगी? इस अनुसूया सेन का तो माथा खराब है; वरना उनके जैसी बुद्धिमान, कर्मठ और परिवार के लिए मर मिटनेवाली महिला तो ऐसा सोच भी नहीं सकती है।

पास बैठी चंदना ने भी झुँझलाकर कहा, "अनु! बको मत, चाहे सूरज पश्चिम में उग जाए, पर लावण्यदेवी? वे अपने जीते जी चौधरी परिवार का बाल भी बाँका नहीं होने देंगी। जिस खबर को सुनकर तुम 'आबोल-ताबोल' बोले जा रही हो, उसके पीछे अवश्य ही कोई भारी गलतफहमी छिपी हुई होगी, पर चलो, फिर भी कुछ बताओ तो कि आखिर ऐसा क्या हो गया है, जो तुम्हें ये बेसिर-पैर की बातें सूझ रही हैं?

"हुँह, बड़ी आईं कर्मठ, स्वयंसिद्धा, तपस्विनी? अरे! वे ठहरीं; महा-घमंडी; महा-स्वार्थी और महाआत्ममुग्धा महिला। बस्स, उनका नाम आकाश में लिखा जाए और लोग उनका प्रशस्तिवाचन करते रहें, वे महारानीजी इसी की भूखी हैं; दीन-दुनिया से; घर-परिवार से और आदमियत से उनका कोई लेना-देना नहीं है, वे तो पत्थर हैं, पत्थर। यदि उनका दिल जरा सा भी धड़कता होता, तो क्या वे यूँ एक जवान लड़के का भविष्य खराब कर देतीं? हुँह, बड़ी आईं। सत्यवादी हरिश्चंद्र कहीं की। हाय! कैसे बिलख-बिलखकर रो रहा था, मेरा भानजा, पर उन्हें क्या परवाह? अरे सूखे काठ को भी काटो; तो शायद उससे भी रस की एक बूँद टपक

जाए; पर यदि इन्हें काटा जाए, तो बूँद तो दूर; आरी ही खड़खड़ाने लगेगी।''

अनुसूया सेन बकबक किए जा रही थी और मैं हतप्रभ सी सोचे जा रही थी, कि आखिर ऐसा क्या कर दिया लावण्यदेवी ने कि अनु का धाराप्रवाह क्रोध थमता ही नहीं है ? अनु झकती जा रही थी, पर मेरी सारी ज्ञानेंद्रियाँ स्मृतियों के अतीत में घुसकर लावण्यदेवी के बचपन में पहुँच गई थीं।

स्कूल के आरंभिक दिनों में लावण्यदेवी मुझसे तीन-चार क्लास आगे थीं, पर शुरू से ही उनके 'फैंसी' होने के कारण; उनका घेरदार स्कर्ट, चमचमाते जूते, घने काले बालों पर रिबन का 'बो', सब मेरे जीवन का अविभाज्य अंग बन गए थे। मैं हर वक्त उनकी टोह में रहती और जिसे 'हीरो वरशिप' कहते हैं; वैसी ही प्रेम-भरी आँखों से उन्हें देखती रहती। बाद के दिनों में भी यह प्रेम-संबंध बना रहा। उम्र के पड़ावों की गूँज के बावजूद मुझे उनकी जद्दोजहद की काफी कुछ खबर रहती थी।

लावण्यदेवी पहली कक्षा से ही क्लास में प्रथम तो आती ही थी; पूरे स्कूल में वही एकमात्र लड़की थी; जिसे पाँच 'डबल प्रमोशन' मिले थे। कहते हैं जब कभी हेडमिस्ट्रेस उसकी माँ से यह कहतीं, ''देखिए, इसे अभी छमाही में ही क्लास 'कुदवाई' है, इसलिए अभी 'डबल प्रमोशन' देना ठीक नहीं रहेगा।'' तो उसकी माँ लावण्यदेवी का रिपोर्टकार्ड हाथ में उठाकर कहतीं, ''कोई बात नहीं, तो हम 'फलाँ' स्कूल में चले जाते हैं; आखिर लावण्य फर्स्ट आई है और वे इसे राजी-राजी ऊपर की क्लास में लेने को तैयार हैं।'' उनके हाथ में दूसरे स्कूल के फॉर्म इस बात की साक्षी दे रहे होते कि वे सही कह रही हैं।

एक तो यह स्कूल वैसे ही अपनी स्वनामधन्य छात्राओं के लिए मशहूर था; ऊपर से उस समय के उच्चवर्गीय ब्रह्म समाज की एक लड़की लावण्य किस ऊँचाई पर झंडे गाड़ रही है, यह किसी से छिपा न था; अतः दूसरे स्कूलों के प्रवेश-द्वार लावण्यदेवी के लिए पाँचवीं क्या, दसवीं के लिए भी खुले थे। एक बार तो उनकी माँ ने अपनी 'भभकियों' को चरितार्थ भी कर दिया। जब उन्होंने लावण्यदेवी को छठी से आठवीं में चढ़ाने की माँग की; तो हेडमिस्ट्रेस की ना-नुकर से बौखलाकर उन्होंने लावण्यदेवी को ले जाकर दूसरे स्कूल में आठवीं में भरती करवा दिया। सबने सोचा अब गई लावण्य काम से, पर वह ठहरी 'अनोखी बाला लावण्य!' किसी परीलोक की कहानी की नायिका की तरह ही वह आठवीं में भी फर्स्ट आई! चारों ओर सब भौचक से कहते दिखे, ''क्या यह साधारण सी लड़की साक्षात् 'रामतीर्थ' और 'विवेकानंद' है।''

लावण्यदेवी की माँ को अपनी बेटी पर कुछ अधिक ही विश्वास था, इसलिए

जब उन्होंने लावण्यदेवी से कहा, "आज से घूमना-फिरना बंद; नाच-गाना सीखना भी बंद; बस अभी से ही पढ़ाई में जुट जाओ, तुम्हें दसवीं की परीक्षा देनी है।" सुनकर पहली बार अपनी माँ के आदेश के प्रत्युत्तर में लावण्यदेवी ने धीमे से कहा कि अभी वह मात्र साढ़े बारह वर्ष की ही है और शायद कलकत्ता बोर्ड इस उम्र में दसवीं के लिए अनुमति नहीं देता। इस पर माँ ज्योतिर्मयी देवी का सख्त जवाब आया, "कोई बोर्ड तो देता होगा? देखो तुम इन सब बातों की चिंता छोड़कर पढ़ना शुरू कर दो।"

वही हुआ, आनन-फानन में लावण्यदेवी ने इलाहाबाद बोर्ड से दसवीं पास कर ली और अपनी तेरहवीं वर्षगाँठ के पहले ही कॉलेज में जा पधारीं।

इतनी कूद-फाँद का कुछ प्रतिफलन तो होता ही है। लावण्यदेवी भी कॉलेज के आरंभिक दिनों में लड़खड़ाईं; एकाध-बार गिरीं भी; पर वार्षिक परीक्षा आते-आते वे उठ खड़ी हुईं और ठीक-ठाक नंबरों से पास भी हो गईं और फिर एम.ए. में तो? 'वही घोड़े, वही मैदान' वाली कहावत को सिद्ध करतीं वे 'फर्स्ट क्लास फर्स्ट' आकर 'स्कॉलरशिप होल्डर' बन गईं।

पाँच फुट, पाँच इंच की दुबली-पतली लावण्यदेवी जब लंबी बाँहों का झालरदार ब्लाउज और पारसी तरीके की साड़ी पहनकर; अपने मधुर कंठ से गातीं; तो 'ब्रामो शोमाज' की पूरी प्रार्थना-सभा उनके गायन के साथ ही; उनकी बातचीत; उनके रूप; उनके बाल; उनके सलीके; उनकी नफासत पर मर-मर जाती। वे उस समय के असंख्य नौजवान दिलों की धड़कन थीं, पर बावजूद अपनी अप्रतिम मेधा, अपने अपरूप रूप और अपने अभिजात्य संस्कारों के; लावण्यदेवी में एक सच्चाई, सादगी और सीधापन आद्योपांत विद्यमान था। चतुराई तो दूर; वे सीधेपन की चरम सीमा के पार एक व्यावहारिक-मूर्ख की श्रेणी में आती थीं, जबकि उनकी उम्र की 'सच्ची' कम पढ़ी-लिखीं 'स्ट्रीट स्मार्ट' लड़कियाँ दुनियादारी में उनसे अधिक बुद्धिमत्ता का परिचय देती थीं। इसका एक अहम् कारण यह भी हो सकता है कि चूँकि लावण्यदेवी की दुनिया किताबें; बँधा-बँधाया रूटीन और पूर्णतः संरक्षित जीवन था; इसलिए वे अटकलबाजी के लंद-फंद से पूरी तरह बेखबर थीं, ऊपर से एक मुसीबत यह भी थी कि जब भी वे इन सबसे बाखबर होने की कोशिश करतीं, तो अकसर फेल हो जाती थीं।

समझदार माँ ने अपनी बेटी की इस नासमझी को समझते हुए; उसके लिए अत्यंत चतुराई से भीतर-ही-भीतर पात्र ढूँढ़ना शुरू कर दिया। जब ज्योतिर्मयीदेवी ने अपने 'फूलप्रूफ प्लान' के अनुसार नामी-गिरामी घरों के प्रसिद्ध पुत्रों की लंबी

कतार को दरकिनार करते हुए सोमनाथ जैसा पात्र ढूँढ़ा, तो सब अचंभित रह गए। सोमनाथ बाबू के पास ढेरों डिग्रियों के सिवा; न तो कोई खास धन था और न ही कोई ऐसा रूप कि उस पर रीझकर और चीजों का न होना स्वीकार किया जा सकता, आखिर इस बुद्धिमान महिला को ऐसा मूर्खतापूर्ण चुनाव करने की कैसे सूझी? यह प्रश्न सन् 1930 के कलकत्ते के अभिजात्य-समाज की सबसे बड़ी चर्चा का विषय बन गया था।

आई.सी.एस. पिता गजेंद्रनाथ आमतौर पर घरेलू मामलों के लिए गूँगे, बहरे और अंधे थे; पर वे भी अपनी गहन-गंभीर व्यक्तित्ववाली पत्नी के इस निर्णय से स्तब्ध थे; क्षुब्ध थे। अंत में जब उनसे बिल्कुल जब्त न हुआ और उन्होंने व्यथा भरे स्वर में कहा, "ओगो शुनछो!"; तो बिना कहे ही उनकी उत्कंठा का मर्म समझकर ज्योतिर्मयीदेवी ने उनके कंधे पर सांत्वना भरा हाथ धरते हुए कहा, "किछू जिज्ञिश कोरार दोरकार नेई। आज ओबदी आमार ओपोर भोरशा रेखेछो तो? ताहोले शोब चिंता छेड़े आमार कोथा कान दिए शुनो" (कुछ पूछने की जरूरत नहीं है। आज तक मुझ पर भरोसा किया है न? अतः तुम सारी चिंता छोड़ो और ध्यान से मेरी बात सुनो)

राम जाने ज्योतिर्मयीदेवी ने उन्हें क्या 'घुट्टी' पिलाई कि उनकी मुखमुद्रा प्रफुल्लित हो गई एवं आँखें खुशी से चमकने लगीं। लावण्य से पूछना समय नष्ट करना है; सोचकर विवाह का दिन सुनिश्चित कर दिया गया और सचमुच ही मातृव्रता बेटी ने सहर्ष 'सप्तपदी' के फेरे लिये और पति के पीछे-पीछे दहलीज पार कर डोली में विदा हो गई।

क्या लावण्यदेवी साक्षात् 'विदेह राजा जनक' थीं; जिन्हें न जनकपुरी के वैभव का कोई आनंद था और न ही उसके जलकर खाक होने का कोई दुःख? अपनी उसी सदाबहार मुसकान के साथ उन्होंने ससुराल में सबके पैर छुए और पति को सही अर्थों में परमेश्वर मानने लगीं। बौखलाया हुआ भद्रलोक समाज कई दिनों तक उनके दांपत्य जीवन में छिद्रान्वेषण करने की टोह में लगा रहा; अंत में थककर उसने भी हार मान ली।

कहानी के बीज को नई घटनाओं और नई अफवाहों की खाद और पानी चाहिए, अन्यथा यह बीज दैनंदिन के कार्यों की मिट्टी में ही एकाकार हो जाता है। बस, वैसा ही लावण्यदेवी की कहानी के साथ भी हुआ।

नाज-नखरों में पलीं लावण्यदेवी ने पहले ही दिन माँ की दी हुई मोटर को विदा कर दिया और साड़ी का आँचल कमर पर कसकर घर के काम-काज में जुट

गईं। उनके व्यवहार से सास-ससुर और पति ऐसे निहाल हुए कि रात-दिन चकोर की तरह उन्हें ही देखते रहते। बचपन से सुनी यह कहावत कि 'चाम नहीं काम प्यारा होता है'; उनके रोम-रोम में बसी हुई थी और उन्होंने इस कसौटी पर सवा सोलह आने खरा उतरने का प्रण कर लिया था। यदि उनके कामों की गणना की जाती तो लगता कि उनकी घड़ी में चौबीस नहीं; अड़तालीस घंटे होते हैं और काम की रफ़्तार, उसे मापने का कोई 'स्पीडोमीटर' विश्व में उपलब्ध था भी या नहीं; यह भी खोज का विषय था। चतुर्दिक् एक ही आवाज सुनाई देती थी, "बाबा रे! ओतो काज! की कोरे कोरे?"

बंगाली समाज की आम प्रथा के अनुसार सोमनाथ बाबू भी लावण्यदेवी से आठ वर्ष बड़े थे। उनकी डिग्रियों ने उन्हें पलक झपकते ही 'ब्रेथवेट' कंपनी के एक ऊँचे ओहदे पर पहुँचा दिया था। मिष्ट एवं मितभाषी सोमनाथ बाबू दफ्तर में सबके प्रिय थे। एक दिन बड़े साहब ने उनसे पूछा, "मिस्टर शोमनाथ! रैंगुन जाएगा? उहाँ लाटशाब का माफिक रहने को और खूब पोयशा भी मिलेगा!" हिचकिचाहट भरे स्वर में उन्हें दूसरे दिन उत्तर देने की अनुमति लेकर; सोमनाथ बाबू ने घर पहुँचकर जब यह समाचार लावण्यदेवी को सुनाया तो उनका अनुमान था कि लावण्य यह खबर सुनते ही 'हड़क' जाएगी; पर यह क्या!…लावण्यदेवी तो मारे खुशी के नाचने सी लगीं; नई जगह, जंगल का रहना, रेल की पटरियों को बिछते हुए देखना, नदी किनारे बँगले का होना आदि-आदि कल्पनाओं ने उनके मन की आँखों के सामने ढेरों-ढेर रंगीन चित्र आँक दिए। उन्होंने चहकते हुए पूछा, "कब चलना है, कल या परसों?"

सोमनाथ बाबू अवाक्, "हे भगवान्! यह लड़की है या पटाखा?" क्या इस कच्ची उम्र में इसे उस अनजानी डगर और भिन्न संस्कृति के नए प्रदेश में जाने में जरा भी भय नहीं लगता, क्या यह महामूर्ख है या यह अति विश्रंभी (ओवर कॉन्फिडेंट) है, वे मन-ही-मन पछता भी रहे थे कि उन्होंने यह बात राज ही क्यों नहीं रख ली? पर अब तो तीर छूट चुका था और अपनी पत्नी को पागलपन की हद तक प्रेम करनेवाले सोमनाथ बाबू उस सर्वरूपवती; सर्वगुण संपन्ना; सर्वाधिक कर्मठ; सर्वशांत; सर्वमृदुभाषिणी आदि अलंकारों से सुशोभित लावण्यदेवी का दिल कैसे दुखाते?

'धर मंजला, धर कूचा'; कभी नौका; कभी घोड़ा-खच्चर; आदि की सवारी करते हुए वे उस अभिराम बँगले के सामने जा खड़े हुए, जिसे बाँस और बेंत के पेड़ों ने और नाना प्रकार के आर्किड फूलों के गुच्छों ने चारों ओर से आच्छादित कर

रखा था और उसके सामने साफ-शफ्फाक नदी क्षिप्र गति से बहती हुई; अहिल्या, शकुंतला, द्रौपदी आदि महारानियों के रूप और गुणों से भरी इस आधुनिक नारी के पद-प्रक्षालन करने की प्रतीक्षा कर रही थी।

लावण्यदेवी ने पक्षी के डैनों की तरह अपने दोनों हाथ फैलाए और गोल-गोल घूमते हुए, अपने मीठे कंठ से गीत गाने लगीं। कोयल कूकना भूल गई; भौंरे अपना गुंजन और पपीहा पी की पुकार। हवा झूम-झूमकर उनकी स्वरलहरी को प्रसारित करने लगी; पेड़ों से महीन पत्तियाँ झरकर उन्हें अपने प्रेम से अभिषिक्त करने लगीं; किसी वशीकरण मंत्र से अभिमंत्रित सोमनाथ बाबू अनिमेश अपने चाँद की ओर मुखातिब थे। आदेश की प्रतीक्षा में खड़े अर्दली, कुली और खानसामे भी इस मंत्रमुग्ध पुरुष और प्रकृति नटी सी महिला को आगे हाथ बाँधे, सिर झुकाए, कनखियों से देखे जा रहे थे। जब साँझ गहराकर रात बनने लगी, तो बग्घी के घोड़ों और खच्चरों ने जोरों से हिनहिनाना शुरू कर दिया, मंत्र का जादू टूटा और लावण्यदेवी एवं सोमनाथ बाबू तंद्रालोक से ठोस धरती पर लौट आए।

लावण्यदेवी ने अपनी बड़ी-बड़ी आँखों से चारों ओर देखा और बच्चे की तरह चपल उस खूबसूरत वायसरायी बँगले की ओर चल पड़ीं, जो अचानक ही उस हरे-भरे रंगबिरंगे जंगल में एक तिलस्मी राजप्रासाद सा उगकर खड़ा हो गया था।

अंग्रेजों के जमाने के वायसराय; किसी भी रियासती राजा की शौकीनी को भारी पड़ते थे। 'बर्माटीक', 'मलगा केन', 'इटालियन टायल्स', 'स्नानागार के विलायती उपकरण'; माणिक, पन्ना और हीरे की रंगत के चमकते रंग-बिरंगे तीन-तीन तल्ले के 'चेकोस्लोवाकियन झूमर'; बड़े-बड़े मखमली, झालरदार हाथ से खिंचनेवाले पंखे; आला दर्जे की 'रॉयल नोरिटेक कटलरी'; चाँदी के नक्काशीदार अनाप-शनाप डिनर और टी सेट; 'आयरिश लेस' से ढकी वृहदाकार डाइनिंग टेबल आदि तो वहाँ थे ही और भी रईसी के जितने भी सामान कल्पना में और कल्पना से परे हो सकते हैं, वे सब भी वहाँ मौजूद थे।

ऊँचे-ऊँचे हैट लगाए गोरे खानसामों, बैरों और अर्दलियों के साथ घेरदार स्कर्ट पर एप्रेन लगाए; गोरी और तांबईवर्णी परिचारिकाएँ जमीन तक झुककर कायदे से आगे बढ़ीं और किसी ने उनका शॉल तो किसी ने उनका पर्स आदि सँभालते हुए उनका अभिवादन किया। सहज आत्मीयता से सबको गले लगाते हुए लावण्यदेवी ने अत्यंत शालीनता और विनम्रता से उसका प्रत्युत्तर दिया। लावण्यदेवी का गृह-प्रवेश एक देखने लायक नजारा था! वे राजरानी की तरह मंथर गति से चारों ओर हल्के से देखती हुई आगे बढ़ रही थीं; न उनके चेहरे पर उस अकस्मात् प्राप्त वैभव का कोई

अतिरिक्त आनंद छलछला रहा था, न ही उनकी स्मित मुख मुद्रा में कोई उदासीन भाव था। परिचारिकाओं से उनका आत्मीय संलाप भी संतुलन के किनारों से बँधा था; जिसमें प्रेमल भाव होते हुए भी शिष्टाचार, गरिमा और औपचारिकता कूट-कूटकर भरी थी; मानो वे प्रथम साक्षात्कार से ही उन्हें उनकी हदें समझा रही हों।

सोमनाथ बाबू सुबह जल्दी ही दफ्तर के लिए निकल गए और लावण्यदेवी ने प्रात:कालीन सैर और स्नान-ध्यान निबटाकर; तुरत-फुरत पूरे घर का और अपना लेखा-जोखा लिपिबद्ध कर लिया। शाम होते ही वे फिटन से जाकर वहाँ का अस्पताल और स्कूल देख आईं। बर्मा में समृद्धि का अभाव नहीं था और फिर रंगून तो उस प्रदेश का राजधानी शहर था; इसलिए उसका खूबसूरत होना तो लाजमी था; आवश्यकता थी उसका सही संधान करने की; जिसकी अथाह क्षमता लावण्यदेवी की शोधात्मक दृष्टि में थी।

अंग्रेज अफसरों के लिए बनवाए गए अस्पताल, स्कूल, बाजार, आवास आदि वहाँ छोटे लंदन की प्रतिकृति सृष्ट कर रहे थे। थोड़े ही समय में लावण्यदेवी ने अफसरों की पत्नियों; अस्पताली डॉक्टरों और स्कूल की ननों से ऐसे रसूख बना लिए मानो वे वर्षों से उनकी अंतरंग रही हों। मालियों, अर्दलियों और परिचारिकाओं को हिदायत थी कि प्रतिदिन बगीचे से उम्दा फूल और फल और घर से मेवा आदि तोहफे लेकर उन्हें अच्छी तरह सजाकर सबको बारी-बारी से भेज दिए जाएँ। ऑफिसर्स क्लब हो या टेनिस कोर्ट! या कि स्कूल और अस्पताल की कार्यकारिणी सभा या कि कोई भी जलसा, सबमें एक ही गुहार मची रहती; ''कॉल लावण्य; आस्क हर।'' गोया लावण्य ही उनके जिगर का टुकड़ा और आँख का तारा हो, लेकिन लावण्यदेवी इन सबसे बौराई नहीं; उन्हें अपने सारे संबंधों और कामों को समय के खाने में ठीक से जँचाना आता था; इसलिए जब सरकार ने सोमनाथ बाबू को एक कॉन्फ्रेंस में शिरकत करने सपत्नीक लंदन भेजना चाहा, तो वे तुरंत राजी हो गईं! वहाँ पहुँचते ही वे अपनी डिग्रियाँ साथ लेकर वहाँ के विश्वविद्यालयों और कॉलेजों के चक्कर काटने लगीं। बहुत सोच-विचारकर उन्होंने ऑक्सफोर्ड से पी-एच.डी. करने की और एक दूसरे नामी-गिरामी विश्वविद्यालय से 'टीचर्स ट्रेनिंग' का कोर्स करने का निर्णय किया। पति ने समझाया भी कि रंगून से इन दो-दो डिग्रियों को एक साथ कर पाना अतिशय श्रमसाध्य होगा; लेकिन लावण्यदेवी की सहज हँसी ने उन्हें एक बार फिर उनके सामर्थ्य का अहसास करवा दिया।

रंगून में स्कूल की सारी किताबें विलायत से ही आती थीं, जिनमें अब लावण्यदेवी की संदर्भ पुस्तकें भी बतौर ऋण (लोन) पर वहाँ के पुस्तकालयों से

जुड़ गई थीं। स्कूल की प्रिंसिपल लावण्यदेवी का मुँह जोहती रहतीं कि वे जैसे ही सूची दें, वे यथाशीघ्र उनकी पुस्तकें मँगवाकर धर दें। स्थिति यह थी कि दोनों में किताब मँगवाने और पढ़कर लौटाने की होड़ लगी रहती थी। बीच में लावण्यदेवी को एकाध बार लंदन भी जाना पड़ा; पर चूँकि वहाँ सोमनाथ बाबू की आवाजाही काफी बढ़ गई थी; इसलिए लावण्यदेवी को जरा भी 'जोर' नहीं आया; और पढ़ाई-लिखाई के दो साल हँसी-खुशी से बीत गए। उनके सारे मित्र उनका साथ इस तरह दे रहे थे, मानो वे सब ही परीक्षा दे रहे हों; ऐसे में लावण्यदेवी के उत्साह का क्या कहना?

लंदन प्रवास में एक बार उन्होंने एक लेडी डॉक्टर को यूँ ही दिखा लिया। जब उसने बताया कि वे न केवल पूर्णत: स्वस्थ हैं, बल्कि माँ भी बननेवाली हैं! तो लावण्यदेवी और सोमनाथ को लगा, मानो सूर्य, चंद्रमा और तारों सहित पूरा आकाश उनकी झोली में आ गया है। लावण्यदेवी ने दोनों हाथ जोड़कर उस अव्यक्त अगोचर को अनेकानेक धन्यवाद देते हुए कहा, ''आज मुझे सचमुच लग रहा है कि तुम्हारा प्रेम और दान मेरे लिए विशेष है, वरना समय की ऐसी सुंदर कारीगरी कितनों के भाग्य में होती है?'' उनका धन्यवादनुमा प्रणाम उस 'नवनील नीरद सुंदरम्' ने तेज हवा से उन पर फूलों की पँखुड़ियाँ झरवाकर स्वीकार किया।

लावण्यदेवी ने रंगून लौटकर और भी गंभीरता से बागबानी, प्रात:कालीन सैर और संतुलित भोजन करना आरंभ कर दिया। शारीरिक श्रम पहले से दूना करना और भोजन बेस्वाद; पर पौष्टिक खाना उनका 'मिनिट-टू-मिनिट' का नियम बन गया। माँ बनने के आह्लाद और शरीर में होनेवाले परिवर्तन से उनका रूप और भी निखर गया। सोमनाथ बाबू बार-बार कहते, ''लावण्य! आज तो इंद्र भी मुझसे ईर्ष्या कर रहा होगा, क्योंकि रंभा-उर्वशी समेत उसकी सारी अप्सराएँ भी तुम्हारे सामने कुछ नहीं हैं।''

चूँकि वैभव और साधनों की कमी नहीं थी; इसलिए पहलौठी के बच्चे के आगमन के स्वागत की तैयारियाँ ऐसी हो रही थीं कि 'नंदोत्सव' भी फीका पड़ जाए। माँ ज्योतिर्मयी भी अकसर टेलीग्राम, फोन या डाक-हरकारे से समाचार और सामान भेजती रहतीं। निश्चित किया गया था कि प्रथम 'जचगी' के लिए लावण्यदेवी कलकत्ते जाएँगी, हालाँकि उनकी देख-रेख रंगून के अंग्रेज डॉक्टर और नर्स अच्छी तरह कर रहे थे; पर सोमनाथ बाबू ने फरमान जारी कर दिया था, ''बस या तो लंदन, नहीं तो कलकत्ता।'' लावण्यदेवी ने उनके आदेशानुसार अपनी यात्रा की पूरी तैयारी कर ली थी; हालाँकि उनकी डॉक्टर नहीं चाहती थी कि वे इस समय यात्रा करें, पर ''मालिकों का जैसा मन'' कहकर वे चुप रह गईं थीं।

जाने के पहले लावण्यदेवी अपने सारे कर्मचारियों से मिल-भेंटकर बगीचे में

आईं और एक खास पौधे को सहलाने लगीं कि उन्हें अपने अंदर कुछ घटता सा लगा। उन्होंने घबराकर अपनी एक उम्रदराज परिचारिका की ओर देखा। बिना कुछ कहे ही वह समझ गई और उन्हें पकड़कर अंदर ले गई; हरकारों ने वहाँ तुरंत ही डॉक्टर और नर्स लाकर हाजिर कर दिए।

सोमनाथ बाबू दौड़ते-हाँफते, अपना सोला हैट सँभालते; जब घर में घुसे; तो डॉक्टरनी ने उनके हाथों में एक 'चाँद का टुकड़ा' धर दिया। सोमनाथ बाबू ने खुशी से पहले आशंका व्यक्त करते हुए पूछा, "सो फास्ट? हाऊ कम?"

डॉक्टरनी ने बताया, "यह सब लावण्यदेवी की बुद्धिमानी का नतीजा है। उन्होंने प्रथम दिन से ही स्वयं को इतने कायदे-कानून में रखा कि बच्चा सही वजन का; सही समय पर; बिना किसी खास तकलीफ के आ गया।"

खबर पाते ही ज्योतिर्मयी भी कलकत्ते से मुसाफिरी कर; अपने रिटायर्ड आई.सी.एस. पति समेत वहाँ आ गईं, पर लावण्यदेवी का सारा काम इतना सुनिश्चित और सुनिर्धारित था कि ज्योतिर्मयी देवी वहाँ कोई खास योगदान नहीं दे पाईं। जब उन्होंने लावण्यदेवी को प्रथम नाती आगमन पर उपहार-स्वरूप ढेरों जेवरात और धन आदि देने की पेशकश की; तो लावण्यदेवी ने कहा, "माँ! ऐसा करो, तुम्हें जो सौ कट्ठा जमीन नानी-बाड़ी से दहेज में मिली है; उसका एक हिस्सा मुझे दे दो। वह जमीन; 'अभिजात्य मोहल्ले' में मानी जाती है और काफी हरी-भरी एवं शांतिपूर्ण है।"

ज्योतिर्मयी देवी उसका टुकड़ा क्या, उन्हें पूरी जमीन देने पर उतारू हो गईं; पर लावण्यदेवी ने उसमें से बीचोबीच की तीस कट्ठा जमीन ही ली।

जब माँ विदा होने लगीं; तो लावण्यदेवी ने उन्हें एक प्रसिद्ध अंग्रेज वास्तुकार का बनाया डिजाइन थमाते हुए कहा, "तुम भूमि-पूजा करवाकर, बँगले का काम शुरू करवा दो। एक नंबर इंजीनियर और एक नंबर वास्तुकार की सहायता लेना; जहाज इटली से संगमरमर लेकर पहुँच जाएगा; बर्मा टीक और मलगा बेंत यहाँ से जाएगी; बस समझ लो, इस वायसरायी बँगले की ही संक्षिप्त प्रतिलिपि होगा, तुम्हारी बेटी का बँगला।"

और ऐसा ही हुआ, धनाढ्य माँ-बाप की इकलौती संतान! तेज दिमाग; सारी दुनिया के वास्तुकार मुट्ठी में; पति की रब्तो-जब्त भी कुछ कम नहीं; धन भी अकूत; ऐसे में लावण्यदेवी के बँगले की शान में क्या कमी रहती? सिवाय इसके कि उस पर वायसरायी झंडा नहीं फहराता था।

लावण्यदेवी ने दो और बच्चों को जन्म देने के बाद; अपनी गर्भधारण की भूमिका का पूर्णतः परित्याग कर दिया। एक बड़ा भाई, एक बीच की बहन और एक

छोटा भाई; हँसते खिलखिलाते; चाँद-तारों से होड़ लेते, बड़े होने लगे। लावण्यदेवी ने यथासमय 'अपूर्व' और 'अरणव' दोनों बेटों को 'सेंटपॉल्स' और बेटी 'सौदामिनी' को 'लोरेटो कॉन्वेंट' (दार्जिलिंग) में भेज दिया।

रंगून में आजाद हिंद फौज की गतिविधियाँ चरम शीर्ष को छू रहीं थीं। गाँधी की आँधी से पूरा भारत आंदोलित था!…इसलिए कुबेर के खजाने का मोह त्यागकर सोमनाथ बाबू ने कलकत्ते की 'ब्रेथवेट' कंपनी में ही वापस अपना तबादला करवा लिया। रंगून की तुलना में चाहे यहाँ अर्थ प्राप्ति पासंग भर भी न थी; पर आम राय के अनुसार वह भी कुछ कम नहीं थी।

भारत स्वतंत्र हो गया था। इन दो दशकों में कलकत्ते का रंग-ढंग भी काफी बदल गया था। बच्चे अबी भी यथावत् दार्जिलिंग में पढ़ ही रहे थे। घर-बार पूरा सेट था; ऐसे में कर्मठ लावण्यदेवी का समय, वह कैसे कटे? उन्होंने आव देखा न ताव; अपनी डिग्रियों का पुलिंदा खोला और लेडी ब्रेबोर्न एवं प्रेसीडेंसी कॉलेज में दरख्वास्त दे दी। दोनों प्रख्यात कॉलेजों के ट्रस्टियों ने जब लावण्यदेवी की डिग्रियों का मुआयना किया, तो अवाक् रह गए। एक महिला के पास ऐसा खजाना! दोनों को ही लगा कि इस 'मास्टरपीस' को तुरंत ही साक्षात्कार के लिए बुला लेना चाहिए। साक्षात्कार तो एक बहाना मात्र था; उन लोगों ने तो उनके नियुक्ति-पत्र तक तैयार कर रखे थे। लावण्यदेवी ने सोच-विचारकर लेडी ब्रेबोर्न में ही जाना तय किया; क्योंकि एक तो उनकी टीचर्स ट्रेनिंग डिग्री के कारण कुछ ही समय बाद उनका वहाँ प्रिंसिपल बनना निश्चित था; दूसरे उस कॉलेज का वातावरण शांत था और वह उनके आवास के भी नजदीक था।

हमेशा की तरह लावण्यदेवी के प्रिंसिपली पद का डंका भी चारों ओर बजने लगा। उनकी सूझ-बूझ; उनकी सख्ती; उनकी मिठास; उनका अनुशासन; उनका सलीका; उनके सिद्धांत; पारिजात की खुशबू की तरह कलकत्ते के विद्वत समाज और आभिजात्य वर्ग, दोनों को यकसाँ सुवासित करने लगे। वे अपनी सफलता के मानकों को नित्य प्रति तोड़कर आगे बढ़तीं और नए मानक स्थापित करतीं। उन्होंने अपने सारे गुण पूरी तरह अपनी छात्राओं रूपी पौधों पर उलीचकर उन्हें वटवृक्ष की प्रशाखा की मानिंद एक पूर्ण वृक्ष बना दिया था। लोग आपस में कहने लगे कि लगता है ये भी शांतिनिकेतन की तरह ही एक सुदृढ 'शिष्य परंपरा' स्थापित कर जाएँगी। लावण्यदेवी को इस दुनिया में यदि किन्हीं चीजों से चिढ़ थी; तो वे थे लोभ, मोह, झूठ, कपट, ईर्ष्या आदि; शायद इसीलिए उनका हृदय सर्वदा प्रेम से छलछलाता रहता था।

तीनों बच्चों की गृहस्थी जम चुकी थी। बेटी अच्छे परिवार में और बेटे अच्छे ओहदों पर थे। बड़े बेटे अपूर्व की एक बेटी थी; 'अनन्या'; मंझली बेटी सौदामिनी की एक पुत्री अरुंधती और एक बेटा शोमेन था; छोटे बेटे अरणव को एक ही बेटा था, जिसे सब 'शोना' कहकर पुकारते थे; पर उसका अच्छा नाम था 'अम्लान'। वह लावण्यदेवी का 'खास-म-खास'; आँखों का तारा और लाड़ला पौत्र था।

लावण्यदेवी दो-चार संस्थाएँ; कॉलेज और घर के कामकाज को एकदम आराम से बिना क्लांत हुए कर लेतीं। वे सारे कामों को एकदम तरतीब से; पूरी जिम्मेदारी और गहराई से; पूरी याद्दाश्त से; यूँ कर डालतीं, मानो वे अष्टभुजा दुर्गा हों। क्या मजाल कि कोई जरा सी यह शिकायत भी कर पाए, "आज उसे रोज जितना प्यार नहीं मिला!" स्थूल बातों का तो प्रश्न ही नहीं उठता। वे सबको समदर्शी भाव से, सवा सोलह आने एक जैसा मानतीं थीं सत्य पर अटल; वीतरागी सी कर्मठ; लावण्यदेवी, जो समाज में एक 'बेमिसाल' मिसाल बन गई थीं। उनका कहा पत्थर की लकीर माना जाता, लोग उनके नाम की कसमें खातें, ऐसी विभूति लावण्यदेवी ने अपने घर-संसार में आग लगा दी?

"अरे बेवकूफो! जरा उनके इतिहास-भूगोल पर नजर तो डालो, क्या कभी उन्होंने अपने लिए कुछ माँगा है, कुछ चाहा है, कुछ संचय किया है, क्या वे दिन-रात; अपने चारों ओर की दुनिया को ही सजाने-सँवारने में नहीं लगी रही हैं? आखिर तुम्हें कुछ तो सोच-समझकर ऐसे लांछन लगाने चाहिए।"

मेरे इस कथन पर अनुसूया ने हाथ की हथेली को सीधी लंबी मुद्रा में खींचकर, मेरे विशेषणों को लगाम दी और उसी सख्त भंगिमा में बोली "एकटू थामो तो बापू! ओनेक प्रोशोस्ति बाचन कोरेछो। एकटा काज करो! ओना के 'भारोत रत्नेर' उपाधि दिते बोले दाओ प्रेजिडेंट के! हुँह! बड्डो शाज शाजे, नैका कोथा कार!"(बस बहुत प्रशस्तिवाचन हो चुका। अब तुम चुप रहो। एक काम करो राष्ट्रपति से कहकर उसे 'भारत रत्न' दिलवा दो। हुँह, क्या नाटक करती है, घमंडी कहीं की!)

मैं हतप्रभ और निस्तब्ध; आँखें फाड़े; अनु की बातों को समझने की कोशिश कर रही थी; पर कोई छोर हाथ ही नहीं आ रहा था। खैर, उसे छोड़कर मैंने चंदना से जो पता लगाया, वह यूँ था…

"शायद तुम्हें पता ही होगा कि लावण्यदेवी के छोटे-बेटे को कंपनी ने एक बड़ा सा हवादार फ्लैट लेक के सामने दे दिया था और छोटी बहू स्वयं भी एक बड़ी नौकरी करती थी। उसने अरणव को बाध्य कर दिया था कि उन्हें इस भारी-भरकम रख-रखाव से दूर उस 'कॉम्पैक्ट फ्लैट' में चले जाना चाहिए। वैसे भी अब इस

बँगले के वे ठाठ कहाँ रहे थे? आसपास ऊँचे-ऊँचे मकान खड़े हो जाने के कारण यहाँ की आबो-हवा में भी बदलाव आ गया है।

'शोना' पोते के चले जाने से लावण्यदेवी अधमरी तो क्या, पूरी तरह ही मर-सी गईं। ऊपर से चिर सखा सोमनाथ बाबू भी कुछ वर्ष पहले उनसे विदा ले चुके थे, अतः इस घटना ने उनके एकाकीपन को गहराई तक गहरा दिया और उनके भीतर ऐसे हाहाकार की सृष्टि हुई कि वे शय्याशायिनी हो गईं, पर चूँकि 'शोना' प्रति रविवार उनके पास आता रहा; इसलिए उस क्षीण तंतु के सहारे वे धीरे-धीरे फिर उठ खड़ी हुईं, लेकिन उन्हें जरा भी अंदाज नहीं था कि यह तो उनके सदमों का आरंभ था।

कुछ ही दिनों बाद बड़ी बहू 'गरीबों को हाथ का काम सिखाने के बहाने' दिनभर घर से गायब रहने लगी और एक दिन कोप भवन में पसरकर 'अपूर्व' को ताने मारने लगी। 'तोमाके जोदी कोंपानी फ्लैट ना दाय; ताहोले तूमि 'लोन' निए फ्लैट निते पारो ना? आमार हाड़गुलो ऐतो बोड़ो बाड़ीर काज सामलाते-सामलाते घिषे जाच्छे! कान खुले शुने नाओ; आमि आर ऐखाने थाकबो ना, कालकेई आमार मेये के निए बापेर बाड़ी चोले जाबो।' (तुम्हें यदि कंपनी फ्लैट नहीं देती तो क्या तुम लोन लेकर फ्लैट नहीं ले सकते? मेरी हड्डियाँ इतने बड़े मकान को सँभालते-सँभालते घिस गई हैं। कान खोलकर सुन लो, अब मैं यहाँ नहीं रहूँगी और कल ही अपनी बेटी को लेकर मायके चली जाऊँगी।)

दरअसल, इन सबके पीछे भी लावण्यदेवी की अद्वितीय प्रतिभा ही एकमात्र कारण थी, क्योंकि उम्र में जवान बहुएँ; जो कि खूबसूरत, पढ़ी-लिखी और स्टाइल वाली भी थीं; के यार-दोस्त जब भी उनके घर आते, तो 'माँ' को ही घेरे रहते। लावण्यदेवी के अनुभव के खजाने और उनकी कहन की अनोखी शैली, घंटों-घंटों उन युवाओं के मनों को जीतकर अपनी बड़ी-बड़ी आँखों में कैद कर लेतीं; उनके बनाए पकवानों में ऐसा अनूठा स्वाद होता कि पाँच सितारा रेस्टोरेंट के व्यंजनों को परे खिसकाकर; लावण्यदेवी के पुत्रों की सारी मित्र-मंडली उन्हीं की बनाई हुई चीजों को 'वाह! वाह!'''आ मोरी आहा! आहा!' कहती हुई, चटखारे भर-भरकर खाती, यहाँ तक कि बहुओं के पीहरवाले भी उसी जमात में शामिल हो जाते। खैर! खाने-पीने की बात छोड़ भी दें, तो इतिहा तो तब होती; जब उनकी बहुओं की सहेलियाँ कहतीं "आई सी! सो यू ऑलसो स्टार्टेड वियरिंग शॉल, लाइक योर मदर-इन-लॉ?" या कि पूछ लेतीं, "ओरे शोर्मिला! बोधाय आज तोमाय येई शाड़ीटा माशीमाँ पोरियेछेन?" (अच्छा! तो तुम भी सास की तरह शॉल ओढ़ने लगी या

शर्मिला! आज क्या मासीमाँ ने तुम्हें साड़ी पहनाई है?) ये साधारण सी टिप्पणियाँ सुनकर उन दोनों बहुओं के मुँह उतर जाते और उनके अंतर में एक विचित्र सी जलन होने लगती। उन्हें लगता; उनकी पढ़ाई-लिखाई; सौंदर्य; जवानी और अभिजात्य पर लानत है, क्योंकि इन सब पर तो लावण्यदेवी का बुढ़ापा भारी पड़ रहा है। वे बाहर से तो कुछ नहीं कहतीं और माँ लावण्यदेवी के प्रति भक्ति दिखातीं; पर उनके मनों पर इस एहसासे-कमतरी की 'काई' परत-दर-परत जम रही थी।

"हीन भावना की काई पर जब समय की फफूँद पैदा हो जाती है, तो वह एक सर्वग्रासी विषबेल बनकर मनुष्य की सारी संवेदना को खा जाती है।"

दोनों बहुओं का कहना था कि इतना बड़ा घर, पर अस्तबल से फैले हुए कमरे इतने कम और आकार इतने बड़े कि रख-रखाव की मुसीबत, ढेरों खर्च और उपयोगिता, दस प्रतिशत भी नहीं। अब जमाना 'मल्टी स्टोरिड' का है; चारों ओर के नए बड़े मकानों ने इस बँगले की सारी हवा ही रोक ली है, आज यदि इस 'खँडहर' को बेच दिया जाए, तो इतना पैसा आ जाएगा कि हम सबके पास अपने बड़े-बड़े फ्लैट हो जाएँगे?"

'खँडहर' शब्द सुनकर लावण्यदेवी की आँखें फटी रह गईं थीं। ऐसा भव्य विरल बँगला, जिसे देखते ही सब तारीफों के पुल बाँधने लगते हैं; "वाह! क्या राजशाही घर है! काठ की चमक! टाइल्स की अनोखी कारीगरी! मार्बल की सफेदी, घुमावदार सीढ़ी का राजसी ठाठ, बीच में झूलता 'बेल्जियम कट ग्लास' का झूमर, वाह! वाह!" और यही बँगला इनके लिए खँडहर है? लावण्यदेवी अपने बड़े से सोफे का सहारा लेती हुई आहिस्ता से उस पर बैठ गईं और सदा की तरह दिमाग में भविष्य का खाका खींचने लगीं। उन्हें साफ दिख रहा था कि इस मकान के दावेदार दिन-रात उनके प्रयाण की प्रतीक्षा में हैं इसके पहले कि वे सब महामृत्युंजय का उलटा जाप शुरू करें; उन्हें निर्णय ले लेना चाहिए और उन्होंने तुरंत ही अपने खास वकील को बुलावा भेज दिया।

छोटी बहू कंपनी के बड़े फ्लैट से 'घरेलू पकवान' आदि के चक्कर में सास के यहाँ सप्ताह में दो-एक बार आना-जाना कर ही लेती थी। उसका बेटा दादी के मोह में पल-बढ़कर जवान हुआ था और उसे दादी के यहाँ के खाने का विशेष चस्का था, अत: वह भी अकसर आ जाता था। बड़ा बेटा भी छिपता सा, सकुचाया सा आता रहता; पर उसकी पत्नी ने पूरी तरह उनका बॉयकाट कर रखा था। हाँ, सौदामिनी का बेटा 'शोमेन', बचपन से ही लावण्यदेवी से बहुत अधिक हिलामिला था और उन्हें अपनी 'गर्लफ्रेंड' कहकर बुलाता था। वह अकसर ही लावण्यदेवी

के पास आ जाता और एक दोस्त की तरह उन्हें दुलराता, उनसे हँसी-मजाक करता और एक मित्र की तरह उनके मन के खाली कोने को रोशन कर देता। कुछ वर्ष पहले 'हार्ट अटैक' में सोमनाथ बाबू का भरे-पूरे परिवार से चले जाना; लावण्यदेवी को इतना नहीं अखरा था; जितना आज के इस एकाकी जीवन में अखरता है। इस हकीकत को भी शोमेन अपने संवेदनापूर्ण व्यवहार से सुधारने का प्रयास करता।

भविष्यचेता लावण्यदेवी ने वकील से अपनी वसीयत बनवाई, जिसके अनुसार उन्होंने मकान की कीमत के साढ़े चार हिस्से किए; तीन हिस्से तीनों बच्चों के, एक हिस्सा ट्रस्ट का; जिसमें उनका खाना-खर्चा भी निहित था और आधा हिस्सा अपने उन दो नौकरों का; जिनका बचपन; जवानी और प्रौढ़ावस्था उनकी सेवा में ही बीते थे और जो आज भी सपरिवार उनकी सेवा में लगे हुए थे। विशेषकर 'हरि' की फूलों की डाल सी बेटी मंजु तो लावण्यदेवी पर जान ही छिड़कती थी। वह चौबीसों घंटे तितली सी उनके चारों ओर उड़ती रहती और वे भी उसे अपनी स्नेहिल आँखों और हाथों के स्पर्श से धन्य करती रहतीं।

पोता 'शोना', जो पढ़ाई करने के लिए विदेश जाने की फिराक में था; इन दिनों कुछ ज्यादा ही 'दादीभक्त' हो गया था। उसकी 'हीरोगिरी' भी आजकल परवान चढ़ी हुई थी। इस चहल-पहल से लावण्यदेवी खूब आनंदित थीं कि अचानक उन पर वज्रपात हुआ। वे इस आकस्मिक आघात से पत्थर सी हो गई पर जैसे ही उनकी चेतना लौटी; वे तड़पकर उठीं और रोती-कलपती 'हरि' की बेटी का हाथ पकड़कर गाड़ी में जा बैठीं। उन्होंने ड्राइवर को हुक्म दिया, "थाने चलो।" अपनी टोपी सँभालते हुए घबराए से ड्राइवर ने मिनटों में ही गाड़ी थाने के आगे खड़ी कर दी और लावण्यदेवी का 'गेट' खोलने लपका, लेकिन उसका हाथ झटकते हुए लावण्यदेवी लगभग दौड़ती सी थाने के ओ.सी. के सामने जा खड़ी हुईं।

"मामोनि! आपनि? मामोनि! आपनि? कहता, हकलाता सा ओ.सी. उनको प्रणाम करने झुका (बंगाली रिवाज), तो उन्होंने उसे अनदेखा कर अपनी बात शुरू कर दी। 'ताड़াताड़ी रिपोर्ट लेखो। आमी, लावोण्यदेवी चौधुरी, साक्खी दीच्छी जे आमार पौत्र ओम्लान; ऐई मोंजु नामेर मेये के, रेप कोरे नोष्टो कोरेछे। आर शोनो बापू! आमि बाड़ी जाच्छी, किंतु ऐर बाबा 'होरि' एखानेई आछे। तोमादेर के जोदि कोनो हॉस्पिटल-टॉस्पिटलेर जामिन लागे, ताहोले ओटाओ कोरे नाओ! आमि बाड़ी गिए गाड़ी पाठाच्छी!' कहती हुई वे हरि की ओर मुड़ीं और बोलीं, "आर, 'होरि'! ऐ नाओ; हाजार टाका; जोदी आरो टाका लागे; ताहोले शोंभू ड्राइवर के बोले चेये पाठाओ।" ('तुम तुरंत रिपोर्ट लिखो। मैं, लावण्यदेवी चौधरी इस बात की साक्षी

देती हूँ कि मेरे पोते अम्लान ने इस मंजु नाम की लड़की का रेप किया है और सुनो, मैं घर जा रही हूँ; लेकिन इसका बाप हरि यहीं है; यदि तुम लोगों को अस्पताल से प्रमाण-पत्र लेना हो, तो वह भी ले लेना; मैं घर जाकर गाड़ी भेज रही हूँ और हरि! ये हजार रुपए तुम रखो। यदि और रुपयों की जरूरत हो, तो शंभु ड्राइवर को भेज कर मँगवा लेना।)' फिर उन्होंने बयान के कागज को तेजी से अपनी ओर खींचते हुए उस पर हस्ताक्षर किए और दरवाजे की ओर बढ़ गईं।

लावण्यदेवी की सारी भंगिमाएँ ऐसी थीं, मानो एक गरिमामय मूर्ति पगलाई सी सन्निपात में हो; उनकी आँखें खुलीं तो थीं; पर लग रहा था कि वे उनसे देख नहीं रही हैं और पैर उन्हें घसीट तो रहे हैं, पर चल नहीं रहे हैं।

अच्छा तो इसी संदर्भ में अनुसूया सेन उन्हें कोसे जा रही थी। लावण्यदेवी की छोटी बहू उसकी बहन है और उसका बेटा अम्लान लावण्यदेवी का एकमात्र पोता और वंशधर है।

चंदना की विवरणी चल रही थी, अपनी शिथिल काया को किसी तरह विभिन्न सहारों से ढोती हुईं लावण्यदेवी अपने कमरे के पलंग पर औंधे मुँह जा पड़ीं। पूरे घर में 'सियापा' छाया हुआ था;...लग रहा था कि न तो पेड़ के पत्ते हिल रहे हैं; न ही हवा चल रही है। उस भव्य इमारत में एक भयानक सन्नाटा छाया हुआ था। सन्नाटा इतना गझिन था कि साँसों का आना-जाना भी उस निविड़ मौन को तोड़ता महसूस हो रहा था।

शाम रात और रात; सुबह में तब्दील हो गई। लावण्यदेवी बेसुध सी उस एक ही मुद्रा में पड़ी थीं कि उनकी आँखों में सूर्य की किरणें बरछी सी चुभने लगीं। उनकी आँखें इस चौंध की अभ्यस्त नहीं थीं; इसलिए वे धीमे से उठीं और बगीचे में खुलनेवाली खिड़की के सींखचे पकड़कर दिशाहीन दृष्टि से शून्य में देखने लगीं। उनके पुराने भृत्य 'जदु' ने एकाध-बार आकर कभी नींबू पानी का गिलास; कभी चाय की प्याली; उनकी ओर बढ़ाई भी; पर उन्होंने बाएँ हाथ की हथेली से ऐसा सघन वर्जनात्मक इशारा किया कि बेचारा 'जदु' कोने में दुबककर बैठ गया। कुछ देर बाद जदु ने बेटी सौदामिनी का नंबर मिलाया तो वह 'नो रिप्लाई' मिला। उस बेचारे में चौधरी परिवार के बेटे-बहुओं को तो फोन करने की हिम्मत थी नहीं; अत: वह 'शोमेन' का नंबर ढूँढ़ने लगा। तभी उसे लावण्यदेवी की मित्र 'मृणाल दीदी' हरि का हाथ पकड़े आँधी की तरह लावण्यदेवी के कमरे की ओर जाती दिखीं और तभी जदु को 'शोमेन' का मोबाइल नंबर भी मिल गया। 'जदु' ने जब शोमेन को थोड़ा-बहुत बताते हुए आने को कहा; तो बिना किसी और तहकीकात

के शोमेन ने उत्तर दिया, ''तुरंत पहुँचता हूँ; दुर्भाग्य से मैं घर से काफी दूर हूँ। तेज गाड़ी चलाने पर भी, कुछ समय तो लगेगा ही। जोदु दा···प्लीज, जब तक मैं नहीं पहुँचूँ, तुम 'दीदू' की सँभाल रखना; प्लीज!''

इतने में 'मृणाल दीदी' की कड़कदार आवाज, बँगले की ऊँची छत से टकराई, ''लाबोण्य! ऐ लाबोण्य!···कांग्रेचुलेशंस! दैख!···एकटु एई दिके ताकाश। शोन!··· होरि कि बोलछे?''···(लावण्य तुझे बधाई, जरा इधर देख और सुन कि हरि क्या कह रहा है?)

''पर पत्थर क्या तो सुनता, क्या बोलता? हारकर मृणालदेवी ने हताशा से हरि की ओर देखा। गरदन को जमीन में घुसाए खड़ा; 'हरि' घुटनों को पीछे मोड़कर धप्प से जमीन पर बैठ गया और उसने अपना चेहरा लावण्यदेवी के पैरों पर रखकर; अपने दोनों हाथों से लावण्यदेवी के पैरों को जकड़ लिया। उसकी आँखों से आँसुओं की गंगा-जमुना बह रही थी; साँसें अटक रही थीं! हिचकियों और सुबकियों के बीच उसका प्रलाप और क्रंदन जारी था; ''माँ! ओ माँ गो! आमाके खोमा कोरो माँ! जे आमि आमार पागला मेयेर नोंग्रा कोथा शुने, 'खोकाबाबूर' मोतोन भोद्रोलोक के लांछितो कोरलाम? छिह-छिह, आमार बुद्धिर उपोरेओ शोनि बोशेछिलो बोलेई आमि ओर कोथा के ओतो गुरुत्व दिलाम। ओ मेये तो अतोई बोका; जे ऐ शोब कोथार गांभीर्ज्जोइ बोझे ना! 'खोकाबाबू' ओर शोंगे एकटु हाशि-ठाट्ठा कोरलेन! आजकालेर बाच्चार मोतोन एकटु 'जोड़ा-जूड़ी' कोरलेन! आर ओ भाबलो जे एकेई बौले 'इज्जोत नोष्टो'! आर शुरू कोरलो 'चैंचामेची'। आमिओ गाधार मोतोन ओर कोथा के ओतो दाम दिलाम; जे आपनादेर मोतोन जीबोनदायिनी परिवार के ओतो बोड़ो आघात दिए फैललाम। माँ! माँ जोनोनी! आमाके खोमा कोरे दिन। आमि थाना थेकेओ आपनार होस्ताखोरित कागोज निए ऐशेछी! माँमोनि! एकटु ऐई 'दीनोहीन होरिर' दिके ताकाओ। माँ! तोमार ऐई छेले कान धोरे; तोमार पायेर धूलो ते पोड़े आछे! माँ, एके प्रानेर भिक्खा दाओ माँ गो।···ऐखोन तो शोब ठीक होये गेछे। माँमोनि! ऐखोन तो एकटु मुख तोलो माँ। (माँ, सारी गलती मेरी और मेरी बेटी की है। खोकाबाबू जैसे अभिजात्य जवान को हम समझ ही नहीं पाए। उनके हँसी-मजाक को इस बेवकूफ ने 'इज्जत हतक' समझ लिया और मैं मूर्ख उसे सच मान बैठा। माँ! मैंने आपका हस्ताक्षरित बयान भी थाने से वापस ले लिया है। माँ! इस पातकी को माफ करो माँ-माँ! अब तो सब बातें सुलझ गई हैं; माँ हमें माफ कर दो माँ!)'' हरि की गुहारें; पुकारें; जार-जार रोना; सुबकियाँ; हिचकियाँ सब जारी थीं। मृणालदेवी आगे बढ़कर लावण्यदेवी को झकझोर भी रही थीं कि ठीक

उसी क्षण लावण्यदेवी के कानों में पड़ा, ''शोब ठीक होये गेछे माँ।''

इस एक वाक्य ने उनके पूरे शरीर में जैसे बिजली की एक लहर तरंगित कर दी। वे उस करेंट के झटके से छटपटाकर मुड़ीं और अनिमेष अनंत काल तक 'हरि' को घूरती रहीं; उनके कानों में 'शोब ठीक! शोब ठीक!' नगाड़ा सा बजने लगा, अपने मुड़े हाथों से सींखचों का सहारा लेतीं वे धड़ाम से जमीन पर गिरीं और बेहोश हो गईं; पूर्णतः मूर्च्छित।

इतने में 'ओ गर्लफ्रेंड! ऐ आमार गर्लफ्रेंड! कोथाय तुमि?' आवाज लगाता हुआ शोमेन वहाँ आया। उसने लावण्यदेवी के शरीर को फूल की तरह उठाकर पलंग पर लिटाते हुए; सबसे हाथ जोड़कर बाहर जाने का अनुरोध किया। वह लावण्यदेवी के सिर को अपनी गोद में रखकर; हल्के से उनके अश्रुसिक्त सुकोमल चेहरे पर पानी के छींटें और माथे पर 'ओडी-कोलोन' लगाकर उनके सिर पर हाथ फेरने लगा। तभी लावण्यदेवी के कुछ अस्फुट, अस्पष्ट से वाक्य हवा में तैरे, 'सब ठीक है!'...'सब सुलझ गया है!'...'बच्ची मूर्ख है!' 'मैं गधा हूँ!'...'खोकाबाबू मजाक कर रहे थे!' 'गँवार बच्ची ने गलत समझ लिया!'...'मेरी अक्ल घास चरने गई थी!'...'मैं हस्ताक्षरित बयान वापस ले आया हूँ!'...'मुझसे बड़ा पातक हो गया!'...पर आहत स्वरों का यह संजाल लावण्यदेवी को त्राण नहीं त्रास दे रहा था। वे समझ नहीं पा रही थीं कि क्या सही है, क्या गलत, ऐसी विकट दुविधा? ऐसी विडंबना से आज से पहले कभी उनका साक्षात्कार नहीं हुआ था कि उनके ही सिद्धांत आपस में टकराने लगें और वह टकराहट इतनी तीव्र हो कि उससे आग सी चिनगारियाँ निकलने लगें। क्या आज उन्हें अपने सिद्धांतों पर व्यावहारिकता के झूठ की चिप्पियों की 'वेल्डिंग' करनी पड़ेगी, जीवन का यह कैसा मोड़ है कि आज पहली बार उन्हें आगे का रास्ता नहीं दिख रहा, बेसिर-पैर के प्रश्न उन्हें मथे डाल रहे थे और वे अँधेरी गुहाओं में दिग्भ्रमित सी सोच रही थीं कि क्या है यह सब, क्या मेरा सारा जीवन झूठ है, मेरे सिद्धांत, मेरा सत्यव्रत, मेरा ईमान, क्या सबके सब बकवास हैं। आज तक जिन्हें मैंने जीवन-मूल्यों की संज्ञा दे रखी थी, क्या वे सब एक ढोंग मात्र थे, सत्य को अपने जीवन की आधारशिला मानना गलत था, क्या झूठ से समझौता नहीं करना; संदिग्ध स्वर्णावसरों को ठुकराना आदि भूल थी, क्या अर्थ से कम और विवेक से अधिक प्यार करना गलत था? मेरी संतानों में मूल्यों से ज्यादा स्वार्थबुद्धि का मोल है; तो क्या गरीब का ईमान इतना सस्ता होता है कि दुराचारी के सिक्के की चाल क्षण मात्र में ही उसका धर्म और ईमान डिगा देती है, यदि अनन्या को हरि के बेटे ने छेड़ा होता तो तो, क्या होता? क्या

तब भी अपूर्व और अरणव आदि की यही प्रतिक्रिया होती; जो आज है क्या पैसा सचमुच सारे मूल्यों से बड़ा है ?

इन प्रश्नों के उत्तर-प्रत्युत्तर लावण्यदेवी के मस्तिष्क में काले इंद्रजाल से फैलते जा रहे थे। वे गरदन को कभी बाएँ, कभी दाएँ घुमाती हुईं; बेचैन सी सिर को इधर-उधर पटक रही थीं, उनकी बुदबुदाहटों से फूटे ये शब्द साधारण समझ से परे थे और जिन्हें समझकर भी शोमेन समझना नहीं चाह रहा था। वह केवल 'दीदू! दीदू!' करता हुआ उन्हें पुचकार रहा था; वह कभी उनके सिर को, तो कभी उनके बालों को सहला रहा था पर इसके बावजूद, उनकी बेचैनी का तापमान बढ़ता जा रहा था कि अचानक वे बिना पानी की मछली की तरह तड़पीं और उनका सिर निढाल सा शोमेन की गोद में लुढ़क गया।

शोमेन ने घबराकर उनकी साँस सँभाली और उसे चलता देखकर उसकी जान-में-जान आई। इतने में चौधरी परिवार के पुराने पारिवारिक डॉक्टर आ गए; जाँच करने के बाद उन्होंने लावण्यदेवी को एक इंजेक्शन दिया और हिदायत दी कि उन्हें पूरी तरह नि:शब्द और निर्ज्योति सन्नाटे में सोने दिया जाए। उनके सिरहाने बैठी नर्स बेहरकत उनका ऑक्सीजन स्तर आदि देखती रहे और जब वे उठें; तो उनसे एकदम 'नॉर्मल' बातचीत की जाए।'

उस रविवार का सूर्य नई रोशनी लेकर आया। चौधरी परिवार के वकील; नामी-गिरामी एडवोकेट श्री श्यामल सेन अपना चोगा पहने; हाथ में ब्रीफकेस लिये; ड्राइंगरूम में बैठे नजर आए। उनके पीछे-पीछे पधारे चौधरी परिवार की तीनों संतानों के परिवार और भृत्यवृंद। सबके चेहरे कौतूहल से भरे थे; पर सब चुप थे। कुछ क्षणों के बाद ही सबने श्रीमती लावण्यदेवी को सफेद कपड़े पहने अपने कमरे से आते हुए देखा। उन्हें इस रूप में देखकर सब निर्वाक् हो गए। लग रहा था लक्ष्मी की भव्यता, सरस्वती की पवित्रता में तिरोहित होकर; दिव्यता में परिवर्तित हो गई है और जो पूर्णत: पारदर्शी है! 'शुक्लाम् ब्रह्मविचार सार परमा' का मूर्तिमंत रूप। अनायास ही सबके हृदय श्रद्धा से भर गए और वकील साहब सहित पूरा परिवार उनका आह्वान करता सा औचक खड़ा हो गया। बतौर रस्म; चरण-स्पर्श का सिलसिला चला; जिसे सरसरी तौर पर समेटते हुए लावण्यदेवी ने वकील साहब को हाथ से आगे की कारवाई करने का संकेत किया।

वकील साहब ने वसीयत पढ़नी शुरू की 'यह मकान एक रियेलटर को बेचना तय है, जिससे अमुक करोड़ की राशि मिलेगी।' सारे सदस्यों के मुँह से बेसाख्ता निकला, हेंऽऽऽऽ

"इसके साढ़े चार हिस्से होंगे, जिसमें से तीन हिस्से तीनों परिवारों के हैं और आधे हिस्से का नब्बे प्रतिशत हरि और जदु को मिलेगा!" यह बात सुनते ही सरगोशियाँ शुरू हो गईं, "क्याऽऽ? ओह माँ! तुमने इन तुच्छ नौकरों पर यूँ लाखों रुपया लुटा दिया?" हवा के स्पंदन के रुख को भाँपकर लावण्यदेवी ने अपनी बड़ी-बड़ी निर्मल आँखों से पुत्रों पर दया भरा दृष्टिपात किया और नजर लौटा ली। तभी उस वापसी सन्नाटे में सुनाई पड़ा; "दस प्रतिशत बाकी के अन्य छोटा-मोटा काम करनेवाले नए मजूरों को।" चूँकि उपस्थित लोगों में अचरज-व्यापना बंद हो गया था; इसलिए घोषणाएँ प्रतिक्रियाहीन हो गई थीं और 'बाकी का एक हिस्सा सोमनाथ ट्रस्ट को; जिसे लावण्यदेवी एवं वकील साहब जीवनपर्यंत सँभालेंगे; तत्पश्चात् उसके संरक्षक होंगे शोमेन!"

"यह वसीयत आज से तीन वर्ष पहले बनाई गई थी और इस पर बतौर साक्षी के शोमेन और वकील श्यामल सेन के हस्ताक्षर हैं।"

"बहुएँ भीतर-ही-भीतर घबड़ाने लगीं, "तो क्या अब 'सासूमाँ' हमारे साथ रहेंगी?" तभी अंदर से लावण्यदेवी की परिचारिका 'आलो' दो हाथों से दो बक्से लुढ़काती हुई घर के मुख्य दरवाजे की ओर जाती दिखाई दी। वहीं पर गाड़ी लगाए हुए शंभु ड्राइवर उनके इंतजार में झाड़न से गाड़ी साफ किए जा रहा था। सब 'ऊक-चूक' से; इस अबूझ पहेली को समझने में अक्षम से; चुपचाप एक-दूसरे को देख रहे थे कि शोमेन ने आगे बढ़ती नानी का हाथ पकड़कर कहा, "ऐई आमार दीदू! ऐई आमार प्राण! तुई आमाके छेड़े कोथाय चोल ली?" (ऐ मेरी प्राण! मेरी दीदू! तू मुझे छोड़कर कहाँ चली?) लावण्यदेवी ने अपनी सहज हँसी हँसते हुए उसके सिर पर हल्का सा धौल जमाया और बोलीं, "ऐ! मेरे प्राण सखा! मैं यहीं हूँ; मैं भला तुझे छोड़कर कहीं जा सकती हूँ? मुझे तेरे सिवा कहाँ ठौर है, हाँ! थोड़े दिन ऋषिकेश रुकती हुई; ऊपर हिमालय पर गुरुजी के सान्निध्य में बैठने की इच्छा है; वहाँ मुझे अपने कई प्रश्नों के उत्तर ढूँढ़ने हैं और कई समस्याओं और जिज्ञासाओं का समाधान जानना है।"

"दीदू! व्यर्थ की बातें मत बनाओ। तुम ऐसा क्या नहीं जानती, जो तुम्हें गुरुजी बताएँगे।" रुआँसे स्वर में शोमेन ने पूछा।

"देख शोमेन! मुझे यह जानना है कि जिस कसौटी पर स्वयं को प्रत्येक क्षण कसते हुए मैंने जीवन जिया है; क्या वह कसौटी गलत थी या कि मैंने ही उसके साथ छलकर उससे अपने स्वार्थपूर्ण हल निकाल लिये थे, सत्य क्या है, समय सापेक्ष, व्यक्ति सापेक्ष, देश सापेक्ष, स्थान सापेक्ष, बल सापेक्ष, या देशकाल स्थान

से परे उसकी सत्ता है, क्या वह सार्वभौम है ? इसके अलावा भी ईमान; सदाचार; झूठ; अहिंसा; पाप; पुण्य; स्वर्ग; नरक आदि-आदि की परिभाषाओं पर भी मुझे शोध करना है; उन्हें गहराई से जानना है। सच मान, अगर आज मैंने इनके उत्तर नहीं ढूँढ़े, तो शंकाओं का यह अजगर मुझे पूरी तरह अपने गुंफन में जकड़कर लील जाएगा। इसलिए हे मेरे एकमात्र पुरुष बंधु! मुझे रोको मत, जाने दो।''

''और तुम्हारा खाना-खर्चा, तुमने तो अपने लिए एक कौड़ी भी नहीं रखी!'' अपनी रुलाई को किसी तरह रोकता हुआ शोमेन बोला।

''अरे पगले! तूने क्या अपनी इस राज-राजेश्वरी दोस्त को दीनहीन कंगालन समझ रखा है ? देख, मेरी माँ ने उस आश्रम को अथाह संपत्ति दान की है; कुछ मैंने भी। इसलिए दो समय की रोटी तो वे मुझे दे ही देंगे और रही साल की दो साड़ियाँ ? वो, हाँ, वो तो तू मुझे भेजेगा ही। इसलिए किस्सा खत्म; वैसे भी मैं कोई संन्यास थोड़े ही ले रही हूँ! यदि वहाँ नहीं रह पाई; तो पक्का वादा करती हूँ कि तेरे पास लौट आऊँगी।''

मन को बहलाने के लिए कहे गए ये दिलासा भरे वाक्य सुनकर 'रोंदली'सी झूठी हँसी हँसता हुआ शोमेन अंत में बेसहारा सा फूट-फूटकर रो पड़ा, पर लावण्यदेवी गाड़ी में बैठ चुकी थीं। लग रहा था बुद्ध की तरह ही उन्हें भी निर्वाण के समय के सारे प्रश्न अकुला रहे हैं। उनकी गंभीरता; उनकी दृढता और उनके उजास के नूर ने शोमेन को ऊपर से नीचे तक आलोकित कर दिया।

शोमेन उठकर खड़ा हो गया और लावण्यदेवी के हिलते हाथ का प्रत्युत्तर देते हुए धीरे-धीरे बोलने लगा, ''ऐके बारे मिथ्ये कोथा···आमि तोमाके निजेर थेकेओ बेशी चिनी। आमि भोलेभाबेइ जानि जे तुमि आर कोनो दिन फिरबे ना! हे! आमार चिरो शोहचोरी! तोमाय आमार शतो-शतो प्रोणाम नाओ आमार शोहोस्त्रो भालोबासा!···नाओ शोंपूर्णो बिश्शेर ओभिनोंदन!'' (एकदम झूठी बात! मैं तुम्हें खुद से भी ज्यादा पहचानता हूँ, इसीलिए अच्छी तरह जानता हूँ कि तुम अब कभी नहीं लौटोगी। हे मेरी चिर सहचरी, तुम्हें मेरा शत्-शत् प्रणाम, अर्पित तुम्हें मेरे सहस्त्रों प्यार और संपूर्ण विश्व का अभिनंदन)!···

चारु को कुछ अंदाजा तो था कि माँ की श्राद्ध-सभा में सुजय के दो-चार धनाढ्य परिचित आएँगे; लेकिन गाड़ीवालों की संख्या इतनी बड़ी होगी, यह उसके अनुमान के परे था। रविवार का दिन होने के बावजूद उसने बड़ी मुश्किल से गाड़ियों की भीड़ में अपनी गाड़ी खड़ी की और एक लंबी साँस खींचकर सुजय के मकान की ओर चल पड़ी, पर जीने की ओर बढ़ते ही उसके पैर पत्थर-से भारी हो गए;

जिस फ्लैट को अस्तित्व में लाने और सजाने के लिए उसने जिस सीढ़ी पर अनगिनत बार चढ़ाई-उतराई की थी, उसी सीढ़ी की एक-एक 'पेड़ी' उसे पहाड़ सी लगने लगी। वैसे, इस स्थिति के लिए कोई और नहीं स्वयं चारु ही जिम्मेदार थी। बातचीत में सहज, चपल और वाचाल, लेकिन कर्म में गहन-गंभीर चारु में एक विचित्र सी आदत थी कि वह नुक्कड़ पर बैठे भुट्टेवाले; सड़क पर फूल बेचते माली; बिल्डिंगों के दरबानों और ड्राइवरों से आत्मीयतापूर्ण बातें करती रहती और फलस्वरूप किसी न किसी झमेले को न्योता दे डालती। उसकी इस आदत से घरवाले परेशान तो थे, पर उसके इन अड़ंगों को उसकी सघन संवेदनशीलता के खाते में डालकर वे उसे माफ करते रहते। कभी-कभार इनमें से किसी की बेजा हरकत से चारु बौखला भी जाया करती थी, पर उनकी मजबूरियों के बरअक्स उसे ये धोखे बहुत छोटे लगते और वह उसी सहजता से वापस उन गलतियों को दुहराने बैठ जाती। आज का यह दु:ख भरा क्षोभ भी उसके इसी स्वभाव का फल था।

सीढ़ी की रेलिंग को पकड़कर खड़ी चारु के स्मृति-पटल पर कई नए-पुराने दृश्य कौंधने लगे। उसे याद आया जुम्मा-जुम्मा कल की ही बात है, जब चारु ने ग्रामीण भाव से भरे सुजय पर अपनी सारी ममता उड़ेलते हुए उसे यह समझाया था कि यदि अच्छी कमाई करनी है, तो उसे अपना अधिक-से-अधिक समय कलकत्ता में ही बिताना चाहिए। मुफ्फसिल हालीशोर से सुबह तीन बजे की ट्रेन में लगभग चार घंटे खर्च करके कलकत्ता आना और एकाध ट्यूशन करके घर भागने में उसके समय का बहुत बड़ा हिस्सा बरबाद हो जाता है। इसलिए समय के इस अपव्यय को रोकना होगा, पर कैसे?

कई तरह से विचारने पर चारु ने यही निष्कर्ष निकाला कि सुजय को कलकत्ता में ही कोई 'ठीया' ढूँढ़ना होगा, पर बड़े शहर में आदमी के रहवास का इंतजाम अत्यधिक महँगा होता है, इसलिए चारु ने बतौर एक 'मेक-शिफ्ट' (कामचलाऊ) उपाय के सुजय के दोपहर के नहाने-खाने आदि की व्यवस्था अपने पिछवाड़े के क्वार्टर में कर दी। देखते-ही-देखते सुजय शतरंज का 'अमर प्यादा' बनकर हाथी, घोड़ा, ऊँट आदि सारे मोहरों की चाल चलना सीख गया। चूँकि सुजय के पास एक झूठी-सच्ची फिजियोथैरेपी (शारीरिक चिकित्सा) की डिग्री थी और साथ थी अदम्य जिजीविषा, मेधा और कर्मठता, इसलिए चारु ने अपने परिचय से उसे ढेरों ट्यूशन दिलवा दिए। सुजय ने भी रेस के घोड़े की तरह 'सरपट' दौड़ने में कोई कसर नहीं छोड़ी। उसने सुबह छह बजे से रात के आठ बजे तक अपने कई कद्रदान ढूँढ़ लिये और रात-दिन पैसा कमाने में जुट गया। उसकी अच्छी कमाई देखकर चारु

ने उसके लिए शिवपुर में किराए का एक छोटा फ्लैट जुगाड़ कर दिया और अपने स्टोर से काम लायक फर्नीचर छाँटकर उस फ्लैट में सजा दिया। दाम आँकने पर शायद वह सामान हजारों में बैठता, पर पड़ी चीज को बेमोल समझकर दे देना सहज होता है, इसलिए चारु के घरवालों ने भी इस बात को कोई खास तवज्जो नहीं दी।

हालीशोर से सुबह तीन बजे की ट्रेन में सोता, मरता, पड़ता, सुजय अब रोज सुबह आराम से गरम नाश्ता करके काम पर निकलता और श्रम-विश्राम का तालमेल बिठाते हुए आजीविका की पगडंडी से निकलकर, समृद्धि के 'हाइवे' पर तेज गति से आगे बढ़ने लगा। चारु उसकी उपलब्धि पर इसलिए ज्यादा खुश थी कि उसके हिसाब से सुजय एक बहुत ही बढ़िया आदमी था। उसमें गरीबों के लिए सेवा भाव था और वह अपनी माँ और परिवार से बेइंतिहा प्रेम करता था। उसके इन गुणों के कारण चारु कई बार विनोद से अपने मित्रों से उसका परिचय 'आधुनिक श्रवण कुमार' कहकर भी करवाती थी।

सुजय की तेज प्रवाह से बहती दिनचर्या और कमाई से चारु इतनी अधिक खुश थी कि कभी-कभी उसके पति उसे छेड़ते हुए कह भी देते, ''तुम मेरी कमाई से तो कभी इतनी खुश नहीं हुई?'

दो साल बीतते-बीतते सुजय ने अच्छा-खासा पैसा जमा कर लिया। इसका रहस्य था, कम खर्च और सर्वाधिक बचत। मसलन यदि अभी गैस सिलिंडर के पैसे दुगुने लग रहे हैं, तो फिलहाल गैस का चूल्हा और सिलिंडर चारु से माँग लिया जाएगा!...बेटे की स्कूल-फीस माफ करवानी है, तो चारु और उसके मित्रों के रसूख का लाभ उठा लिया जाएगा। सुजय की प्रखर प्रत्युत्पन्नमति से उपजे ऐसे ढेरों सहज उपायों से उसकी गाड़ी 'संपत्ति-संग्रह' के राजमार्ग पर तेजी से आगे बढ़ गई थी। एकाध बार चारु को लगा भी कि सुजय में कुछ बदलाव आ रहा है, वह कुछ लालची हो रहा है, उसका सेवा भाव कम हो रहा है, अब वह आत्मकेंद्रित होकर अधिक-से-अधिक पैसे बटोरने के चक्कर में रहता है, लेकिन इन नकारात्मक विचारों के बादल जब भी चारु को घेरते, तो वह यह कहकर उन्हें उड़ा देती कि शायद वह इस मामले में अतिशय छूऊ (टची) हो रही है और सुजय की थोड़ी सी मदद करने के एवज में वह खुद को उसका मसीहा ही मान बैठी है। आखिर हर आदमी का अपना नजरिया होता है। अपने निर्णय होते हैं और फिर यह जरूरी तो नहीं कि चारु के मापदंड ही सही हों, विचारों के इस द्वंद्व में जीत सर्वदा सुजय की ही होती और चारु के मन की निर्मलता वापस लौटकर फिर से सुजय नाम की माला गले में लटका लेती।

कभी-कभी चारु के मन में यह विचार भी आता कि आसक्ति की सीमा को छूता यह मोह ठीक नहीं है। आजकल जब खुद के जाए और पोसे बच्चे ही पारिवारिक संस्कारों को धता बता रहे हैं, तो सुजय से ऐसी अपेक्षाएँ रखना क्या ठीक है? यदि चारु की ये आशाएँ हताशा में बदल गईं, तो कहीं वह अवसाद के गर्त में तो नहीं डूब जाएगी, लेकिन तभी सुजय की किसी मीठी बात का चमकता सूर्य उसकी सारी चिंताओं के घटाटोप को भेद देता और बस, भावों से उच्छलित चारु का स्नेह-प्रपात और भी तेज गति से बहने लगता।

एक दिन सुजय ने मध्य कलकत्ता के अभिजात्य मोहल्ले में फ्लैट खरीदने की इच्छा जाहिर की। उसके मुँह से यह बात निकलते ही चारु ने तुरंत इस काम में माहिर अपने मित्रों से मदद की गुहार की। उन लोगों ने सुजय के प्रति चारु के मोह को दृष्टिगत रखते हुए उसे आनन-फानन में संगमरमर जड़ित दो कमरों का एक रईसी फ्लैट बाजार से काफी कम दामों में खरीदवा दिया। चारु ने रियायती दरों पर बड़ा फ्रिज, स्प्लिट ए.सी., वाशिंग मशीन आदि वस्तुएँ लाकर उस फ्लैट को सारी सुविधाओं से संपन्न एक भरा-पूरा घर बना दिया। फर्नीचर तो पहले से था ही। बस, एक पलंग कम था, सो वह भी चारु अपने भाई के यहाँ से माँग लाई। इसी तरह सोफा, कार्पेट, परदे आदि का भी इंतजाम हो गया और सुजय का वह फ्लैट अच्छे-अच्छे उच्चमध्यवर्गीय फ्लैटों पर भारी पड़ने लगा।

गृह-प्रवेश के अवसर पर चारु ने उपहारस्वरूप अपनी ओर से सारे नाश्ते का प्रबंध करवा दिया था। अब बारी थी, इस शुभ अवसर पर आत्मीय-स्वजनों को उपहार देने की। चारु ने सुजय के साथ बैठकर एकदम निकटस्थ आत्मीयों की एक सूची बना ली और उससे उपहारों के बारे में चर्चा करने लगी, पर यह क्या? सुजय ने गरदन नीची करके धीमे स्वर में कहा, "आमि तो किछुइ दीते पारबो ना। श्वाति बोलछे, खोर्चा कोरार कोनो दोरकार नेई।" (मैं तो कुछ भी नहीं दे पाऊँगा। स्वाति कहती है कि बेकार का खर्च करने की कोई जरूरत नहीं है।) निर्वाक् चारु के कानों ने ही आगे यह भी सुना, "दीदी! इसमें क्या खास बात है, सब तो अपने ही लोग हैं, क्या फर्क पड़ता है!"

यह 'सुजय-उवाच' सुनते ही चारु आकाश से जमीन पर आ गिरी। वह भौचक सी सुजय को न देखती हुई देखे जा रही थी और उसके स्मृति-पटल पर 'सुजय डाक्यूमेंटरी' की पुरानी रीलें खुल रही थीं। क्या यह वही सुजय है, जो अपने बड़े भाई के लिए 'भगवान्' संबोधन को भी अपर्याप्त मानता था। सुजय के पैदा होने के बाद जब विधवा माँ के पास सुजय को खिलाने के लिए खाना और पढ़ाने के लिए

पैसे नहीं थे, तब 'दादा' अपने मामा के पास गाँव चले गए थे, ताकि उनके खाने और पढ़ने से बचे पैसों से सुजय का भविष्य सुधर सके। वह नन्हा किशोर वहाँ पूरे दिन धूप, ठंड और बारिश में खेतों में काम करता और रात को फटी रजाई में अधपेट खाना खाकर बिसूरता रहता, पर उसने कभी भी अपने इस दर्द का इजहार सुजय से इसलिए नहीं किया कि उसे दुःख होगा।

आज, सुजय को उस माँ-समान बड़ी भाभी के लिए दो सौ रुपए की साड़ी फालतू लग रही थी, जिसने अपने बच्चों को भूखा रखकर उसे खूब लाड़-प्यार से बड़ा किया था। इतना ही नहीं, दसवीं पढ़ते सुजय से जब चतुर स्वाति ने गले में बाँहें डालकर गंधर्व विवाह रचा लिया था, तब भाभी ने ही उस नौवीं पास 'बहूरानी' के ढेरों नखरे उठाते हुए, उसे अपनी छत्र-छाया में एम.ए. तक पढ़ने की छूट दी थी, लेकिन सात वर्षों तक लगातार उनका लाभ उठा चुकी स्वाति के बर्ताव में उनके प्रति कोई कृतज्ञता भाव तो दूर, एक प्रकार की उद्दंड हेकड़ी आ गई थी। जिनके बलिदानों पर पैर रख-रखकर वह आगे बढ़ी थी, अब वे लोग उसे जाहिल और गँवार लगने लगे थे। ऊपर से तुर्रा यह कि वह यह भाव मन में नहीं रखती थी, बल्कि अपने हर व्यवहार में इसका इजहार करने से नहीं चूकती थी। इतना ही नहीं, उस 'चतुर-चालाक' ने घर के काम से बचने और अपने घमंड को परवान चढ़ाने के लिए तुरंत ही 'एक्टिंग' की एक त्रिवर्षीय डिग्री के लिए सुजय से पैसे भरवा दिए। अब स्वाति देवीजी रोज सज-धजकर बड़ी भाभी और माँ का बनाया हुआ नाश्ता खाकर, हाथ में दोपहर के खाने का टिफिन झुलाते हुए चल देतीं और रात गए कलकत्ता से लौटकर, पका-पकाया खाना खाकर आराम से सो जातीं। ऊपर से वह प्रेम-दीवाना सुजय सबसे कहता-फिरता, "बेचारी स्वाति तो 'खट-खट' कर बेहाल हो जाती है। देखिए न, इन दिनों उसका मुँह कितना सूख गया है?" 'भली भाभी' एवं 'उदारमना माँ' के पास 'हाँई' में सिर हिलाने के सिवा और उपाय भी क्या था?

खैर, 'बीती ताहि बिसार दे, आगे की सुधि लेय' के मद्देनजर चारु ने साड़ियों के तीन-चार पैकेट बनाए और प्रत्येक पर लिख दिया, 'गृह-प्रवेश पर स्वाति-सुजय की सादर भेंट'। चारु से वे पैकेट बेहिचक लेते समय, सुजय के चेहरे पर किसी लाचारगी या शर्मिंदगी का भाव तो दूर, 'आपकी जो इच्छा है, सो करिए' वाली अवहेलना-मुद्रा मौजूद थी। यह उसकी बेअदबियों की शुरुआत ही थी; बाद में तो ऐसी छिछोरी घटनाओं का ताँता ही लग गया।

पैतृक मकान की मरम्मत करवानी थी, इसलिए 'दादा' ने सुजय से कुछ दिनों

के लिए हॉलीशोर के मकान का वह कमरा खोलने के लिए कहा, जो उसने इन चार वर्षों में एक बार भी नहीं खोला था। सुजय से यह खबर सुनते ही चारु ने खुश होकर कहा, ''वाह! तुमि ऐखुनी शे घोर टा खुले दावो।''(वाह! तुम तुरंत ही वह कमरा खोल दो), लेकिन बाद में उसे पता चला कि स्वाति यह कहकर वह कमरा देने से 'नट' (ना कर) गई, क्योंकि वह कमरा उनके लिए शुभ था।

इतना ही नहीं, जब 'दादा' के दोनों बेटे हालीशोर की गलियों में फुटबॉल खेलते हुए अपने ही बूते पर राष्ट्रीय स्तर पर फुटबॉल खेलने लगे और कोच द्वारा कलकत्ता का कोई पता पूछने पर उन्होंने अपने फॉर्म पर उत्साहपूर्वक सुजय का ठिकाना लिखवा दिया, तो मारे गुस्से के स्वाति ने उन्हें बेहद खरी-खोटी सुनाई और उनकी हैसियत को मुद्दा बनाकर उन्हें बहुत सारी अवांछित बातें कहीं। जब चारु को इस बात का पता चला, तो उसे बिल्कुल यकीन नहीं हुआ और उसने सुजय को बुला भेजा, लेकिन चारु की सारी फटकार को नजरें झुकाकर सुनते हुए सुजय ने उसे एक अत्यंत अप्रत्याशित उत्तर पकड़ा दिया, ''दीदी! मैं 'दूसरे लोगों' के लिए अपने घर में आग क्यों लगाऊँ?'' 'दूसरे लोग' संबोधन से हैरान चारु ने उसकी ढिठाई देखकर अपने विस्मय को दरकिनार किया और समझदारी से मध्यम मार्ग निकालते हुए नरमाई से कहा, ''चलो ठीक है, पर सुजय! कम-से-कम प्रैक्टिस के बाद वे तुम्हारे घर आकर खा-पी लें और फिर समय पर स्टेशन चले जाएँ, यह व्यवस्था तो हो ही सकती है, क्यों?'' यह सुझाव देते समय, चारु ने सपने में भी नहीं सोचा था कि अब सुजय के लिए इतना सा कर पाना भी संभव नहीं है। असमर्थता की इस अविश्वसनीय सूचना से चारु इतनी ज्यादा 'ऊक-चूक' हो गई कि जो काम उसने आज तक नहीं किया था, वही कर बैठी। चारु हमेशा से एहसान गिनाने को एक निहायत ही ओछी हरकत मानती है, पर उस दिन उससे रहा नहीं गया और उसने तड़पकर सुजय से कह दिया, ''सुजय, अभी कुछ ही महीने पहले तुम्हारे बेटे को एक बड़े अंग्रेजी स्कूल में भरती करवाने के लिए मैंने उसके स्थानीय संरक्षक (लोकल गार्जियन) में सहर्ष अपना नाम दे दिया था और उस फॉर्म में तुमने मेरे पते को ही अपना पता बताया था। तब क्या एक क्षण के लिए भी तुमने या मैंने कुछ सोचा था? या मैंने किसी अधिकार की कोई बात उठाई थी तुमसे? यह प्रश्न कि मुझे इतनी बड़ी जिम्मेदारी लेनी भी चाहिए या नहीं, क्या हमारे बीच उठा था, और आज? मात्र इतने छोटे से काम के लिए तुमने अपने 'देवता भाई' के बेटों को…'अपने खुद के खून' को न कह दी? सुजय! आखिर हो क्या गया है तुम्हें, ऐसे गए-गुजरे तो नहीं थे तुम?''

पर इन दिनों सुजय ने एक बहुत ही खास आदत सीख ली थी कि यदि उसे किसी की बात नहीं माननी हो तो वह अंधा, बहरा, गूँगा और मूर्खतम होने का अभिनय करते हुए, किसी भी प्रश्न का जवाब दिए बिना, नीची गरदन किए सबकुछ सुनता रहता है और फिर आँख बचाकर चुपचाप वहाँ से भाग जाता है। आज भी उसने वही टोटका आजमाया।

उसके ये रंग-ढंग देखकर सुजय पर हमेशा स्नेह बरसाती चारु की 'औढरदानी माँ' ऐसी बौखलाईं कि एक दिन उन्होंने जोर से अपनी मुट्ठी में उसकी कमीज पकड़ी और उसे झटका देकर खींचते हुए अपने पास बिठाकर ठेठ हरियाणवी में कहने लगीं, "हाँ रै सुजय! तेरी मति एकदम-ए-मारी गई के भाई? खैर तेरी लुगाई (पत्नी) का सुभाव तो सदा का ए 'चाँदड़ा' (कर्कश) था, पर ईब, तेर भी के होया? जो तैं ने उस माँ नै जो तन्‍न पेट म लियाँ दिन मै बढ़ई और रात नै दर्जी का काम कर-कर कै तन्नै इतना बड़ा आदमी बणा दिया, ओ उस माँ नै तैं इतना दु:ख देव सै? भई वाह! तैं तो आच्छा रिण (ऋण) चुकाया रै आपनी माँ का? और तो और, तैं घर की दाई नै भी दो महीना सै 'लुगाई' के सागै बंबई भेज राखी सै और बेसरम-सा आपकै घर का सारा धंधा माँ सै 'कूटान' (करवा) लाग र्‌या सै। हाँ रै! वा महाराणी तेर पर; हिसा कै जादू कर दिया, जो तैं हर बखत उसकी डुगडुगी पर नाचता रह्‌सै? हद ए होगी भाई तेरी बेहयाई की!"

चारु यह देखकर दंग थी कि माँ के झींकने और बड़बड़ाने को अनसुना करता हुआ सुजय अपनी चुप्पी की 'कछुआ पीठ' में जा छिपा था। माँ उसे खा जानेवाली आँखों से घूरती रहीं, पर वह बंदा, वह तो राजा जनक को भी मात देता हुआ पूर्णत: निरासक्त और निर्लिप्त सा बैठा रहा और फिर धीरे से उठकर चल दिया। चारु ने माँ से शिकायती लहजे में कहा भी, "तन्नै कै जरूरत थी बिना बात खुद की बेइज्जती कराण की?"

"चुप्प रह चारु, बस और एक शब्द भी मत बोलिए। यो राक्षस सारे दिन माँजी-माँजी करता मेर सै, इतना लाड़-प्यार करवाता रहे सै! सौ रकम की चीज लेता रह सै! और मैं, इसकी इतनी बड़ी गलत 'करणी' पर इसनै टोकूँ भी नहीं? हुँह!" माँ की ये बातें इतनी सही थीं कि उनकी कोई काट चारु की समझ में नहीं आई।

अचानक एक दिन सुजय ने आकर कहा, "दीदी! आप अमुक स्त्री रोग विशेषज्ञ से मुझे समय ले दीजिए, खास जरूरत है।"

इस बात से चारु को याद आया कि अभी कुछ दिन पहले ही सुजय माँ के गर्भाशय के चारों ओर ट्यूमरों की माला का जिक्र करते हुए कह रहा था कि माँ

का बड़ा ऑपरेशन करवाना पड़ेगा। यह सोचकर कि हो न हो सुजय माँ के लिए ही उस बड़ी डॉक्टरनी को खोज रहा है, चारु का मन हर्षोल्लास से भर गया। उसने सुजय के सारे अपराधों को माफ करते हुए, उसी वक्त सुजय की सिफारिश उस बड़ी डॉक्टरनी से कर दी।

इस घटना के दो-ढाई महीने बाद जब सुजय चारु के यहाँ आया, तो चारु ने माँ का हालचाल पूछा, साथ ही यह भी पूछा कि डॉक्टर ने माँ के ट्यूमर ऑपरेशन की क्या फीस ली, लेकिन सुजय ने जो उत्तर दिया, वह बेहद चौंकानेवाला था। उसने कहा, "माँ का ऑपरेशन तो 'दादा-भाभी' के पास हालीशोर में ही करवा लिया था। आप ही बताइए; मैं अकेला इतना बोझ कैसे उठाता ? हाँ, कलकत्ता वाली डॉक्टरनी से तो स्वाति की 'डी. एंड सी.' (दसेक मिनट की एक साधारण-सी सर्जरी) करवाई थी, जिसकी फीस उन्होंने पंद्रह हजार रुपए ली है। जरा सोचिए, वे माँ के ऑपरेशन का कितना लेतीं ? मैं तो बस प्रभु-कृपा से बच ही गया।"

अचंभित चारु का अगला प्रश्न था, "तुमने 'हालीशोर' जैसे मुफ्फसिल में माँ का इतना बड़ा ऑपरेशन करवा लिया, क्या माँ एकदम ठीक हैं ?"

सुजय ने बहुत ही अनमने स्वर में उत्तर दिया, "मोटा-मोटी (साधारण तौर पर) ठीक ही हैं। वैसे कुछ रक्त-स्राव हो रहा है, लेकिन धीरे-धीरे सब ठीक हो जाएगा। फिलहाल वे मेरे यहाँ ही हैं।"

उस छोटी जगह में इतना बड़ा ऑपरेशन ? और अढाई महीने बाद भी रक्त-स्राव का होना ? इन सब चिंताओं ने जब चारु को घेरा, तो यह सोचकर कि हो न हो, अब सुजय माँ को अपने यहाँ आराम करने और किसी बड़े डॉक्टर को दिखाने के लिए ही लाया होगा, उसे कुछ सकून मिला, पर इस घटना के दस-बारह दिन बाद जब चारु को सुजय की माँ के श्राद्ध-समारोह का भव्य निमंत्रण पत्र मिला, तो उसे अविश्वसनीय नजरों से देखती चारु सोचने लगी कि जब सब ठीक चल रहा था, तब माँ यूँ अचानक चली कैसे गईं ?

चारु की इस चिंता को ज्यादा जाँच-पड़ताल की जरूरत नहीं पड़ी। सुजय की बातों से ही काफी कुछ समझ में आ गया। उसका यह कहना, "माँ तो ऐकदोम ठीक छिलो ! श्वाति आबार झीं के निए बोंबे जाछिलो, बोलेई घोर आर देबोप्रियो के दैखार जोन्ये माँ के आना होलो, किंतु आमार तो कापाल-इ भाँगा ! शेई कारने माँ निजेर शोरीरेर पोरवा ना कोरे दिन-रात काजी कोरतो !" (माँ एकदम ठीक थीं। हमारी दाई को लेकर स्वाति बंबई जा रही थी। इसलिए घर और देवप्रिय (बेटे) को सँभालने के लिए माँ को लाना पड़ा, लेकिन मेरे तो भाग ही फूटे हैं, तभी तो

माँ ने अपने शरीर की जरा भी परवाह नहीं की और दिन-रात 'खटती' ही रही)

उसकी इस बेशर्मी से भरी उक्ति से चारु एकदम स्तब्ध रह गई। उसने तड़पकर सुजय से पूछा, ''क्या तुम्हें उनकी बिगड़ती हुई तबीयत की जरा भी भनक नहीं पड़ी?'' सुजय ने चारु के इस डपट भरे प्रश्न की ऐसी-तैसी करते हुए महा बदतमीजी से चारु को पटापट उत्तर दिया, ''क्या मैं अंतर्यामी हूँ, भगवान् हूँ? दीदी! सच कहूँ तो आजकल आपको मुझमें केवल दोष ही दिखते रहते हैं!'' इसी तरह के और भी कई एक आक्षेपों को होंठों-ही-होंठों में भुनभुनाता वह झटके से उठा और तेजी से बाहर चला गया।

वर्तमान में लौटी चारु ने अपने चारों ओर आँखें घुमाकर देखा, तो उसके दृष्टि फलक पर झकाझक सफेद कुरता-पाजामा पहने आँखों में पानी भरे दोनों हाथ जोड़े भाव विह्वल सा अतिथियों को विदा करता हुआ सुजय झलका। वह प्रत्येक पैसेवाले अतिथि के साथ नीचे जा रहा था और उसे दरवाजा खोलकर गाड़ी में बिठाकर विगलित मुद्रा में धन्यवाद कह रहा था।

वहाँ खड़ी चारु समझ नहीं पा रही थी कि वह सुजय से दु:खी है या नाराज? आज उसे बहुत ही शिद्दत से लग रहा था कि क्या सच ही किसी पर भरोसा करना या किसी को इतना अपना मानना निहायत बेवकूफी और पागलपन है?

इन्हीं उद्वेलनों से बौराई हुई सी चारु माँ की फोटो के सामने जाकर बैठी, तो 'माँ शारदा' की तरह दिखती उस सरल ग्रामीण महिला की फोटो से चारु को एक प्रकार का 'शील भरा तेज' बरसता दिखा। ''धरती पर यदि कोई भी आदमी पूरी ईमानदारी से अपना जीवन जीकर चला जाए, तो तुम उसे देवता ही समझना चारु!'' गुरुजी के कहे ये वाक्य आज बार-बार चारु के मानसपटल पर कौंध रहे थे। उसे लग रहा था कि उससे बड़ा पाप हो गया है और उसे क्षमा करनेवाला भी अब तिरोहित हो चुका है। वह संज्ञा-शून्य सी प्रलाप करने लगी, ''माँ! मैं ही वह पापी हूँ, जिसके कारण आपके परिवार में यह अघटन घटा, पर सच मानिए माँ! मैंने एक क्षण के लिए भी कभी सुजय को अर्थ-पिशाच नहीं बनाना चाहा था। मैं तो प्रभु से सर्वदा यही प्रार्थना करती थी कि वह आप सबको और सारी दुनिया को अपने गुणों से सुख पहुँचाए, पर देवत्व और असुरत्व की सीमा-रेखा पर खड़ा आदमी कब सुर से असुर बन जाता है, इस महीनपन को पकड़ पाना हम साधारण मनुष्यों की जद में नहीं है।

''सच मानिए माँ! मेरी एक ही इच्छा थी कि सुजय उस माँ पर संसार के सारे सुख न्योछावर कर दे, जिसने अपनी वैधव्य भरी जवानी में हर रोज चौबीस

में से बाईस घंटे अपने हाड़ घिस-घिसकर उसे पाला-पोसा था। माँ! मैं तो यह भी चाहती थी कि सुजय बड़े भैया के परिवार को इतने सुख से भर दे कि उनके जीवन-दान का थोड़ा सा ऋण चुक जाए, पर माँ, ऐसा कुछ भी नहीं हुआ और बस उसी पुरानी कहावत का पुनर्पाठ होता रहा।

''माँ! क्या सच ही यह इतिहास कभी भी, अपने में कोई संशोधन नहीं करेगा और सदा वही पुराना राग अलापता रहेगा कि 'पुत्र कुपुत्र हो सकता है, पर माता कुमाता नहीं हो सकती'! आखिर क्यों, क्यों? जब समय के साथ कई इतिहास बदल जाते हैं, तो क्यों यही इतिहास शाश्वत बना हुआ, अपनी जिद पर अड़ा बैठा है? क्या कभी ऐसा नहीं घट सकता कि यह कहावत उलट जाए, 'पुत्र सुपुत्र ही रहेगा, माँ चाहे जैसी हो!'

''माँ! क्या कभी एक सच्चे 'श्रवणकुमार' की वंशबेलि इतनी फैल सकती है कि इस समग्र धरती और पूरे आकाश को छा ले? माँ! अपनी इस पागल कल्पना को आपके चरणों में प्रणामी की तरह रखते हुए मैं आपसे सर्व उपकार के लिए इसे साकार करने का वरदान माँगती हूँ। मुझे विश्वास है कि गुरुजी का कहा आप पर शत-प्रतिशत खरा उतरता है और आप चाहेंगी, तो भविष्य में मेरा यह सपना अवश्य ही फलीभूत हो जाएगा।''

एक चमत्कार की तरह चारु को माँ की फोटो में उनके दोनों हाथ वरद और अभय मुद्रा में स्थित दिखाई पड़े। मानो वे चारु को उसके सुनहरे भविष्यवाले निवेदन के लिए आश्वस्त कर रहे हों और अचानक ही चारु के मन में उद्विग्न भावनाओं का जो ज्वार-भाटा उठ रहा था, उसकी जगह एक अलौकिक शांति ने ले ली।

□

एक जर्रा आकाश छूता

'भरतऽऽ! छोटूऽऽ!' की गुहार और उसका यह प्रत्युत्तर 'जी, आ गया' हमारे पूरे घर में रात-दिन ऐसे गूँजता रहता, गोया यह किसी आदमी का नाम न होकर अलादीन के चिरागी जिन्न का पर्यायवाची हो।

जब उसका दूर से ही 'जी, आ गया' सुनकर मैं उसका व्याकरण शुद्ध करने की कोशिश करती हुई उससे कहती, ''अरे भई, 'जी आ गया' नहीं, 'जी, आया' होता है'', तो वह अपने सारे नाक-नक्श लिये पूरे चेहरे से हँसता हुआ कहता, ''माँऽ! वह अंग्रेजी में कुछ होता है न-क्या पास्ट-प्रजेंट या कुछ और वैसा ही आप इसे भी समझ लीजिए। वैसे भी मैं जवाब के पहुँचने तक खुद भी तो वहाँ पहुँच ही जाता हूँ, तो यही ठीक हुआ ना!''

उसकी बाल-सुलभ उक्तियाँ, बेइंतिहा ईमानदारी और सच्चापन उसे किसी और ही लोक का प्राणी प्रतिष्ठित करते थे। आज के जमाने में यदि किसी को पोलिथिन में लिपटी, दस भरी खाँटी सोने की कंठी, कचरापेटी में फेंकी हुई मिल जाए; तो क्या वह बिना किसी एहसान के उसे धीरे से लाकर मालिक के हाथ में रख देगा? भरत ने ऐसा ही किया था और शायद अपनी इन्हीं दिलेरियों के कारण वह घर में हर किसी का मनचीता बन गया था।

प्लंबर का काम हो, तो भरत। टी.वी. गड़बड़ है, तो भरत। बत्ती गड़बड़ है, तो भरत। सब्जी में नमक ज्यादा है, तो भरत। गाड़ी, टेलिफोन, मोबाइल अर्थात् गृहस्थी के सैकड़ों छोटे-से-छोटे और बड़े-से-बड़े काम का हमारे यहाँ एक ही जवाब था, भरत। उसकी इस अप्रतिम प्रतिभा को देखकर मैं सोचने लगती कि आखिर उसका यह तिलस्मी व्यक्तित्त्व गढ़ा कैसे गया।

एक दिन एक और अविश्वसनीय वाकया घटा। मेरी पोती के विवाह के समय हड़बड़ी और घबराहट में मुझसे कोठरी में रखी घर की बड़ी तिजोरी सपाट खुली छूट

गई। भरत के सिवा पूरा फ्लैट सूना था। रात गए जब हम सब घर लौटे, तो भरत ने मेरे पास आकर धीमे स्वर में कहा, ''माँ! आप पहले अपनी कोठरी बंद कर दीजिए।''

जब मैं अकबकाकर भागती सी सेफ के सामने जाकर खड़ी हुई, तो गहने-रुपए आदि का खुला प्रदर्शन देखकर स्तब्ध रह गई। इस उम्र में अपनी इस बड़ी लापरवाही को कोसती हुई मैं उसे धन्यवाद या कोई इनाम देने की सोच ही रही थी कि वह वहाँ से उड़नछू होकर, अपने रोजमर्रा-रूटीन के तहत, एकदम सहजता से रसोईघर में काम करता नजर आया। उसकी कोई-न-कोई ऐसी विस्मयकारी 'करनी' प्रतिदिन, प्रतिक्षण मुझ तक आती और अचरज-भरी मैं उसे देखती रह जाती।

इस दृश्य से निर्वाक्, हैरान सी मैं सोचने लगी कि क्या यह कोई शापग्रस्त ऋषि है, जिसे कोई भी लोभ और लालच बिल्कुल नहीं छूते? यहाँ तक कि यदि कभी-कभार उसकी हार्दिक प्रशंसा की जाती, तो वह भी उसे बिल्कुल नहीं सुहाती और वह बिना किसी भाव के सपाट चेहरा लिये वहाँ से चलता बनता। उसके क्रियाकलाप और हाव-भाव देखकर भान होता था कि जैसे दूसरों की ममता भरी सेवा करने के सिवा उसका लगाव किसी भी चीज से नहीं है।

वह हर काम पूजा की तरह करता, यहाँ तक कि यदि उसके हाथ में कूड़ेदानी में डालने के लिए कूड़ा भी पकड़ाया जाता, तो वह उसे यूँ लेता जैसे भगवान् का प्रसाद ग्रहण कर रहा हो। यदि वह नीचे झुकने में असमर्थ मालिक को जूते पहनाता, तो कम-से-कम दो बार अपने हाथ माथे पर यूँ लगाता, जैसे उसने भगवान् के चरण छुए हों।

दिन-प्रतिदिन मेरी यह आस्था प्रगाढ़ होती जा रही थी कि उसके माँ-बाप ने उसे बहुत ज्यादा समझदारी, प्रेम, मेहनत और ईमानदारी से रच-बुनकर इतना संस्कारी बनाया है।

अचानक एक विपर्यय घटा, एक दिन मैं अपने छज्जे पर खड़ी थी कि मुझे भरत जोरों से हाथ हिला-हिलाकर अपने उस 'पूजनीय भाई' से झगड़ता दिखा, जिसे वह भगवान् मानता था। मैं हैरानी से उसे देखती हुई उस स्थिति की माप-जोख करने की चेष्टा कर ही रही थी कि उसकी नजर मुझ पर पड़ी और वह वहीं शर्म से गड़-सा गया। जब मैंने उसे ऊपर आने का इशारा किया, तो वह पलक झपकते ही मेरे सामने आ खड़ा हुआ।

''भरत! तुम धर्मेंद्र से इतने जोरों से क्यों लड़ रहे थे? तुम्हारी दोनों आँखें लाल भभूका होकर कोटरों से निकली पड़ रही थीं और तुम मारे गुस्से के ऐसे काँप रहे थे, जैसे तुम्हें जूड़ी चढ़ गई हो। मेरी समझ में नहीं आ रहा है कि तुम सा शांत

आदमी इस तरह क्यों बिफरा हुआ है। ठीक से बताओ कि आखिर हुआ क्या है।''

इस पर उसने अपनी नजरें जमीन में गड़ाते हुए कहा, ''माँ! कल भैया ने बाबूजी पर जोर से कुरसी दे मारी थी, सुनकर मुझे गुस्सा आ गया और मैं उनसे लड़ पड़ा।''

''धर्मेंद्र ने ऐसी बदतमीजी की? जरा मैं भी तो सुनूँ कि उसे किस बात का इतना घमंड हो गया है। ठहरो! मैं अभी भैया (उसके मालिक) को फोन करती हूँ।''

''ना माँ, ना! ऐसा मत कीजिए। आपको पूरी बात का पता तो है नहीं, बेकार में बड़े बाबू उनकी क्लास ले लेंगे। माँ, छोड़ दीजिए, बात को यहीं खत्म कर दीजिए।''

पर बात को ऐसे ही छोड़ दूँ, यह तो मुझ जिद्दी की फितरत के खिलाफ है। हाँ, भैया से कुछ न कहकर मैंने सीधे धर्मेंद्र को ही अपनी हाजिरी में बुला भेजा।

''धर्मेंद्र! ऐसा क्या हो गया था, जो तुमने अपने बाबूजी पर कुरसी उठा ली? आखिर वे तुम्हारे पिता हैं। उन्होंने तुम लोगों को बिना माँ के पाला-पोसा है और तुमने उनके साथ ऐसी बदसलूकी की? भई, यह तो मर जाने लायक बात है।''

धर्मेंद्र अत्यंत ही मितभाषी लड़का है, हालाँकि कई बार उसका यह चुप्पापन लोगों को एक तरह का घुन्नापन भी लगता है, लेकिन जब उसने टूटे-फूटे शब्दों में अटक-अटककर, मुझे उस स्थिति की वजह बताई, तो खुद मुझे ऐसा क्रोध आया कि मैं अभी ही उसके बाप पर कुरसी क्या, पूरी मेज ही दे मारूँ। उसका बताया किस्सा यूँ था, ''बाबा, दादा के बिगाड़े हुए इकलौते बेटे होने के कारण, बचपन से ही दादा के कमाए पैसों को स्वाहा करने में लगे रहते थे। उन्हें छोटी उम्र से ही शराबखोरी, जुआखोरी और रंडीबाजी आदि की लतें लग गई थीं और यह गधा छोटू, जिसके लिए आपको डॉक्टर ने कहा था कि इसकी आँखों की नसें खराब हैं, उसका कारण भी मेरे स्वनामधन्य पिताजी ही हैं। उन्होंने छह साल पहले ठंडा खाना देने के कारण इसके सिर के पिछले हिस्से पर पत्थर की सील का भारी लोटा उठाकर दे मारा था। फलस्वरूप इसकी दोनों आँखें चौबीस घंटों तक उलटी रही थीं। कल वे मेरे साथ भी कुछ वैसी ही हरकत करनेवाले थे कि मैं गुस्से में यह गलती कर बैठा। वैसे मैंने बहुत ही पुरानी और टूटी-फूटी कुरसी चुनी थी, क्योंकि मेरा विचार उन्हें घायल करने का नहीं, अपना बचाव और उन्हें धमकाने का ही था।''

हो-न-हो, धर्मेंद्र झूठी कहानी गढ़ रहा है, सोचकर जब मैंने अपनी अविश्वास से भरी आँखों से भरत की ओर, उसकी सत्यता पर समर्थन का ठप्पा लगाने के लिए देखा, तो उसने शर्म से अपनी आँखें ऐसे झुका लीं, जैसे पाप उसके बाप ने नहीं, उसी ने किया हो। कुछ तो उसकी आँखें वैसे भी केंद्र में नहीं रह पाती थीं, पर

उस वक़्त तो वे एक परकटे पक्षी की तरह जोर-जोर से फड़कते आकुल-व्याकुल, दाएँ-बाएँ देखती हुई छटपटाने लगीं। उसके चेहरे से पसीने की बूँदें चुहचुहाकर जमीन पर गिर रही थीं। बाप की बुराई से छोटू की ऐसी दशा देखकर मैंने धर्मेंद्र को चुप रहने का इशारा किया और छोटू को हल्का करने की गरज से कहा, "भृगु की लात सहकर भी उसे क्षमादान देनेवाले हे चतुर्भुज विष्णु! आप इतने भले क्यों हैं?" इसके बावजूद माहौल का भारीपन कम न होते देखकर मैंने उन दोनों की ओर मुखातिब होकर कहा, "धर्मेंद्र, तुम्हारी बात से लगता है कि वाकई तुम दोनों की कोई गलती नहीं है और बड़ों ने कहा भी है, बीती ताहि बिसार दे, आगे की सुधि लेय। भरत! तुम सबके लिए अच्छी सी चाय बनाओ और चौके से गरमागरम समोसे भी लेकर आओ।" हालाँकि वे दोनों 'ना-नुकर' करते रहे, पर तेज हो गई बारिश का हवाला देकर मैंने उन्हें अंततः मना ही लिया।

दरअसल, मैं ये ममत्व भरे तुच्छ से प्रयास इसलिए करती थी, क्योंकि उसके दिन-ब-दिन ऊँचे होते कद के सामने मुझे अपने बौने कद को सँवारने का कोई और बहाना सूझता ही नहीं था।

अचानक एक दिन मुझे पता चला कि भरत ही हमारे घर के नवों प्राणियों की सारी दवाओं का लेखा-जोखा रखता है। किस वक्त, कौन सी दवा, किसे और कैसे देनी है, कब मँगवानी है आदि सारे काम उसी के जिम्मे थे। मेरा अनुमान था कि उसकी विद्या सिर्फ अक्षर ज्ञान तक ही सीमित है, पर जिस धड़ल्ले से वह पत्तों से गोलियाँ निकालकर सबको यथानुसार देता था और वे सारे पढ़े-लिखे प्राणी आँखें मूँदे हाथ बढ़ाकर उन्हें निगल जाते थे, देख-जानकर मुझे लगा कि उसकी पढ़ाई के संबंध में मुझसे भूल हो गई है। कुछ देर बाद जब वह मेरे सामने पड़ा, तो यह पूछने पर कि वह मिडिल पास है या दसवीं, उसका उत्तर अत्यंत चौंकानेवाला था, "माँ! जब हमारी उमर आठ बरस की थी, तभी माँ 'डेड' कर गई, तो हम कहाँ से पढ़ते?"

"तो तुम कभी स्कूल गए ही नहीं?"

"माँ के रहते दो साल में पाँच-छह महीना गए थे, पर उसके मरने के बाद से तो हम घर का, खेत का और ट्रक धोने का काम करने लगे।"

"हैंऽ और तुम्हारा वह हट्टा-कट्टा बाप, वह क्या करता था, जो तुम्हें यह सब करना पड़ता था?"

पूरे कमरे में उसके मौन का सन्नाटा पसरकर अपने वजन से वहाँ की हवा तक को दबोच रहा था, पर उस बंदे ने अपने बाप के खिलाफ एक शब्द तक नहीं कहा। उसके बाप के प्रति मेरा संदेह बढ़ता जा रहा था, पर भरत 'जड़भरत' बना ठूँठ सा

बैठा रहा। अंत में इन बातों की सच्चाई जानने के लिए मैंने धर्मेंद्र को बुला भेजा।

"धर्मेंद्र, तुम्हारी माँ को कौन सी बीमारी थी, जो वे इतनी छोटी उम्र में चल बसीं?"

"कोई बीमारी नहीं थी, माँजी।" धर्मेंद्र का संक्षिप्त सा उत्तर था।

"तो फिर? आखिर कोई वजह तो होगी, जो एक स्वस्थ, जवान और कम उम्र की औरत अचानक चल बसी? तुम्हारे नाना-नानी तो अभी तक एकदम नीरोग और चुस्त हैं! फिर माँ को ऐसा क्या हुआ था, जो वह भरी जवानी में चली गई?"

धर्मेंद्र की झुकी आँखें और भी झुककर उत्तरहीन होती जा रही थीं कि पीछे से काँपती हुई आवाज आई, "बाबा हमारी आँखों के सामने माँ को पीट-पीटकर मार डाले। जब उनके हाथ का पीतल का बड़ा कलछुल माँ को मारते-मारते टूट गया, तो बटलोई, सरिया, पीतल का हँड़िया और घर में जो भी सामान था, उठा-उठाकर उससे मारते रहे और अंत में...अंत में..." कहते-कहते भरत की हिचकियाँ बँध गईं और वह अपना सिर घुटनों में छिपाए, बेआवाज, बेतहाशा इतने जोर से रोया कि उसका पूरा शरीर हिचकोले खाने लगा। मैंने और धर्मेंद्र ने उसका मनों भारी सिर ऊपर उठाकर उसे समझाने की बहुत कोशिश की, लेकिन सब वृथा। उसकी स्थिति देखकर ऐसा महसूस हो रहा था जैसे उसकी माँ की मृत्यु का वह दर्दनाक दृश्य सिनेमा की रील की तरह पूरा खुलकर उसके सिर में घुसकर बैठ गया था। एक तो मासूम बच्चा, जिसकी माँ ही उसकी पूरी दुनिया होती है और उसी माँ की ऐसी भयंकर मृत्यु! ऐसा भयानक दृश्य तो अच्छी-खासी उम्रवालों को भी पागल बनाने की क्षमता रखता है और जब हम जैसे दुनिया देखे हुए लोग तक उस दृश्य का संक्षिप्त वर्णन सुनकर ही सिहर रहे हैं, तो वह आठ साल का बच्चा तो उस दृश्य का सबसे संजीदा और अहम किरदार था, उस पर क्या बीती होगी? सच कहूँ, तो मेरे बूते में उसकी मर्मांतक पीड़ा का अनुभव कर पाना भी संभव नहीं था। रह-रहकर सोच रही थी, अनजाने में मुझसे यह कैसा पाप हो गया, जो मैंने यह वृत्तांत छेड़ा। अब क्या करूँ कि इस बच्चे को कुछ ढाढ़स मिले।

मेरा मन लगातार ऐसे ही प्रश्नों का संजाल बुन रहा था, पर उनका कोई भी उत्तर नहीं मिल रहा था। लग रहा था कि भूल से मैं एक ऐसी अँधेरी गली में घुस गई हूँ, जिसका कोई छोर नहीं है। उस गहन सन्नाटे ने वहाँ की सारी हवा को दबोच लिया था, उसकी और सबकी भारी साँसों ने उस घुटन में बढ़ोतरी कर दी थी। तभी उस दमघोंटू सन्नाटे से सबको मुक्त करता भरत गरदन नीची किए तेजी से उठा और मकान के बाहर चला गया।

आश्चर्यजनक ढंग से वह उस शाम भी रोज की तरह घर के कामों में पूरी

तरह मुब्तिला था और उस पर सुबह की घटना का कोई असर नजर नहीं आ रहा था। इतने कठिन समय से गुजरने के बाद इस तरह सहजता से बात को आई-गई कर देना और स्वाभाविकता से काम पर आ जाना, मेरे आज तक के अनुभवों से अलग अनुभव था। मैंने इसे भी अपनी 'भरत-असंभव-सूची' में जोड़ लिया।

बिना पढ़ाई-लिखाई के सारी दवाइयों को पहले अक्षर से पकड़कर हृदयंगम कर लेना, विज्ञान के मेधावी छात्रों की गुमी हुई किताबों को कचरे में से ढूँढ़कर ला देना आदि ढेरों-ढेर गुण उसकी अपरिमित मेधा के परिचायक थे, पर वह उन्हें अपनी विनम्रता और भोलेपन के आवरण में इस तरह ढके रखता था कि वह बहुत ही नाकुछ और गँवार सा लगे। उसके इन सारे गुणों की बदौलत ही हमारा पूरा परिवार उस जैसा सेवाधारी पाकर स्वयं को धन्य महसूस करता था।

एक दिन भरत ने बताया कि उसका विवाह पक्का हो गया है और तत्क्षण ही उसने अपने मोबाइल पर हमें उस सुघड़ लड़की की तसवीर बड़े चाव से दिखा दी। घर में सबका चहेता होने के कारण, सभी सदस्यों ने उसे कुछ-न-कुछ देने का मन बना लिया और उसके एहसानों तले दबी मैं भी उसे कुछ स्थायी उपहार देने की सोचने लगी।

तभी एक दिन उसका उड़ा हुआ चेहरा और पपड़ीदार होंठ देखकर मैंने पूछा, "क्या बात है, कोई गड़बड़ खबर आई है क्या?" मेरा अंदेशा था कि हो-न-हो लड़कीवालों ने ही कोई अनचाहा समाचार भेजा होगा, लेकिन जब उसने बताया कि उसका सिर जोरों से घूम रहा है, तो मैंने तुरंत पासवाले कंपाउंडर को बुला भेजा। कंपाउंडर से रक्तचाप का नतीजा सुनकर हम सब स्तब्ध रह गए! इक्कीस साल के जवान बच्चे का यह प्रेशर? हमने रक्तचाप मापने की दो-तीन तरह की मशीनें मँगवाकर देखा, पर सबका पारा इस तरह ऊपर भागा मानो कोई चुंबक उसे ऊपर खींच रही है। कंपाउंडर की माप जरूर ही गलत है, सोचकर हमने एक बड़े डॉक्टर को आपातकालीन गुहार लगाते हुए बुलाया, तो उन्होंने भी पाँच-छह बार प्रेशर चेक करने के बाद चिंतित मुद्रा में गरदन 'हाँ' में हिला दी, साथ ही इसे दिल का गंभीर दौरा मानकर उन्होंने भरत को तुरंत अस्पताल के सघन चिकित्सा कक्ष में भरती करवा दिया, लेकिन दुनिया भर की जाँच-पड़ताल के बाद पता चला कि उसका दिल तो एकदम ठीक है, पर उसका किडनी स्तर काफी खराब है। हम दबे कंठ से आपस में विचार-विमर्श कर ही रहे थे कि उस मेधावी भरत ने 'किडनी' शब्द सुन लिया और कहने लगा, "हाँ! तेरह वर्ष की उम्र में मेरे पहलेवाले मालिक महंतजी ने बनारस के एक डॉक्टर से इसके लिए मेरा थोड़ा सा इलाज भी करवाया था, पर फिर यह कहकर कि तुम खुद अपना आयुर्वेदिक इलाज करवा लेना, महंतजी

हरिद्वार चले गए। मेरे पास तनख्वाह से बचे हुए जितने पैसे थे, उतने से जो भी इलाज हुआ, वह करवाकर मैं महंतजी के यहाँ जाकर उनकी सेवा करने लगा। वैद्य जी ने खाने-पीने का कोई नियम नहीं बताया था, इसलिए मैं महंतजी के चढ़ावे में आए हुए मेवा-मिष्टान्न खाकर आनंद से रहने लगा। महंतजी अपने शिष्यों के यहाँ काम करने के लिए मुझे कभी पंजाब, कभी हरियाणा, तो कभी यू.पी. भेजते रहते थे और मैं यह बात भुलाकर कि मुझे कोई तकलीफ है, पूरी लगन से वहाँ काम करता रहता था। धर्मेंद्र भी पहले गुरुजी के एक शिष्य के यहाँ ही काम करता था, पर उनकी अकस्मात् मृत्यु के बाद वह इस शहर में उनके भाई के यहाँ आ गया। आपसे मिलकर उसे अच्छा लगा, इसलिए उसने मुझे भी बुलाकर आपके यहाँ रखवा दिया।''

''बच्चे! तुमने कभी बताया क्यों नहीं कि तुम्हें किडनी की बीमारी है?''

''माँ! मुझे याद ही नहीं था, तो आपको बताता कैसे?'' उसका सीधा सा उत्तर था।

जब उसे कलकत्ता के एक बड़े किडनी स्पेशलिस्ट को दिखाया, तो उन्होंने उसकी सारी स्थिति देख-समझकर कहा, ''इसकी दोनों किडनियाँ खराब हो चुकी हैं और इसे बचाने का एकमात्र उपाय, इसकी तुरंत डायलिसिस शुरू करवाकर नई किडनी का प्रत्यारोपण करवाना है।''

खबर बेहद चौंकानेवाली और व्यय-साध्य थी, पर इस भोले भंडारी भरत की मदद के लिए हमारा पूरा परिवार ही नहीं, हमारे कई एक करीबी रिश्तेदार और मित्र भी आतुर थे। हमने यथाशीघ्र उसके ऑपरेशन के लिए एक बढ़िया सरकारी अस्पताल में परिचय ढूँढ़ निकाला और इस बड़े ऑपरेशन के बाद की अनुवर्ती महँगी दवाइयों के लिए भी दो-एक प्रायोजक जुगाड़ कर लिये। अस्पताल के पलंग पर चुपचाप लेटा भरत हमारी सारी गतिविधियाँ देखता रहता था। उसे देखकर हम आश्वस्त थे कि उसे हम पर पूरा भरोसा है और इसीलिए वह हमसे एक भी प्रश्न नहीं कर रहा।

हम अपनी योजना को कार्यान्वित करने में जुटे हुए थे। ढेरों तरह के टेस्ट, सोनोग्राफी, एक्स-रे आदि करते-कराते लगभग पच्चीस-तीस दिन बीत गए। तभी एक दिन उसने कहा, ''माँ! हमारे एक फूफाजी, पटना में ऊँचे सरकारी अफसर हैं और पटना के एक बड़े डॉक्टर से उनकी बहुत जान-पहचान है। उनकी इच्छा है कि एक बार उन्हें भी दिखाकर उनकी राय ले लेनी चाहिए।''

भला हमें इसमें क्या उज्र हो सकता था कि उसके परिचित नामी-गिरामी डॉक्टर साहब उसे देख लें।

हम लोगों की सहमति से जब वह पटना जाने लगा, तो मैंने डबडबाए मन

से उसे कुछ ज्यादा रुपए देने चाहे, इस पर उसने मुझे बरजते हुए कहा, ''माँ! आप इस तरह घर को लुटाया मत कीजिए। बाबू बहुत खटकर, मेहनत से कमाई करते हैं और आप हैं कि मुझे बेहिसाब पैसे दिए जा रही हैं!'' उसने यह बात महज कही ही नहीं, वरन मुझे आधे से ज्यादा पैसे वापस लौटाकर मेरी दोनों हथेलियों को अपने हाथों से दबा दिया ताकि मैं उस पर और जोर न डाल सकूँ।

मन तो किया कि उसे अपने से चिपकाकर पूछूँ, ''भरत, सच बताओ कि तुम कौन हो और इस धरती पर क्या करने आए हो?'' पर व्यावहारिकता के मद्देनजर मैंने अपने आँसुओं को सँभाला और उसके सिर पर हाथ फेरकर वहाँ से हट गई।

एक हफ्ता, दो हफ्ते, तीन हफ्ते, चार हफ्ते, समय बीत रहा था, पर न तो भरत का फोन ही मिल रहा था, न उसकी कोई खबर ही आ रही थी। कुछ दिनों बाद बड़ी मुश्किल से एक उड़ती सी खबर मिली कि उसका किडनी प्रत्यारोपण नहीं होगा और उसकी शादी भी निश्चित समय से जल्दी हो रही है।

'क्या लड़की और उसके परिवार को भरत की शारीरिक स्थिति का ज्ञान है, क्या वह लड़की जान-बूझकर सत्यवान की सावित्री की तरह भरत का वरण करना चाहती है?' आदि शंकालु प्रश्नों का मुझे एक ही उत्तर मिला, 'हाँ।' गहराई में जाने पर पता चला कि भरत ने जब पूरी ईमानदारी से उन लोगों को सारी बातें विस्तार से बताईं, तब उस लड़की ने केवल और केवल भरत से ही विवाह करने की कसम खा ली। उस लड़की का कहना था कि पूरे गाँव में भरत ही एकमात्र ऐसा इनसान है, जिसने शुरू से ही उसके माँ-बाप से एक भी अधेला लिये बिना, पूरे विवाह की जिम्मेदारी अपने ऊपर ले ली थी। यह पूछने पर कि 'क्या तुम्हें भरत की गंभीर बीमारी का पता है? क्या तुम जानती हो कि...' वाक्य को बीच में ही काटकर वह बोल पड़ी थी, ''देखिए! जो हमरा नसीब में है, वही न होगा। हम तो कहते हैं कि 'ये' एकदम भले-चंगे हैं। आप लोग जरा भी फिकर न करें, 'ये' एकदम ठीक रहेंगे और हमरा विश्वास है कि इनकी उमर भी बहुत बड़ी होगी।'' उसके दृढ भरोसे और आस्था की बातें सुनकर मैं भौचक थी। न मुझसे कुछ कहते बन रहा था, न सुनते, लेकिन प्रभु की माया देखिए, अंत में हम आस्थाहीन बुद्धिजीवी सिर पटकते रह गए और वे परम विश्वासी लोग जीवन-युद्ध में जीत गए।

हाल ही में एक प्रत्यक्षदर्शी ने मुझे बताया कि भरत के आँगन में दो बच्चे खेल रहे हैं, जिन्हें उसकी पत्नी किसी भी माँ से ज्यादा प्यार और ममता से पाल रही है। मैं चकराई सी यह जानने को आकुल-व्याकुल हो उठी कि यदि ये बच्चे भरत के हैं, तो क्या यह डॉक्टर की सहमति से हुआ है और यदि नहीं, तो? बिना खास तहकीकात के ही मुझे इस पहेली का उत्तर मिल गया। पता चला कि धर्मेंद्र

की पत्नी के जुड़वाँ बच्चे पैदा हुए थे। भरत और उसकी पत्नी की भलमनसाहत की कायल धर्मेंद्र की पत्नी ने पैदा होते ही अपना एक बेटा 'ओलनाल' सहित भरत की पत्नी की गोद में डाल दिया था। इस दान से भरत की पत्नी माँ बनने की ममता से ऐसी फूली कि उसके दूध उतर आया और अब वह अपने दूध से ही उन दोनों बेटों को पाल रही है। चूँकि वह बड़की से ज्यादा कर्मठ और व्यावहारिक है, इसलिए बच्चों के पालन-पोषण का और घर का सारा भार उसी के जिम्मे है। चूँकि भरत अब गाँव के घर में ही रहता है, इसलिए उसने अपने घर के बरामदे में एक सिले हुए कपड़ों की दुकान भी खोल ली है। धर्मेंद्र नौकरी पर वापस शहर चला गया है और उसकी पत्नी कटाई, सिलाई में कुशल होने के कारण दिन-रात अपने हस्तकौशल से कलकत्ता के बेशकीमती नमूनों की हू-ब-हू नकल कर एक-से-एक पोशाक बना लेती है। बातचीत में मीठा एवं काम में कुशल भरत दुकान में बैठा हुआ आराम से उन तैयार परिधानों को बेच लेता है और वे दोनों बच्चे डुगुर-डुगुर चलते हुए चाचा रूपी बाप के आसपास घूमते रहते हैं। घर और बाहर के सुंदर सामंजस्य के इस वर्णन को सुनकर मन हरा हो गया, हालाँकि यह सारा सुखद हाल-चाल सुनने के बाद भी एक बात मन के भीतर काँटे की तरह कसक रही थी कि दसियों बार कहने पर भी भरत ने उन हरी झंडी देनेवाले डॉक्टर साहब से हमारी बात क्यों नहीं करवाई।

इत्तफाक से एक बार दिल्ली जाते वक्त मेरे डिब्बे में सादी वेश-भूषा में एक अति सज्जन दिखते व्यक्ति आए, जो पटना के नामी-गिरामी डॉक्टर थे और एक अंतरराष्ट्रीय संगोष्ठी में भाग लेने दिल्ली जा रहे थे। सफर लंबा था, इसलिए औपचारिक परिचय के कुछ देर बाद ही हम लोग निहायत घरेलू ढंग से आपसी चर्चा करने लगे। यह पता चलने पर कि वे पटना के सबसे बड़े सरकारी अस्पताल में वृक्कविज्ञान (नेफ्रोलॉजी) के विभागाध्यक्ष हैं, मेरा मन किया कि उनसे भरत के बारे में पूछूँ। फिर यह सोचकर कि हजारों मरीजों में से किसी एक भरत को जानना किसी के लिए भी संभव नहीं है, मैं उनसे भरत के बारे में पूछते-पूछते रुक गई, लेकिन डॉक्टर साहब ठहरे महाबुद्धिमान। उन्होंने मेरी हिचकिचाहट भाँप ली और कहने लगे, ''लगता है, आपके मन में कोई प्रश्न है, पर आप संकोच कर रही हैं।'' उनके आश्वासन का संबल पाकर मैंने कहा, ''डॉक्टर साहब, इस हौसला-अफजाई के लिए धन्यवाद। दरअसल, आपका कुलनाम भी 'रावत' देखकर एक निहायत ही बेवकूफ जिज्ञासा मन में उभर आई है। लगभग दो साल पहले आपके अस्पताल में एक इक्कीस वर्ष का जवान लड़का भरत रावत अपने किडनी परीक्षण के लिए गया था। कलकत्ता के डॉक्टरों ने उसके रोग का एकमात्र उपाय 'गुर्दा प्रत्यारोपण'

बताया था, जबकि आपके यहाँ से उसे नियमित दवा सेवन की ताकीद देकर छोड़ दिया गया। क्षमा कीजिएगा, इस लंबे अरसे के बाद, इतने विस्तार से यह याद रख पाना तो आपके लिए बिल्कुल ही नामुमकिन···''

मेरे अधूरे वाक्य को वहीं रोककर डॉक्टर साहब ने अपने दोनों हाथ ऊपर उठाकर कहा, ''सच ही! उसकी लीला रहस्यों से भरी है। मैं स्वयं चकित हूँ कि क्या कभी ऐसा भी घट सकता है? वे अदृश्य तार, जो प्रकृति ने न जाने कहाँ बुने थे, कभी यूँ एक-दूसरे से टकरा जाएँगे, देखकर मैं दंग हूँ।''

आगे उन्होंने कहा, ''आपको यह जानकर आश्चर्य होगा कि आपका भरत मेरे गाँव का वासी ही नहीं, मेरा दूर का रिश्तेदार भी है। इसलिए स्वभावत: उसका किस्सा मुझे अक्षरश: याद है। याद है, उस छोटे से बच्चे की वे बड़ी-बड़ी बातें, जिन्होंने मेरे ज्ञान-चक्षु खोल दिए और मुझ सरीखे व्यवसायी व्यक्ति को कर्मकांडी-ढोंगी की जगह कुछ अर्थों में सच्चा धार्मिक बना दिया। दत्तात्रेय की तरह मैंने भी उसे उसी वक्त गुरु का दरजा दे दिया। आप यूँ हैरानी से मुझे मत देखिए। मैं बिना एक शब्द के हेर-फेर के आपके सामने मात्र एक हकीकत बयान कर रहा हूँ, बहनजी! जब मैंने उससे कहा, 'छोटू, जब तुम्हारे मालिक पूरा पैसा दे रहे हैं, तो तुम गुर्दा बदलवा क्यों नहीं लेते हो?' सुनकर उसने मुझसे जो कहा, वह यूँ है, 'डॉक्टर दादू! क्या आप इस बात की पूरी गारंटी लेते हैं कि आपरेसन के बाद हम एकदम ठीक हो जाएँगे? और यदि पचास-पचास का चांस है, तो हम काहे को नाना-नानी को तकलीफ देवें कि वे हमरे खातिर अपनी जान साँसत में डालें। डॉक्टर दादू! पहले तो उनका ढेरों तरह का खून परीच्छा होगा और फिर सब जँचाई के बाद यदि मेल फिट बैठ जाएगा, तो उनका किडनी निकालकर हमरे में लगाया जाएगा। दादू! ई उमर में उनका इतना बड़ा आपरेसन सोचकर ही हमरा कलेजा थर्राता है और दिल जोर से धड़कने लगता है। आप हमको माफ करें, हम उनको यह तकलीफ नहीं देंगे। इस उमर में उनकी सेवा करना तो दूर, हम उनका पेट कटवाकर उनकी किडनी निकलवा लें, यह सोचकर ही हमको गिलानी हो रही है। दादू! अभी आप मालिक की बात बोले तो जरा सोचकर देखिए कि हम मालिक का इतना पयसा कईसे खरच करावें। हमरा कोनो धन तो उनके इहाँ जमा है नहीं और आगे आप ई भी बतावें कि आपरेसन के बाद जो हजारों रुपया का दवाई हमको खाना पड़ेगा, ऊ सब कहाँ से आएगा?'

''छोटू! जब इतने सारे लोग मन-प्राण से तुम्हारी मदद करना चाहते हैं, तो उसका भी कोई-न-कोई इंतजाम हो ही जाएगा। तुम इतनी चिंता क्यों करते हो?''

''सुनते ही वह मेरे पैरों पर गिर पड़ा और बोला, 'डॉक्टर दादू! आप तो हमरा

पूरा कहानी जानते ही हैं और देख रहे हैं कि पिछले जनम का करज तो हम ई जनम में चुका ही रहे हैं, फिर इस जनम में भी दया का इतना बड़ा करज लेकर कैसे मरें? डॉक्टर दादू! आप तो भारी भगत आदमी हैं। क्या बिना भगवान् की मरजी का कोई भी आदमी एक साँस जादा या एक कम ले सकै है? तो फिर हम काहे को अपने भले मालिक लोगन पर इतना जादा बोझ लादें? दादू! आप तो हमका ई रोग का सारा नियम-कानून, खाना-पीना, परहेज आदि समझा कर दवा का परचा लिख दीजिए, उसको पूरी तरह निभाने का गारंटी हमरा है और एक ही असीस दीजिए कि हम जब तलक ई धरती पर रहें, किसी को तकलीफ न दें। परनाम।'

''बहनजी! सच मानिए, इस घटना के बाद मैं वह नहीं रहा, जो उस क्षण तक था। सुबह से शाम तक रुपयों की गिनती गिनता यह बुड्ढा उस नौजवान की सहज उक्तियों से अपने गिरेबान में झाँकने को बाध्य हो गया। उसने जैसे दर्शनशास्त्र के सार को, जो मैंने आज तक पढ़े तो थे, पर गुने नहीं थे, मेरी हथेली पर धर दिया था और जिससे विनम्रता के आवरण में लिपटा मेरा अहंकार कच्चे काँच की तरह चूर-चूर होकर जमीन पर बिखर गया था। मेरी बेहिसाब दौलत मुझे कूड़े के ढेर की मानिंद लगने लगी और उसका बड़ा हिस्सा उसी क्षण गरीबों की मदद के लिए देने के बाद अब मैं यथासंभव एक ईमानदार आदमी का जीवन जीने का प्रयास करता हूँ। बहनजी, 'गुरुर्ब्रह्मा' 'गुरुर्विष्णु' मंत्र के दूसरे छंद 'अज्ञानतिमिरांधस्य ज्ञानांजनशलाकया' का सही अर्थ उसी वक्त पहली बार समझ में आया था, क्योंकि अर्थ-पंक में पगी मेरी जिंदगी को उस दलदल से बाहर निकालने का एकमात्र श्रेय भरत रूपी शलाका को ही है, जिसके लिए मैं आजन्म भरत का ऋणी रहूँगा।

''बहनजी! जैसा कि भरत ने कहा था, पहले मैं बहुत ही कर्मकांडी व्यक्ति था, पर आज भी उस परात्पर के चमत्कारों पर मेरा गहन विश्वास है। आप मुझे यूँ हैरत से मत देखिए और यदि सच जानना चाहती हैं, तो सुनिए; सारी दुनिया के अधिकतर सर्जन-डॉक्टर भयंकर आस्तिक होते हैं। शायद इसका एक सीधा सा कारण यह है कि अकसर ही उनका वास्ता चमत्कारों से पड़ता रहता है। मसलन जब डॉक्टरों के पास एक पचासी वर्ष का मरीज कई एक बड़े रोगों की सर्जरी के लिए आता है, तो डॉक्टर पहले उसके घरवालों से जिम्मेदारी के कई प्रमाण-पत्र भरवाते हैं; क्योंकि वह इतना बड़ा ऑपरेशन झेल पाएगा, इस बात पर उन्हें जरा सा भी भरोसा नहीं रहता, पर होता क्या है? वह तो आश्चर्यजनक ढंग से पूरी तरह से स्वस्थ होकर खुशी-खुशी घर चला जाता है और इसके विपरीत जब एक पच्चीस वर्ष का हट्टा-कट्टा नौजवान दस मिनट की छोटी सी सर्जरी के लिए डॉक्टरों के

पास आता है, तो यह सोचकर कि कागज-पत्तर की कोई खास बात नहीं है, वे बाद में भरते रहेंगे, वे उसका ऑपरेशन शुरू कर देते हैं, लेकिन होनी देखिए। वह बंदा न तो पुकार का जवाब देता है और न ही ऑपरेशन टेबल से उठता है। अविश्वास से भरे ढेरों डॉक्टर-नर्स उसकी छाती को बिजली के शॉक दे-देकर जला डालते हैं, पर उसकी चली गई धड़कनें नहीं लौटतीं।

''बहनजी! मैं आपके अनबोले, पर आँखों में छाए हुए प्रश्नों को पढ़ पा रहा हूँ, पर साक्षात् भरत का संदर्भ ही लीजिए। उसकी वर्तमान स्थिति के लिए आपके पास क्या तर्क है, आप इसे क्या कहेंगी, दुआ इस जन्म के पुण्य या 'चमत्कार'?

''बहनजी! गुरुजन कहते हैं, कई बार माया बुद्धि को, बुद्धि विवेक को और विवेक प्रज्ञा को इतना प्रभावित कर लेता है कि हमारी साधना के मार्ग में विचलन पैदा हो जाता है। मैं इन सभी अवरोधों से सुपरिचित होकर भी अपनी अंत:प्रज्ञा पर पूरा विश्वास करता हूँ और उसके आदेश से ही उस परमपिता परमात्मा से प्रार्थना करता हूँ कि वह भरत रूपी जीवात्मा को दीर्घायु प्रदान करे; क्योंकि दुर्जनों और विसंगतियों से भरी इस पृथ्वी पर यदि एक भी शुद्ध आत्मा जीवित रहेगी, तो मनुष्यों का विश्वास तुममें और मनुष्यता में बचा रहेगा, वरना सब खत्म हो जाएगा। मैं परम मोहासक्त डॉक्टर रावत, दसों दिशाओं को साक्षी मानकर अपने दोनों हाथ फैलाकर भीख माँगता हूँ कि हे मेरे आका! यदि तेरी कृपा हो जाए, तो तू कुछ भी कर सकता है। उसके एवज में तू चाहे तो मेरी बाकी उम्र ले ले, पर उसे उम्र दे दे, मेरे प्रभु।''

विस्फारित आँखों से डॉक्टर साहब की विगलित मुद्रा को देखकर मैं अवाक् सोचे जा रही थी : क्या सच ही भरत इस धरती की मिट्टी से रचा-बुना आदमी मात्र है? आम तौर पर मैं इस प्रकार के अति उद्वेगपूर्ण भावों को गलदश्रु भावुकता की श्रेणी में रखकर खारिज कर दिया करती हूँ, पर उस अल्पपरिचित व्यक्ति के चेहरे से सच्चाई का जो नूर बरस रहा था, उसको परे सरका देना मुझ जैसी ढीठ के भी बूते में नहीं था। वे जब भावावेश में बोल रहे थे, तो यूँ प्रतीत हो रहा था; मानो उनका कायांतरण हो गया है और कोई अलौकिक शक्ति उन्हें यह सामर्थ्य प्रदान कर रही है। पता नहीं क्यों, इस सारी घटना के बरअक्स मन में यह विचार आया कि जब कुंभ में अमृत की एक बूँद लाखों-करोड़ों को तार सकती है, तो एक शुद्ध जीवात्मा ज्ञान प्राप्ति का सहज निमित्त क्यों नहीं बन सकती? भारत की इस लाखों वर्ष पुरानी सांस्कृतिक मिट्टी में कब कहाँ ज्ञानांकुर फूट पड़ेगा, यह कौन जानता है!

□

सच का आईना

हम बचपन से ही जमादारिन मंगली की उँगली थामे हिलती-झूमती ललिता को अपने दूसरे हाथ की उँगली से कभी नाक, तो कभी कान, तो कभी चोटी को मरोड़ते हुए पिछवाड़े की सीढ़ी चढ़ते देखते थे। छुट्टी के दिनों में किशोरों की तैराकी-प्रशिक्षण कक्षाएँ दोपहर में होती थीं, उस समय पता नहीं कहाँ से यह 'छुटकी' अचानक हमारी आँखों के सामने नमूदार हो जाती और बरामदे के एक कोने में अपनी माँ के साथ खाना खाते ही चुटकियों में गायब हो जाती। हम सारे बच्चे इस हैरत में पड़े रहते कि आखिर यह लड़की भूत की तरह गायब कहाँ हो जाती है ? इस कौतूहल के साथ ही हमें उसकी आँखों की चमक भी बहुत अच्छी लगती थी, पर जब कभी हम उसे पकड़कर उससे कुछ बात करना या उसका गाल मरोड़ना चाहते, तो वह हमारी गिरफ्त से यूँ छूट भागती, जैसे बिल्ली का छोटा बच्चा।

उसकी लुका-छिपी के कारण, उसके लिए हमारी आतुरता सातवें आसमान को छू रही थी, पर वह बंदी! किसी भी तरह हमारी पकड़ में नहीं आती थी। तंग आकर हमने एक दिन मंगली को घेरकर कहा, "मासी! तुम्हारा और तुम्हारी बेटी का नाम क्या है और जब तुम सारे दिन यहीं सफाई करती रहती हो, तो तुम्हारी बेटी कहाँ गायब हो जाती है ?"

हमारे बालसुलभ प्रश्नों से मंगली के चेहरे का रंग उड़ गया, पर हमारी प्रश्नातुर आँखों का जवाब देना भी जरूरी था, इसलिए उसने गला खखारकर अपने को सँभाला और बात को घुमा-फिराकर हमें यह उत्तर दिया, "बेबी, हमरा नाम मंगली है और ओकरा नाम है ललिता।"

"मंगली ? यह कैसा नाम है।" प्रश्न मेरा।

"हाँ बेबी, हम मंगल के रोज पैदा हुए थे ना, ओ ही खातिर! माँ हमरा नाम मंगली धर दी।"

"और तुम्हारी बेटी का नाम ललिता किसने रखा?"

"हमरे एके बेटी होने के कारन, हमरा आदमी, बड़ा मोहब्बत से उसका ई नाम रखा है।"

मंगली की बातों की भूल-भुलैया में हम उस वक्त अपना असली प्रश्न भूल गए थे। कई दिनों बाद जब हमें पता चला कि क्लब के प्यून को, अपनी बच्ची साथ लाने के जुर्म में अनुशासन-भंग का नोटिस देकर निकाल दिया गया है, तब लगा कि हमारे उस 'भूलने' ने हमें एक बड़े पाप से बचा लिया था।

समय तेज गति से आगे बढ़ रहा था, और उसके साथ चलते हम सब भी, स्कूल, कॉलेज, यूनिवर्सिटी, लंदन, यू.एस. आदि से बड़ी-बड़ी डिग्रियाँ हासिल कर, ऊँचे-ऊँचे ओहदों की शोभा बढ़ाने लगे थे, लेकिन अपनी-अपनी दुनिया में व्यस्त होते हुए भी हमारा ग्रुप रोज शाम को, तैराकी के बाद पूल के बरामदे में बैठकर चाय के प्यालों पर गप्पें जरूर मारता था। सारे दिन की उठा-पटक के बाद हमारा यह 'बैठका' हमारे लिए एक 'कैथारसिस' (भावशांति) का काम करता था और हम सब वापस तरोताजा हो जाते थे।

ऐसी ही एक शाम को 'छिन्ऽऽऽ छिन्ऽऽऽ, टिन्ऽऽऽ-टिन्ऽऽऽ' 'कंकन किंकनि नुपूर-ध्वनि' सा संगीत हम सबके कानों में बजा, जिसे सुनते ही गायिका माधवी बोल पड़ी, "वाह! आज तो यहाँ जौनपुरी राग की सुंदर बंदिश 'पायल की झंकार बैरनिया' गूँज रही है।"

तभी, इस ध्वनि से खिंची हमारी आँखों ने एक अपूर्व दृश्य देखा, करोड़ों के इंश्योरेंस पर पेरिस प्रदर्शनी से लौटकर आई 'दीदारगंज की यक्षी', म्यूजियम की जगह भूल से हमारे सामने आकर खड़ी हो गई थी; देहयष्टि की तिरछी भंगिमा, बालिश्त भर कटि पर झूलती पतली सी करधनी, पीठ के बीचो-बीच रीढ़ के गड्ढे पर लटकती, खजूरी नमूने की काली मोटी झब्बेदार चोटी, वक्षस्थल और नितंब 'मिस इंडिया' की कसौटी पर कसे हुए और आँखें, माशा अल्लाह ऐसी चमकदार और साफ-शफ्फाफ कि बीच का काला कोया कौवे से भी काला लगे और आसपास की सफेदी ऐसी सफेद कि चमकती चाँदी भी उसके सामने फीकी लगे। गेहुँए रंग में लुनाई का सँवलायापन लिये त्वचा ऐसी कि कालिदास की शकुंतला का लावण्य भी उसके आगे पानी भरे।

जब अपने-अपने क्षेत्रों की दिग्गजा हम सब उस सौंदर्य-मूर्ति को देख निर्वाक् थीं, तभी एक खनखनाती हँसी के साथ आवाज आई, "मेमसाब! हम ललिता हैं, पहिचाने नाहीं का हमका?" उसके चेहरे के भावों से पुरानी जान-पहचान की

आत्मीयता झलक रही थी, इसलिए उसकी यह बात सुनते ही हमारे मुँह से बेसाख्ता निकला, "क्या सच में! तुम वही मंगली की बेटी छुटकी हो? फालतू बात।"

"हाँ मेमसाब! कसम से हम वो ही ललिता हैं। माँ का टिफिन दिए वास्ते आए हैं।"

इतना कहकर ललिता रानी शरीर को कभी दाएँ, तो कभी बाएँ मटकाती हुई भीतर चली गईं, पर हम सब अचरज से उसी तरफ देखे जा रहे थे कि चैताली की यह टिप्पणी, "ओरे बाबा! शुआपोका थेकेई तो प्रोजापति होए, ए ते ओतो आश्चोर्ज्ज किशेर?" (अरे भई! कैटरपिलर से ही तो तितली बनती है, इसमें इतने अचरज की क्या बात है?) हमें वापस अपने वर्तमान में ले आई। हम लोगों ने अपनी झेंप मिटाने के लिए उसकी पीठ को जोरों से थपकाकर कहा, "धन्यवाद ज्ञानीजी! धन्यवाद।"

पर शायद ललिता ने हमें चौंकाते रहने की कसम खा ली थी। अचानक एक दिन वह जरदोजी के काम की लहँगा-साड़ी, कानों में बड़े-बड़े बुँदे, चौड़े बिहारी सिंदूर-भरी माँग पर अर्द्धचंद्राकार टीका, नाक में लालड़ी लटकती बड़ी सी नथ, हाथों में कोहनी तक का लाल चूड़ा, कमर में चौड़ी करधनी, पैरों में छोटे-छोटे घुँघरुओं की पाजेब पहने आई हम सबके पैर छूने लगी। उसके साथ खड़ी मंगली ने कहा, "आप लोगन का असीस से एकरा वियाह एक बहुतै जंटलमैन के साथ हुई गवा है। है तो वो हमरी ही जात का, पर कोनो बड़ा कंपनी में अफसर है। मेमसाब! एकरा हम करमजली कहत रहिं, पर इ तो भागवंती निकली।"

जब हम लोगों ने उसके हाथ में भेंटस्वरूप कुछ रुपए रखे, तो वह 'चिणक' कर पीछे हट गई और कहने लगी, "मेमसाब! भगवान् का दिया सबकुछ है, बस आप सब लोगन का असीस ही काफी है।" अंत में मंगली के बहुत समझाने पर उसने हमारी भेंट स्वीकार तो कर ली, पर उसके एवज में हमें इतनी बार प्रणाम किया कि हम सब उसकी अत्यधिक विनम्रता के कारण संकोच से भर गए। हमने मंगली से कहा, "मंगली! तुमने बेटी को बहुत अच्छे संस्कार दिए हैं, यह जरूर ही सुखी रहेगी, लेकिन 'बेमाता' क्या कभी किसी आशीर्वाद को तवज्जो देती है?..."

समय खुद के साथ हमें भी खर्च करता जा रहा था और हम युवावस्था की सीढ़ी पारकर प्रौढ़ावस्था की दहलीज पर आ खड़े हुए थे। तभी एक दिन पूल पर मंगली का ऐसा पैर फिसला कि उसकी कूल्हे की हड्डी टूट गई। कई ऑपरेशनों के बाद भी मंगली की हालत नहीं सुधरी और वह चल बसी।

हम सब मानकर बैठे थे कि ललिता के आने का तो सवाल ही नहीं है, इसलिए

जब हमने फेंटा कसे, जोरों से झाड़ू मारती ललिता को देखा, तो आश्चर्यचकित रह गए। खुर्दबीनी करने पर पता चला कि उसके इश्कबाज पति ने एक नहीं, कई ललिताओं का उपभोग करना शुरू कर दिया था और रंगीनी बढ़ाने के लिए हर वक्त शराब में डूबा रहता था। ऑफिस से निकाल दिए जाने के बाद, एक दिन किसी 'लाल बत्तीवाली' गली में सिर के बल गिर जाने के कारण उसे फालिज भी मार गया है। इतना ही नहीं, उसने ललिता के सिर पर एक सोलह वर्ष के बेटे को पालने का बोझ भी डाल दिया है।

"हैं! सोलह वर्ष का बेटा? पर यह तो वैसी की वैसी कच्ची कली सी कुमारी लग रही है, आखिर यह इतना रस, इतनी प्राण वायु कौन सी धरती और आकाश से खींचती है, जिसका पता हमें नहीं है?" और उस दिन हमारी महफिल की चर्चित नायिका ललिता देवी ही रहीं।

हमारी आशा के विपरीत, ललिता सफाई का काम अपनी माँ से सौ गुना बेहतर करती थी। ऊपर से वह खुद भी इतनी साफ-सुथरी और सजी-सँवरी रहती थी कि हमारे बीच उसकी उपस्थिति बिलकुल 'ओपरी' नहीं लगती थी।

कुछेक साल बाद अचानक एक दिन जब ललिता की छाती पीटकर रोते हुए दहाड़ों की आवाज आई, तो हमारी नियमित तैराक-मंडली सनाका खा गई और हम सब पानी से निकलकर उसे घेरकर खड़े हो गए। उसका रोना, मंद, मध्यम की तो वक्त ही क्या, तार सप्तक के भी सबसे ऊँचे परदे को छूता हुआ, हमारे उस डेढ़ सौ वर्ष पुराने खँडहर क्लब की दीवारों को हिला रहा था। ललिता का ऐसा बुरा हाल देख झरना ने आगे बढ़कर जब उसे दर्शन-शास्त्र के हवाले से थोड़ी दिलासा देने की कोशिश की, तो उस इकहरी देहधारी ललिता ने उसे ऐसा झटका दिया कि वह बेचारी गिरते-गिरते बची। उसके फड़फड़ाए ओंठ, सूजी लाल आँखें और थरथराता शरीर; उसके जिस दर्द को अभिव्यक्त कर रहे थे, उसकी पूरी जानकारी हमें ललिता की अंतरंग सखी पूर्णिमा आया ने दी। उसने बताया, "मेमसाहब! थोड़ी देर पहले ही इसके सोलह साल के इकलौते लड़के का भारी एक्सीडेंट हो गया है और उसकी हालत अब-तब है; इसीलिए यह इतनी बेहाल हो रही है।"

इसी बीच हमारे ही दल की कमअक्ल उर्मि ने उसके सिर पर सांत्वना भरा हाथ फेरते हुए कह दिया, "लोलिता! हमको आच्छा से याद है कि दो-चार बरस आगे तुमरा हसबैंड का भी हालत भोत खराप हुआ था, पर तब तो तुम ऐसा माफिक 'अपसेट' नेई हुआ था भाई।"

उर्मि के वाक्य के बीच में ही ललिता ने एक चीत्कार के साथ कहा,

''मेमसाब! वो हमरा 'भतार' रहा, पर इ, इ? तो हमरे पेट का जाया, हमरे खून-मास से बना, हमरे कलेजा का टुकड़ा है। मेमसाब! सच कहत हैं, जदि ओकरा कछु होई गवा त, हम एहीं पोखरा में डूब के मर जाइब।''

इतना कहकर, वह फिर उसी तरह छाती पर दोहत्थड़ मारती हुई बिलखने लगी।

सच तो यह है कि आज की इस दर्दनाक घटना को परे सरकाकर यदि हम ईमानदारी से ललिता के विषय में बात करें, तो हकीकत यह है कि हम सब ललिता को उसकी पीठ पीछे व्यंग्य से 'छम्मकछल्लो' कहकर संबोधित करते थे। वैसे इसकी कुछ वजहें भी थीं, पहली तो यह कि उसकी लुनाई लिये मक्खन सी त्वचा, दूसरी, 'ए वन फिगर' पर उसका चटका-मटका! तीसरी, चेहरे और देह पर अनाप-शनाप सजावटें और चौथी, गोटा-लंपी लगी ऐसी-ऐसी जरी की साड़ियाँ कि हम पैसेवाली बंगालनें भी उन्हें पहनने को तरसें। हम सब अकसर चाय की मेज पर 'मुंड में मुंड' मिलाए यह जिक्र करतीं कि यह बंदी आखिर इतना सब जुगाड़ती कैसे है?' कभी-कभार तो हममें से एकाध आगे बढ़कर उससे पूछ भी लेती, ''अरे ललिता! तेरी साड़ी तो बड़ी सुंदर है, कितने में लाई?'' तो वह बेधड़क उत्तर देती, ''पाँच सौ! आठ सौ! डेढ़ हजार।'' उसके फेंककर दिए गए इन जवाबों से, हम सब बिना सोचे-विचारे, तुरंत इस नतीजे पर पहुँच जाते कि पूर्व, पश्चिम, उत्तर, दक्षिण सभी दिशाओं में जन-जन को बहलाती और रिझाती यह देवी जरूर ही क्लब के कुछ आगे जाकर फलाँ अँधेरी गली के मोड़ पर खड़ी हो जाती होगी, जहाँ गाड़ीवान मालिक या ड्राइवर, दोनों में से कोई-न-कोई इसे गाड़ी में बैठाकर, तन की रस-तृप्ति हो जाने के बाद, इसे रुपए पकड़ा देते होंगे।

इन कयासों की पृष्ठभूमि के बावजूद हम उसके व्यवहार और काम के कायल थे और इस संकट की घड़ी में उसकी मदद करना चाहते थे।

अभी हम उसके बालों और पीठ पर हाथ फेर ही रहे थे कि क्लब की एक बड़ी तैराक, डॉक्टरनी शुभ्रा वहाँ आ गईं और बिना पुरानी बातों की जानकारी के, उन्होंने उर्मि के भावोंवाली बात को ही कुछ शालीनता से दोहरा दिया। अब क्या था, ललिता घायल नागिन सी छटपटाकर उठी और अपने दोनों हाथों को झटक-झटक कर, अपने चंडी रूप में रौद्र-काली का अवतरण कराती हुई, ऐसे 'बोल' बोली, जो हम लोगों के लिए डूब मरने लायक गलत थे।

ललिता उवाच, ''हमसब जानित हैं, आप सब हमरे बारे में का-का सोचत हैं और हमको, वो से कोनो परेसानी भी ना है। हमरा भतार जब कमाइत रहा, तब

भी दारू अउर रंडी के चक्कर में रहा, अउर अब तो उ बरसों-बरस से लकवा मा पड़ा है। ओकरा दवा-दारू, घर-भाड़ा अउर इ बच्चा के बड़ा करे का जिम्मा अब हमरा है। मेमसाब! हमसब जवन कुछ करत हैं, मजबूरी मा करत हैं, पर जब आप हमरा घाव खुरच ही दिए हैं, तो हमरा मन का बात भी सुन लें, आप मेमसाब लोग, रोज संझा को क्लब मा बैठकर गैर-मरद के साथ सराब पियत हैं, ही-ही-ठीं-ठीं करत हैं, वोकरा का? हँसी-ठिठोली के साथे-साथ कमर मा हाथ डालकर चौड़ा-चकान, घूमत-फिरत, कउन, कब, कौनौ कमरा मा जाकर बंद हो जात है, ऊ सब खबर हमका है। आप सब बड़ा लोग, खूब हुसियारी से ई सब किस्सा को ढाक के रखत हैं और हम गरीबन के एक मिनट मा 'बेस्वा' (वेश्या) बना देत हैं।''

आश्चर्यजनक बात यह थी कि हम सब महाघमंडी और इतरैल सहेलियाँ बिना किसी प्रतिरोध के उसकी बातों को सुने जा रही थीं और सबको ऐसा लग रहा था, जैसे उस सड़कछाप ने ऊँचे महलों के बाशिंदों को सरेआम नग्न कर दिया है।

इसके बरअक्स ही मुझे याद आ रहा था कि लगभग छह दशक पहले अमेरिका में एक वैज्ञानिक ने जब वहाँ की उच्चवर्गीय महिलाओं की गोष्ठी में यह घोषणा की थी, ''अमेरिका की अधिकांश महिलाएँ विवाह के समय कुँवारी नहीं होती हैं'', तो उस सभा में कोहराम मच गया था और सारी स्त्रियों ने एक स्वर में इसका कठोर विरोध करते हुए कहा था, ''शायद वैज्ञानिक महोदय 'उन स्त्रियों' (निम्न वर्ग) की बात कर रहे हैं।'' इस पर वैज्ञानिक महोदय ने उत्तर दिया था, ''विज्ञान की दृष्टि में कोई भी निम्न या उच्च नहीं होता।''

लेकिन काल के चक्र में कभी किसी दलित-शूद्र में भी इतनी हिम्मत आ जाती है कि वह उच्चवर्णीय अभिजात्य वर्ग को सच का आईना दिखा दे।

□

घोंघा प्रसाद

घोंघा प्रसाद समय से पहले ही धरती पर आ धमका था।

उत्तरा ने जिस तरह अभिमन्यु को पेट में बहुत सिखाया-पढ़ाया था, उसी तरह उसकी माँ ने भी उसे बहुत समझाया, ''देख बेटा, शुकदेव इसलिए परम ज्ञानी बने, क्योंकि वे माँ के गर्भ में सोलह वर्ष तक बैठे रहे और एक तू है कि सतमासिए की तरह कमजोर पैदा होना चाहता है। बेटा, वैसे भी यह दुनिया हम गरीबों के लिए कोई खूबसूरत जगह न होकर काँटों, विष-बेलों और दरिंदों से भरा एक ऐसा नरक है, जिसमें आना हमारी नियति है, पर जी पाना? वह उन ऊपरवालों के हाथ में है, जो हाथीदाँत की मीनारों में बैठे हैं। बेटा, कहा मान, माँ के अनुभवों को सच जान और मेरे गर्भ के सुरक्षा-कवच में कुछ दिन और रह ले।'' पर क्या नई पीढ़ी ने कभी पुरानी पीढ़ी का कहा माना है, जो वह मानता?

माँ की मनुहार ने घोंघा को और भी जिद्दी बना दिया और वह कोख से बाहर आने के अपने समय को बदलकर उसी वक्त इतनी तेजी से जमीन पर आया कि उसके कमजोर हाथ-पाँव टूटते-टूटते बचे।

बेचारी माँ ने सिर पीटने के बाद, तुरंत उसकी गरम तेल से मालिश की और उसे अपने से चिपकाकर उसके नरम शरीर को गरमाई देने लगी, लेकिन घोंघा को 'जक' नहीं पड़ रही थी। वह जिस रंगबिरंगी दुनिया की बातें माँ के पेट में पड़ा-पड़ा सुनता रहता रहा था, उन सबको वह तुरंत अपनी आँखों से देखना चाहता था। इसलिए वह कूदकर तालाब किनारे की घास से बाहर सीमेंट की पटरी पर आ गया।

अपने पूरे शरीर को शंख के कड़े कवच से ढके घोंघा अपनी आँखें फाड़े झूमते दरख्त, चहचहाती चिड़ियाँ, कूकती कोयल, बारिश और सतरंगी इंद्रधनुष को देखे जा रहा था कि 'भड़ाक' की आवाज के साथ उसे जोरों की ठोकर लगी। उसने मुश्किल से अपनी आँखें और सिर को बचाया और किसी तरह घिसटता

सा वापस अपनी माँ की गोद में जा दुबका। तभी उसके कानों ने एक मालिकाना हुक्म सुना, ''माली, क्या तुम सारे टाइम सोते रहते हो, जो हम लोगों की सैर के समय भी यह पट्टी साफ नहीं कर सकते ? जरा आँख खोलकर देखो, यहाँ कितने 'घिनौने-घोंघे' फैले पड़े हैं। लगता है, मुफ्त की रोटियाँ तोड़ने के सिवा तुम जरा भी हाथ-पाँव नहीं हिलाते। माली, तुम्हें शर्म से डूब मरना चाहिए।''

माली बेचारा! जिसकी हैसियत घोंघे सी ही थी, 'हाँ हुजूर! हाँ हुजूर!' करता मरा जा रहा था, पर उसके मालिक का कठोर चेहरा जरा भी नहीं पिघल रहा था। माँ की गोद से सबकुछ देखते-सुनते घोंघे को उसकी इस घिघियाती 'हाँ-हजूरी' पर बहुत गुस्सा आ रहा था। उसके हिसाब से तो उसे जवाब देना चाहिए था, ''साहब! खैर, वह तो घोंघा था, पर आप तो चार आँखोंवाले बड़े आदमी हैं, क्या आप देखकर नहीं चल सकते थे ?''

घोंघी माँ उसके क्रोध को शांत करने के लिए उसके बदन को पपोलती हुई बोली, ''अभी तू बच्चा है, अक्ल का कच्चा है, इसीलिए ये सब 'नक्सली' बातें सोच रहा है। बेटा, जब तुझे भी ऐसे ही लगातार जमाने की ठोकरें खानी पड़ेंगी, तो तेरा यह गुस्सा, एक गहरी उदासी में बदल जाएगा और तू इन ठोकरों से टूटे हुए अपने हाथ-पैरों की मरम्मत करता हुआ, इन्हीं बड़े लोगों की जी-हजूरी में जा खड़ा होगा, जैसे आज यह माली घोंघा खड़ा है। बेटा, इस माली का वर्तमान ही तेरा भविष्य है।''

''क्यों, क्यों ? मैं बड़ा होकर उस चार आँखोंवाले बूटधारी जैसा क्यों नहीं बन सकता, क्या कमी है मुझमें, अच्छे-अच्छों से ज्यादा बुद्धि है और दुनियादारी की समझ भी इन लोगों से मीलों आगे है। फिर मैं उन-सा क्यों नहीं हो सकता ?''

उसकी खरी, पर कड़वी बातें सुनकर डरी हुई घोंघी माँ ने पहले तो चारों तरफ नजरें घुमाकर देखा कि कहीं किसी ने उसकी बातें सुन न ली हों और फिर उसे खींचते हुए अपनी घरेलू दलदल में ले गई।

बेटे को पुचकारते हुए, घोंघी देवी ने उसे ऐसी-ऐसी सीखें दीं जैसी 'सती अनुसूया ने ब्रह्मा-विष्णु-महेश को, माँ सीता ने लव-कुश को और शकुंतला ने भरत को भी नहीं दी होंगी।' साथ ही उसने उसे चाणक्य का यह ब्रह्म वाक्य भी समझाया, ''बेटा, बड़े लोग सिर्फ हमें धोखा देने के लिए धर्म के हवाले से यह बड़ी बात कहते हैं कि शरीर मिथ्या और आत्मा सत्य है। दरअसल ये सब पैसेवालों की दिखावटी 'ड्राइंग रूम टाक' मात्र हैं। तुम अपने मन में गहराई से इस सच्चाई को उतार लो कि यह शरीर ही सबकुछ है और यदि इसकी रक्षा के लिए तुम्हें दूसरे का खून भी करना पड़े, तो कर देना चाहिए, पर हमेशा ध्यान रखना कि केवल

अपने बचाव के लिए ही ऐसा करना उचित है, लेकिन तुमको यदि कभी लगे कि कोई बदजात! भगवान् की इस धरती को अपने कुकर्मों से गंदा कर रहा है, तो भगवान् की राह न देखकर, तुम स्वयं उसके अत्याचारों से इस धरती को बचाना और बेटा, तुम यह सब तभी कर सकोगे, जब जिंदा रहोगे। याद रखना, कि यदि सारी दुनिया भी तुम्हें खत्म करने पर तुल जाए, तो भी तुम्हें, हर हालत में जीवित रहना है। बेटा, मेरी दी हुई जन्मघुट्टी का मूल-मंत्र यही है कि हर हाल में जिंदा रहकर तुम्हें अपनी माँ के दूध की लाज रखनी है।''

आश्चर्यजनक ढंग से जिद्दी और महाछटपटिया घोंघा! अपनी माँ के कहे एक-एक शब्द को इस तरह पी रहा था, मानो उनका रसायन बनाकर अपनी शिराओं के रक्त में मिला रहा हो। इसके बाद उसने माँ के चरण छुए और अपने घुटने मोड़कर माँ के सामने याचक की मुद्रा में बैठकर कहने लगा, ''माँ एक बात बता, तू इतनी बुद्धिमान कैसे है? क्या तूने ऋषि-मुनियों और विद्वानों की सेवा की है, जिसके कारण तू इतनी ज्ञानी हो गई या मेरे पिता बहुत गुणी थे, जिसकी वजह से तू भी इतनी बुद्धिमती हो गई। माँ, तू इतनी अधिक सुंदर है कि जवानी में तो तुझ पर ढेरों लोग मरते रहे होंगे और बचपन में तेरे माँ-बाप ने भी तुझे खूब दुलराया होगा, है ना माँ, माँ! मुझे यह भी बता कि तूने मेरा नाम कृष्ण कुमार क्यों रखा?''

घोंघे के नदी की तरह बहते प्रश्नों को घोंघी बिना उत्तर दिए चुपचाप सुने जा रही थी। उसकी यह चुप्पी उतावले घोंघे को बिल्कुल बरदाश्त नहीं हुई और वह माँ की पीठ से झूलकर उसके मुँह को अपनी ओर घुमाते हुए, मनुहार भरी आँखों से उसे उत्तर देने के लिए मनाने लगा।

उसका प्रेम भरा आग्रह देखकर घोंघी ने अत्यंत शालीनता और गंभीरता से उसे उत्तर दिया, ''बेटा, तूने मेरे जन्म से जवानी तक अनेक प्रश्न, एक साथ पूछ लिये हैं, इसलिए मैं एक-एक करके, तुझे उनके जवाब दूँगी।

''बेटा, मेरे मुँह में जन्म के समय से ही कुछ दाँत उगे हुए थे, इसलिए मेरी माँ ने जनमते ही मुझे जंगल के किनारे फेंक दिया था, लेकिन इसके लिए मेरे मन में न तो कोई विचार है और न ही मैं अपनी माँ को दोषी मानती हूँ, क्योंकि ऐसे बच्चे, माँ-बाप को भारी माने जाते हैं। दूसरे, गरीब के घर बेटी का जन्म!...अर्थात् आफत का पहाड़। पहले तो उसे सबसे बचाकर रखना और फिर ब्याह के समय सबकुछ बेच-खोंचकर या खुद बिककर उसका ब्याह करना। मेरी मैया! भला यह सब कहाँ से करती, उस बेचारी के पास तो अपना फूस का 'टापरा' तक नहीं था, फिर वह बेचती भी तो क्या? इसीलिए उसने अपनी सारी माया-ममता तोड़कर मुझे

जंगल में यह सोचकर छोड़ दिया होगा कि यदि इसके भाग्य में होगा, तो जी लेगी।

''बेटा, मैया ने ठीक ही सोचा था, क्योंकि राम जाने उस समय किसने मुझे पानी पिलाया, किसने दूध? पर पहली याद जो मुझे है, वह यह है कि मैंने एक कुत्ते के मुँह से छीनकर रोटी खा ली थी। इसके बाद तो मैं रोज ही कुत्ते, बिल्ली, कौवे आदि विभिन्न पशु-पक्षियों को पत्थर मार-मारकर उनसे कुछ-न-कुछ छीन-खसोटकर खा ही लेती थी। मुझे जंगल के फल-फूल, तालाब के सिंघाड़े और कमलगट्टे भी बहुत पसंद थे, इसलिए सबकुछ मिला-जुलाकर मैं अपना पेट आराम से भर लेती थी।

''कुछ बड़े होने के बाद एक दिन मैं पास के गाँव में घुस गई और मैंने कचरे में फेंके हुए चिथड़ों को उठाकर अपने शरीर पर लपेट लिया। वहाँ की झोंपड़ियाँ देखकर, मैंने भी किसी तरह एक छोटी सी झोंपड़ी बना डाली। एक दिन मैं आम के पेड़ पर चढ़कर आम चूसते हुए, जमींदार की गाजे-बाजेवाली सवारी को देख रही थी कि अचानक हाथ फिसलने के कारण मैं धड़ाम से जमीन पर जा गिरी। अभी मैं अपने लत्ते झाड़ ही रही थी कि जमींदार के हरकारे मुझे उठाकर एक बड़े से घर में ले जाने लगे। उन्हीं की बातों से मुझे पता चला कि मैं बहुत सुंदर हूँ।

''वहाँ मुझे पहनने के लिए एक-से-एक जरी के काम के कपड़े और खाने को बहुत ही बढ़िया-बढ़िया चीजें मिलीं। उन सबको देखकर मुझे लगा कि हो-न-हो यह उसी राक्षस की माया नगरी है, जिसकी कहानी कुछ ही दिन पहले एक महात्माजी ने मेरी झोंपड़ी में सुनाई थी। यह सोचकर कि मुझे इस पंचायती से क्या लेना-देना कि यह सुंदर दुनिया किसकी है, किसकी नहीं? मैंने पहले तो खूब ठूँस-ठूँसकर खाया और फिर वहीं जमीन पर पसरकर सो गई। बड़ी रात गए वहाँ बूढ़े जमींदार आए और मुझे पलंग पर सुलाकर, मेरा बदन तोड़ने लगे। मुझे यह आदत तो अपनी झोंपड़ी में ही पड़ गई थी, इसलिए मैं आँखें बंद किए उनके शरीर से आती बढ़िया सुगंध को सूँघती रही और खाए हुए पकवानों को यादकर मस्त होती रही। कुछेक दिन बाद वे ही हरकारे रुपए-पैसे, कपड़े-लत्ते और पकवानों के साथ मुझे मेरी झोंपड़ी में पहुँचा गए।

''मेरी झोंपड़ी में एक खटिया के साथ एक चूल्हा भी बन गया था, जिस पर मैंने गाँव की जमना मासी से सीखकर रोटियाँ सेंकनी शुरू कर दी थीं। समय के साथ जंगल कटता गया और देखते-ही-देखते मेरी झोंपड़ी उस सड़क के किनारे आकर खड़ी हो गई, जहाँ लॉरियों और उनके ड्राइवरों का ताँता लगा रहता था।

''मेरी झोंपड़ी में कुएँ का मीठा पानी, फल-फूल, गरम रोटियाँ, जंगल के

नींबू-मिरच का मसालेदार अचार और जंगली पत्तियों की चरपरी तरकारी हर वक्त तैयार रहती थी। इस वजह से सुबह काम पर जाते लोग तो खाने के लिए आते ही थे, कभी-कभी कुछ लोग दोपहर में भी मुझसे अकेले में मिलने के लिए चले आते। सुबह से रात तक आने-जानेवालों में आपसी बहसें भी खूब होती रहती थीं, जिनमें से मैं काम की बातें गुन लेती और उन्हें मन-ही-मन घोटती रहती।

''बेटा, तुमने अपने बाप के बारे में पूछा था, तो मैं साफ-साफ तो नहीं बता सकती कि तेरा बाप कौन था, क्योंकि मैं कोई रानी कुंती तो हूँ नहीं, जो कह पाती कि फलाँ सूरज का बेटा है, फलाँ हवा का और फलाँ इंद्र का, पर बेटा, तेरी अच्छी बुद्धि देखकर लगता है कि तू किसी महंत, साधु, संन्यासी या जमींदार का बेटा न होकर उस कच्ची भीगी मसोंवाले का बेटा है, जो सारी दुनिया का भला करना चाहता था और जो एक दिन अपनी पीठ में छुरा घुँपवाकर, मेरी गोद में सिर रखकर मर गया था। बेटा, वह भला आदमी भगवान् श्रीकृष्ण को बहुत मानता था। कहता था कि शिशुपाल, श्रीकृष्ण को शूद्र कहकर गालियाँ देता था, पर श्रीकृष्ण ने न केवल इसे स्वीकार किया, बल्कि उन्होंने सूर्यवंश, चंद्रवंश, राजपूत घरानों की तरह ही यदुवंशियों को भी उनके समानांतर प्रतिष्ठित कर दिया। ये ही सब बातें सोचकर मैंने तेरा नाम कृष्ण कुमार रख दिया।''

घोंघा ने माँ की सारी बातें ध्यान से सुनने के बाद माँ के पैर छूकर कहा, ''माँ! तू इस धरती की सबसे बड़ी सती है। तूने शरीर से ज्यादा आत्मा को माना, इसलिए तू साक्षात् देवी है। माँ, मैं कसम खाकर कहता हूँ कि मैं भी अपने पिता की तरह ही इस धरती को सुंदर बनाने की कोशिश करूँगा।''

माँ घोंघी ने उसे आशीष देते हुए कहा, ''बेटा, सँभलकर रहना और लंबे समय तक जीवित रहकर अच्छे काम करते रहना।''

माँ के ये आशीर्वचन सुनते ही घोंघा ने अपने कपड़े झाड़े और सीधा तनकर खड़ा हो गया। उसकी 'अटेंशन-मुद्रा' को देखकर लग रहा था कि वह अभी ही 'लेफ्ट-राइट' करता हुआ सीधा, युद्ध के मैदान में जा धमकेगा।

पूरे साज-बाज के साथ जैसे ही घोंघा सड़क की पटरी पर आया, तेजी से गुजरती एक बड़ी गाड़ी से किसी ने उस पर जर्दा मिली पान की पीक थूक दी। घोंघा की सतर्कता के कारण उसकी आँखें तो बच गईं, पर सारे कपड़ों का सत्यानाश हो गया। क्षोभ से उसका बुरा हाल देखकर ज्ञानी माँ ने उसे कंठ से लगाया और बोली, ''बेटा, यह तेरी लड़ाई की शुरुआत है। तू कभी भी हार मत मानना और न ही काबिल बनने के बाद इन्हें बख्शना! अरे, कपड़ों का क्या है ? ला, मैं इन्हें तुरंत

ही तालाब में डालकर 'धो' देती हूँ।''

दूसरे दिन स्कूल में पहुँचते ही मास्टरजी ने उसे ऐसी हिकारत से नाक चढ़ाकर देखा, मानो कोई कूड़े से भरी गाड़ी आकर उनके सामने खड़ी हो गई हो। उन्होंने झल्लाते हुए उसके सारे कागज-पत्तर देखे और फिर यह बड़बड़ करते हुए, ''सरकार का तो दिमाग ही फिर गया है, जो इन गलीच लोगों को स्कूल में पढ़ने का अधिकार दे दिया है। अरे, ये 'टूटी हाँड़ी के ठीकरे', सिवा ठोकर मारने के, किसी और लायक नहीं हैं, यह बात सरकार समझती क्यों नहीं है?''

स्वागत की इस शिष्ट-अशिष्ट औपचारिकता के बाद, उन्होंने कड़ी सीधी उँगली के इशारे से घोंघा को दरवाजे के पास जमीन पर बैठने का आदेश दे दिया।

लेकिन वह ठहरा महाइंटेलिजेंट घोंघा, जो अपनी ही शर्तों पर धरती पर आया था और उन्हीं पर जी भी रहा था। माँ की कहानी सुनने के बाद से तो उसे दरवाजे के पाँवपोंछ और बूटों की ठोकरों की पीड़ा भी नहीं व्यापती थी। न उसे गरमी लगती थी, न ठंड, न भूख, न प्यास; उस पर तो बस जुनून की तरह एक ही धुन सवार थी कि बिना समय गँवाए, उसे जल्दी-से-जल्दी पढ़-लिखकर बड़ा आदमी बनना है। यही वजह थी कि अपनी पैदाइश के पहले दिन से ही वह हमला होते ही, अपने लुंज-पुंज हाथ-पाँव को अपने सिर पर रखकर अपनी रक्षा कर लेता था। उसकी आँखों के सामने हर वक्त माँ की जिंदा रहने की सीख का हर अक्षर फ्लोरोसेंट रंगों में चमकता रहता था और वह और भी मजबूती से कदम रखता हुआ अपने लक्ष्य की ओर बढ़ता रहता था।

छात्रवृत्ति, छात्रवृत्ति, और छात्रवृत्ति अर्थात् हर क्षेत्र की छात्रवृत्तियाँ उसे पग-पग पर मिलती रहती थीं। बावजूद शिक्षकों और क्लासमेट्स के घोर विरोध के; उसका कला, क्रीड़ा और पढ़ाई में अव्वल आकर, हर वर्ष 'विजय-चौकी' के उच्चतम पायदान पर खड़े होकर, मेडल ग्रहण करना लाजिमी था। क्लास के दोस्तों की दुर-दुर, छी-छी का भी उसने एक सकारात्मक उपयोग यह कर लिया था कि वह फैलफितूरी और मौज-मस्ती का अपना सारा समय लाइब्रेरी में बिताने लगा था।

उसकी माँ को जंगली जड़ी-बूटी और स्वास्थ्यप्रद पत्तियों की बेइंतिहा जानकारी थी। इसलिए बिना किसी खर्च के वह उन्हें खाकर और ढेरों वर्जिश के बाद तालाब की ताजा मिट्टी से रगड़-नहाकर, वह काफी ताकतवर हो गया था, पर अपनी अंत:प्रज्ञा के निर्देश से वह हमेशा हाथ के पंजों तक लटकती कमीज और ढीले-ढाले कपड़ों से अपने कद्दावर शरीर को छिपाए रखता था। ऐसे में स्वाभाविक था कि दूसरे आज भी उसे एक पिलपिल घोंघा ही समझते थे।

उसमें भलमनसाहत कूट-कूटकर भरी थी। उसकी साधुता की तो यह स्थिति थी कि एक दिन सुबह जब वह सूटेड-बूटेड होकर माँ के हाथ से दही-चीनी खाकर, मेडिकल के इंटरव्यू के लिए जा रहा था, तो एक आलीशान अट्टालिका से, बच्चे के मल-मूत्र से सना गंदा 'डायपर' उसके सिर पर आ गिरा। उसने जब गरदन उठाकर ऊपर देखा, तो उसे खिड़की में एक गरीब नौकरानी का सहमा हुआ चेहरा दिखाई पड़ा। उसकी इस बेजा हरकत पर शोर मचाना तो दूर, उसने बिना एक शब्द कहे, उस गंदगी को कूड़े की 'बिन' में डाला और वापस आकर फिर से नहा-धोकर तैयार हो गया। समयाभाव के कारण उसे टैक्सी के किराए का खामियाजा भी भरना पड़ा, लेकिन उसे इसका मलाल नहीं था, क्योंकि कुछ न कहकर उसने एक गरीब की मदद की थी।

अपने जन्म से ही सबको चौंकाते घोंघे ने इस बार तो चौंकाने के सारे रिकॉर्ड ही तोड़ दिए। पूरी दुनिया के सैकड़ों अड़ंगों के बावजूद उसके अंकों ने मेडिकल कॉलेज में एक नया प्रतिमान स्थापित कर दिया, जिसकी चर्चा पूरे शहर में यूँ हो रही थी, 'शिड्यूल कास्ट' के एक 'घोंघे' के ऐसे नंबर? हो ही नहीं सकता; इसमें जरूर कोई गड़बड़ है! देखना अंत में घोंघे का नाम सबसे नीचे पड़ा मिलेगा, पर ऐसा हुआ नहीं और घोंघा वहीं का वहीं शिखर पर जमा रहा।

हालाँकि यह हकीकत सबकी आँखों में काँटों सी चुभ रही थी, पर सब निरुपाय थे। अंत में उच्च-तंत्र ने षड्यंत्र कर उसे एक ऐसे सरकारी अस्पताल में डाल दिया, जहाँ उसका विकास असंभव और पतन अवश्यंभावी था, पर तेज-तर्रार घोंघा वहाँ भी कुछ ही दिनों में अपने अधिकांश सीनियर्स की असिस्टेंटशिप करके उनके ज्ञान, अनुभव और चालबाजियों से पूरी तरह वाकिफ हो गया।

परिश्रमी, मेधावी और कर्मठ घोंघा से सारे सर्जन सहायता लेना पसंद करते थे, क्योंकि वही एक था, जिसकी सारी मेहनत को वे बिना कुछ दिए ही आराम से अपने खाते में डाल सकते थे। हालत यह थी कि मेहनत सारी उसकी और पैसे सारे उनके, पर घोंघे को इसमें कोई आपत्ति नहीं थी। उसे आपत्ति इसमें भी नहीं थी कि उसके 'सीनियर्स' गरीबों के सारे हकूक अपने पैसेवाले मरीजों पर खर्च लेते थे। उसे सिर्फ और सिर्फ इस बात पर आपत्ति थी कि ये डॉक्टर जान-बूझकर, अपनी लापरवाही और लालच से अधिकतर गरीब मरीजों को या तो अपाहिज कर देते थे, या मार डालते थे।

घोंघा अस्पताल में हर वक्त यह चौकसी करता रहता कि कहीं किसी गरीब की जान लेने का इंतजाम तो नहीं हो रहा है, क्योंकि नई दवाइयों को पास के

केमिस्ट को बेचकर उससे 'एक्सपायरी' तारीख की दवाइयाँ इकट्ठी करने में वहाँ के अधिकतर डॉक्टर माहिर थे। गरीबों को जान-बूझकर महँगी दवाइयाँ लिखकर देना और दुकानदार की मिलीभगत से मोटा कमीशन खाकर उन्हें घटिया दवाइयाँ खिला देना वहाँ के हर डॉक्टर का जन्मसिद्ध अधिकार था।

घोंघा अपनी सीमाएँ जानता था और वह उन नराधम डॉक्टरों की नीचताओं को भी सुबह से शाम तक बरदाश्त करता रहता था, लेकिन जब कभी वह किसी गरीब के अंत:शिरा में 'एक्सपायर्ड ग्लूकोज' या ऐसी ही दूसरी दवाइयाँ चढ़ती देखता, तो उसका खून खौल उठता। वह जब झल्लाकर झटके से उसकी नसों से 'बटरफ्लाई' निकाल फेंकता, तो नासमझ मरीज और चोर नर्स दोनों चिल्लाने लगते। नर्स उसका लाल चेहरा और गुस्से से फटी आँखें देखकर वहाँ से भाग जाती और असहाय मरीज दीनता से उसे देखता रहता।

घोंघा को अच्छी तरह पता था कि ढेरों सबूतों के बावजूद उसकी लिखी शिकायतों पर कोई काररवाई नहीं होगी, बल्कि वे 'डाकू डॉक्टर' और भी सावधानी से अपना वार करना शुरू कर देंगे। इसलिए वह रोजाना इस स्थिति से लड़ता रहता और जितना बन सकता, गरीबों को बचाता रहता।

पर एक दिन तो इन जुल्मों की इंतिहा ही हो गई। एक महा लालची 'ऑर्थोपैडिक सर्जन' ने पहले तो बेवजह एक गरीब की टाँगें काट दीं और फिर उसे कचरे से भरे एक कोने में पटककर उसकी जरा भी सुध नहीं ली। उसकी लापरवाही के कारण उस बेचारे के घावों में 'सेप्टीक' हो गया और क्रमश: पूरे शरीर में उसका जहर फैल जाने के कारण वह मर गया।

उस दिन घोंघा के दु:ख का ठिकाना नहीं था और उसे बार-बार वह दिन याद आ रहा था, जब वह हट्टा-कट्टा जवान अपने पैर की साधारण सी चोट दिखाने के लिए उस दुष्ट डॉक्टर के पास आया था। घोंघा, उस जवान किसान की अकाल-मृत्यु पर, उसकी माँ, बीवी और छोटे-छोटे बच्चों का मर्मांतक रोना देखकर, किसी दूसरे के पाप-कृत्य के कारण घटी इस दुर्घटना से इस कदर ग्लानि से भर गया कि अपनी रातों की नींद गँवा बैठा।

उसकी घबराहटनुमा बेचैनी बेकाबू हो रही थी। हर क्षण उसे लगता, 'समर शेष है/ नहीं पाप का भागी केवल व्याध/जो तटस्थ हैं/ समय लिखेगा उनका भी इतिहास।' अब उसे न अपने कपड़े-लत्तों का होश था और न ही बढ़ी दाढ़ी और बालों का। हर घड़ी, वही दु:खद दृश्य उसकी आँखों के आगे 'रिप्ले' होता रहता और वह 'किम् करोति' की मुद्रा में दीवारों से सिर फोड़ता रहता।

एक दिन सुबह की उजास फूटने के पहले के पवित्र क्षण में उसे आत्मदर्शन हुआ और उसे माँ घोंघी के कहे वचन आकाशवाणी की तरह सुनाई पड़े, "बेटा, बापू की अहिंसा को सही अर्थों में गुनकर समझ, जैसे कोई प्राणी यदि भयंकर यंत्रणा भोग रहा हो, तो उसे मुक्ति देना उचित है, वैसे ही यदि कोई व्यक्ति दीमक की तरह पूरे समाज को चाट रहा हो, तो उससे भी इस धरती को मुक्त कर देना एक पुण्य-कार्य ही है। बेटा, भगवान् कृष्ण का कहा याद कर कि 'धर्म समय के साथ बदलता रहता है। यदि हम पुरानी और जड़ रूढ़ियों को पकड़कर बैठे रहेंगे, तो अधार्मिक हो जाएँगे। बेटा, अपने पेशे के प्रति सच्चा होना ही तेरा धर्म है, फिर चाहे इसके लिए तुझे भी श्रीकृष्ण की तरह ही अपनी प्रतिज्ञा भंगकर, चक्र क्यों न उठाना पड़े।"

इन तेजस्वी वचनों से घोंघा का आत्मबल आकाश छूने लगा और मन-ही-मन माँ को प्रणाम कर वह पुराने दिनों की तरह ही सज-धजकर अस्पताल जा पहुँचा।

संयोग से आज वही ऑर्थोपैडिक सर्जन महोदय एक अमीर आदमी के ऑपरेशन की तैयारी में व्यस्त थे। उसे देखते ही वे खुश होकर बोले, "के.के., अच्छा हुआ कि तुम आ गए। सारी तैयारी हो चुकी है। तुम भी झट से तैयार होकर आ जाओ, हमें तुरंत ही ऑपरेशन करना है।"

बड़े आदमी का ऑपरेशन सफलतापूर्वक करने के बाद डॉक्टर साहब, उनसे एक बड़ी रकम ऐंठकर लौट आए और नोटों से भरे बैग को बगल में रखकर, चुस्कियाँ लेते हुए आनंद से चाय पीने लगे।

घोंघा प्रसाद ने इसे मंगल-मुहूर्त मानकर डॉक्टर साहब के मिजाज के अनुकूल ही एक मीठी धुन गुनगुनाते हुए उनके पैरों पर हल्के हाथों से कोई ऐसा रसायन मल दिया कि वे पैर खुजा-खुजाकर बेहाल होने लगे। उनके छटपटाते बदन को सहलाने के बहाने उसने उनके बाकी अंगों पर भी रसायन लगा दिया, जिसके लगते ही डॉक्टर साहब का पूरा शरीर जलने लगा और वे जोरों से चीखने लगे, "अरे, मैं मरा रे, कोई बचाओ मुझे!...कृष्णा बेटा, प्लीज, तुरंत मुझे एक 'कांपोज' का इंजेक्शन लगा दो और मेरे पूरे शरीर पर 'आईस पैक्स' रखवा दो। बेटा! जरा जल्दी करो!"

'यस्स सर! यस्स सर!' करते हुए घोंघा प्रसाद ने राम जाने, उन्हें कौन सा इंजेक्शन दिया कि उन पर बेहोशी छाने लगी।

उनकी तंद्रिल अवस्था देखकर घोंघा ने उन्हें सलाह दी, "सर, आप ऑपरेशन टेबल पर लेट जाइए, उसके ठंडे स्टील से आपको आराम मिलेगा और आईस पैक्स लगाने में भी सुविधा रहेगी।" मनभाती यह सलाह सुनते ही डॉक्टर साहब तुरंत घोंघा के सहारे से टेबल पर लेट गए और 'कृष्णा बचाओ! कृष्णा बचाओ!'

का जाप जपने लगे। घोंघा प्रसाद ने इसे सही और शुभ समय जानकर, उन्हें तुरंत 'क्लोरोफॉर्म' सुँघा दिया और उनके पूरी तरह अचेत हो जाने के बाद कोने में रखी हुई अपनी 'हॉकी-स्टिक' उठाकर, उनके दोनों घुटने तोड़ दिए।

घोंघा के हिसाब से तो उस राक्षस के पापों की यह एक बहुत ही छोटी सजा थी। उन्हें उसी हाल में छोड़कर वह, सफल ऑपरेशन के बाद ऑपरेशन थियेटर से बाहर निकलते सर्जन की तरह मुसकराते हुए बाहर आया और आत्मविश्वास और शांति से भरे हल्के कदम भरता हुआ घर चला गया।

घोंघा प्रसाद उर्फ कृष्ण कुमार पर जब कई दिनों बाद इंक्वायरी बैठी तो उसे न केवल बाइज्जत बरी कर दिया गया, बल्कि उसका स्थानांतरण एक बड़े अस्पताल में ऊँचे पद पर कर दिया गया।

सत्यवादी और धार्मिक घोंघी माँ के पूछने पर घोंघा ने बिना काँट-छाँट किए उसे सारी सच्चाई बताकर कहा, ''माँ! इन दुष्टों के साथ काम करते-करते, मेरा 'फूल-प्रूफ' बदमाशी सीख लेना साधारण सी बात थी। यह बात इतर है कि मैं, कभी भी इन हथकंडों को अपनाना नहीं चाहता था। माँ, मैं तुम्हारी कसम खाकर कहता हूँ कि अपने इस काम से मुझे किसी प्रकार की ग्लानि नहीं, बल्कि पुण्य-बोध हो रहा है, साथ ही यह सोचकर अच्छा भी लग रहा है कि कम-से-कम मैंने एक अत्याचारी के बोझ से तो इस धरती को मुक्त किया।''

माँ ने उसके सिर पर हाथ फेरकर उसे आशीर्वाद देते हुए कहा, ''बेटा! सुना है कि बहुत-बहुत साल पहले कृष्ण भगवान् ने भी अपने शिष्य अर्जुन को कहा था, 'पापियों का नाश करना अधर्म नहीं, धर्म है।' चल बेटा! हम लोग गाँव के कोनेवाले मंदिर में चलकर श्रीकृष्णजी से प्रार्थना करते हैं कि वे तेरी बुद्धि सदा ऐसी ही रखें।''

उस समय मंदिर में आरती हो रही थी। हठात् घोंघा प्रसाद को लगा कि कृष्ण भगवान् उसे अपने अभयहस्त से आशीर्वाद दे रहे हैं।

प्रश्न है कि क्या उस अपढ़ माँ ने अपने बेटे का नाम यूँ ही कृष्णा रख दिया था या वह जानती थी कि एक दिन उसका घोंघा भी 'श्रीकृष्ण की तरह ही 'परित्राणाय साधूनां विनाशाय च दुष्कृताम्। धर्मसंस्थापनार्थाय सम्भवामि युगे युगे॥' को पुनः प्रतिष्ठित करेगा।'

□□□